U0657473

拂掌大地

◎ 邢小俊 著

作家出版社

优秀的作品让人们在潜移默化中，保持一颗向好之心。它是一个民族的灵魂乳汁，也是人类相互理解的空气。

——铁　凝

导读

让礼村：身体里的故乡

范怀智

因为只有直接有赖于泥土的生活才会像植物一般在一个地方生下根，这些生了根在一个小地方的人，才能在悠长的时间中，从容地去摸熟每一个人的生活，像母亲对于她的儿女一般。

——费孝通《乡土中国》

一　拂挲：绽放诗意的爱

引用费先生的《乡土中国》，是触动于“摸熟”这个词汇，是怎样一个“摸熟”法？先生用了熨帖的比喻，“像母亲对于她的儿女一般。”

在关陇方言体系中，温暖、温情、温和的抚摸、摩挲，皆含于“拂挲”之意中。拂，轻轻地擦过；挲，用手轻轻抚摸。想象一只大手轻轻擦过、抚摸大地的动人情形。

轻轻，是从力度的层面，来界定情感的丰沛，《拂挲大地》的情感，正是“像母亲对于她的儿女一般”那只隐在作者行文中的手，是怜惜的手、慈爱的手、温润的手、牵绊的手，更是一只抚摸大地生灵的有温度的手，这样的温度发自作者的挚爱和真诚。这样怀想、经历、体察式的拂挲，既是作者给予乡村大地的慰藉，亦是乡村大地给予作者的慰藉。散文的好往往体现为挚爱和真诚触响心声。挚爱源自作者邢小俊骨子里本有的村庄基因，真诚则来自他对于让礼村的熟稔和热爱。

让礼村以邢小俊的村庄为原型。深入让礼村、行走在以村庄为中心的大地上，自然会晓得，作者与让礼村和村庄辐射的区域交融于一体，方知他对乡村大地的通透熟络，他通透让礼村的天地，熟络让礼村的生命。在《拂掌大地》里，一个小小的让礼村因为他的通透熟络和恬淡陈述，蜕变成了接续时空、传承文化、负载情感、讲述变迁的大地方。

事实上，在《四十年前的飞鸽牌自行车》中，不难看到作者的身影。他是在以农村、农业、农民的经历和感知讲述自然的让礼村。作者与乡村的血脉相融，注定他要为乡村的更迭坦诚代言。

随着长大，他沮丧地发现，自己和对手的父亲越来越相像，父亲的优点，父亲的毛病，父亲走路的步态，他喜悦或发怒的表情，如影随形，移步换形，都被移换到了自己的身上。他明白自己终究是父亲的儿子，必须无条件地接受他的基因，这一点上无可逃遁，是真正的宿命。

——《四十年前的飞鸽牌自行车》

无法更改的基因。4000 年前，在距让礼村不远的武功，后稷“教民稼穑、树艺五谷”，游徙终结、农耕始从渭河腹地发源。此后千年，干瘦的身材、沟壑纵横的脸、结满厚茧的手，成了让礼村的祖辈及中华远祖们突出的形象，这是农业在人的躯体上生发出的农耕特征。

自兹，定居下来，以土地为基本的生产资料，创造完善农业生产工具和生产方式的劳动者，在黄土壅迈的大地上生成，这些在自然的规范内进行生产的劳动者就是农民，而他们依赖土地生产生活的聚结地，自然就成了村落。《拂挲大地》里的让礼村正是泾渭流域典型的农业村庄。邢小俊的写作目光，总在关注中国让礼村的农业、农村、农民。他热爱着他们。

农业是生存之本，农村是栖居的根基和情愫归依的故地，农民是一个民族最纯粹的基柱。人类需要粮食生存，更需故土来安心。

传统、变迁的乡村，被发展的农村更替后，人们离开故土，再转身回头，恐怕那个曾经的故乡再也回不去了。“乡村振兴、生态宜居，我希望通过回望乡村、记录乡村、揣摩乡村，来加固当下人们对于乡村多层面的认知。希望探索现代人‘心安何处’的问题，并希望可以寻得解答。乡村振兴更是在生活富裕的同时，更大程度获得乡村式的心灵休憩。乡村振兴是农业人口的事情，也是工业化人口的事情。让礼村不只是地理意义上的村庄，她还是情感意义上的故乡。让礼村是中国乡村的一隅。”看到邢小俊的一则访谈。这也是他为助力中国让礼村的振兴而书写《拂挲大地》的初心。

农民是一个身份。新时代，新农业，需要新农民。唯爱与春光不可辜负。**邢小俊用春天来比喻新时代，用“二月二，龙抬头”来比喻人心集聚在田野上。“心胜则兴，心败则衰！”“在春天，让我们平整好土地”，他给予乡村生命通感式的美。**

在夕阳的蛋黄色光晕下，这众多的土的台原，远看却像排列在笼屉中的馒头，更像集合的乳房。阴影最先伸进那些土原凹进去的地方。这一座座原，擎举着一树树高大的、会开花的桐树、柿子树。场上，一个个同样像馒头的麦秸积罗列其上，发酵的麦秸散发出一股酒味。

——《天爷注视下的丘隅》

众多的土原像集合的乳房，发酵的麦秸积散发出酒香。真诚的挚爱，让这些静态的具象，鼓荡起视觉、味觉、嗅觉的鲜活的生命质地。爱让黄土的台原绽放着诗意。

深秋，风大一阵小一阵，风来时，草被吹得翻白，像满原白花；风一过，草又成了暗绿色，这皆是泥瓦匠人出活的好季节，他们要一直忙碌到年关土冻实时止——所有接近大地的工作，都有诗意。

——《匠人的背影》

二　自然：朴素的生态意蕴

朴素本身具有自然恬适的生态意蕴。只要触及单纯质朴的生活元素和生命元素，只要在天地的运律里顺势生长，只要顺应上天的节令，淳朴的《诗经》之美就会汩汩地涌泻出来。

《拂挲大地》的篇章无不书写自然的天地生命，每个让礼村人，无不像庄稼野草一样朴素生长。邢小俊的构想是有心的，而他对乡村的书写却在一种无心的状态里推进。似乎不经意间，《拂挲大地》的描述，以自然天成的笔触，移向了《诗经》生态的一边。作为作者，他的权力是小的，几乎是放弃了制约人物的任何权力，让人物在人事、村庄、天地间自由生息。邢小俊说："在远去的让礼村、记忆的让礼村、现实的让礼村，我要每一个人，每一件事保持住他们的原汁原味，不添加任何添加剂，用土的方法最大限度地保持住他们的真实。"

《诗经》的编纂者面对天地人事的权力是小的。《拂挲大地》的《节令》，恰以《诗经》的结构笔触在陈述着。先说立春，再说响应立春的植物茵陈，再说浩大的农事和阴雨，沉静于农闲的时月——女人为男人做鞋子的人世的暖。犹似一曲波澜起伏的乐章，从轻静处升起，在回旋起伏中升沉激荡，再似暮霭般缓缓飘绕，悠扬着舒缓而终至沉寂。一曲田园牧歌的模样，就像一条河流婉转在大地上，枯荣在四季中。是万籁阒寂里的升华，是渺无声息里的吟味。

人生也是节气。春天就做春天的事情，去播种；秋天就去做秋天的事情，去收获。夏天游水，冬天堆雪，快乐时笑，悲痛时洒泪。

——《节令》

始于“节令就是命令”，终于“人生也是节气”。携带着《诗经》从城里走出，走回让礼村，走在田埂上的那个人物是张平遥，他对《诗经》的诞生这样来认知：

《诗经》的作者其实不是我们这样的知识分子，他们都是来自民间的人，都是在这里种庄稼的人。《诗经》里描写的都是农业背景下一种淡淡的东西，是典型的农业美学产生的作品，是彻底的农业审美。

——《村庄冥想者》

张平遥对《诗经·黍离》的断定，也如此简洁朴素。或许他朴素的决断，是以最为直接的方式，抵达事物的本质。

如其中的名篇《黍离》，其实我们课堂上讲的并不是亡国诗，而是一个人经过糜子地时的忧愁心情——有一天，他经过糜子地，看到糜子在发芽，联想到自己，内心充满哀伤与忧愁；再一天，他又经过糜子地，看到糜子在结穗，又联想到自己，内心充满忧伤与哀愁；又一天，他看见玉米已经成熟，心里依然非常忧伤与孤独。

——《村庄冥想者》

不难设想，张平遥回归让礼村的日子，便是糜子从童年到中年到结出子实的生长期。张平遥的身份：一位走出让礼村，成就为厅级干部，后又回归让礼村的文化人。

“《诗经》是典型的农业美学产生的作品，是彻底的农业审美。”这既是张平遥的论断，又是邢小俊的言语。《村庄冥想者》俨然是稳固的《诗经》体结构，他同样在用《诗经》的方式述说。

自然节律，无法抗衡，唯贴其机理，顺势而为。操劳土地的人必然相信大同小异的自然法则，耕种是农人的天职，行使天职的进程中，他们的情感会随自然的变化而哀伤。只问耕耘，莫问收获，不管有没有收成，谷雨前后，点瓜种豆，遵从天然地活着。冬临万物枯萎，可到春天，万物必定复苏，起承转合，一切将在光阴里流逝。与《诗经》一样，邢小俊的散文，同样生成于巨幅的农业背景。在这样的农业背景上，邢小俊的散文和《诗经》一起，吟唱着生态化的生命。

农业背景是铧犁翻耕起泥土，在种子叩动大地生门的声响后，农人在精心的营务中期盼丰年、祈求康乐地耐心等待。在农业背景上的“《诗经》美”，在于劳动美应和时令，情感美率性真纯，诉求美天人感通，平等美齐物共融。

《拂挲大地》里的人物是小的，他没有变更过他们生命里的天然构成。它同《诗经》一样，描述着自然里的生活和生态中的依存。在农业背景上，《龟兹》无异于追从《诗经》体例的叙述诗。他在讲述诀别生命的怜惜和敬畏生命的哀婉。

龟兹一开口就是高亢的鸿鹄一样的长鸣，这声音诉说着生命的秘密和悲凉，深而痛地开启了一个个活着的心灵。

——《龟兹》

三　价值：留存史实的本真

如果做一部《让礼村》的纪录片，对村庄、土地上的人事、天意做出有细节的片段性记录，《拂挲大地》可称得上别有格局的解说词。散文的空间巨大，至今各种发觉式的书写，仍然未能填满散文的海。散文的文体是包容的，大凡别的文体无法容纳的体例，散文皆可纳入。

社会发展需要纪实文学去记录，深植于传统沃土的纪实文学具有经久不衰的强盛活力。纪实文学，具有鲜明的时代性，其诞生、发展和繁荣，无一不是时代的产物。

邢小俊作为一个新闻媒体的从业者，一个长期沉潜于纪实文学的考证者，一个致力于乡土文化研究的学者，一个慈善公益事业的推动者，注定要把所触及的最为真实的现实境况书写出来。有人说他的散文书写是乡土的，有人说他的散文书写是古雅的。事实上，《拂挲大地》的面世更具有呈示乡土和展示时代的纪实性，那么说他的散文创作是纪实性的书写、民间的书写，应也妥帖。

题材的选择，决定于作者的价值观。

从新闻报道到文学化的散文，邢小俊的写作**一直葆有着正能量的时代性**，他说："媒体要善于制造良性社会热点。写作者的心中要有**人文精神和道德操守，不否定所有的光明。对民族、对国家有所担当，营造一种宽容、理解的社会心态和氛围，让真善美的光亮烛照人性，不要让人失去信仰而悲观而苍茫。文学应给人温暖、信心和力量。**"

关于纪实文学，邢小俊曾有过这样一段表述：

好的纪实文学，就是今天的《史记》。

纪实文学所保留的事实信息，就是社会文化历史的好资料，不仅对于现实具有好的影响作用，对于历史珍藏和记载，也有益。这种事实本真的留存，对于后人认识评判今天的社会生活具有非常难得的帮助，也算是为后人留存的文字财富吧！

纪实文学是在接纳真实、现实和敏锐性之后发展演进，并有效地吸收了文学形象艺术的表达手段后形成的独立文体。纪实介入文体，似乎唯散文和报告文学可纪实。

——《纪实文学迎来黄金时代：邢小俊》

但从纪实文学的发展及经历来看，纪实文学同其他文学家族成员很不相同。这些不同，不仅表现在真实和虚构的严格区别上，在选择题材、确立主题、表达的方式方法等不少方面，都有不同。所以，虽然都是“自家兄弟”，可各自的脾气秉性和主张爱好却有很大差异。对此一点，人们需要有一个比较明晰的认识判断，有一个适合本身特性的理解需求。只有这样，方能见识、理解纪实文学的魅力，感受它的个性力量。

文学的体裁形式自萌芽后也有一个发展变化和逐步清晰过程。要说，文字的最早功能应是记事，像《尚书》《左传》《战国策》《春秋》等书。后来的《诗经》虽然有了自由的情感表述，也仍有很强的记事功能。汉代前，文章、文学，甚至是历史都几乎很难分清，像人们熟悉的政疏、汉赋，都是记叙重大国事祭典或工程景观的。汉代最著名的作家是贾谊、司马迁、司马相如，看看他们的作品，就会对汉代的文学风貌有所了解。到东汉时，方有“文章”一词出现，所谓“发胸中之思，论世俗之事”“劝善惩恶”，反对一切“华伪之文”，正是对文章的追求。大约到魏晋南北朝时期，四言、五言、七言的诗开始成型，“绝句”“七律”有了要求。以后宋词有了各种曲牌、词牌等，都有其固定的形式，作者要适应形式的约束。至于小说，原本是记述“传奇”“话本”“道听途说”“街谈巷议”的文字，唐宋以前，难登大雅之堂，到明清，因《金瓶梅》《三国演义》《红楼梦》《水浒传》的出现，方获得社会文化地位。

纪实文学，其实就是文学的记事记史，虽被命名很晚，但在中国有悠久的传统。

和其他文学体裁比较，纪实文学有很强的社会生活依附和参与性，侧重于现实题材的书写，其本身是社会真实和人生的一部分，它同正在演进的社会生活的联系须臾不分。对于完全现实的真实的社会对象，纪实文学只有选择、观察、认识和尊重表达的权利，而没有改变、塑造和虚构的权利。社会的时代环境，思想文化情形，人文生活状态，都是评判纪实文学的重要角度，也是体现纪实文学价值的地方。但若果失去或是减弱了其社会现实，思想文化和精神情感内容的包含，即便再好再高超的文学表达也将缺少实在的意义。

——《纪实文学迎来黄金时代：邢小俊》

翻开《拂挲大地》，通读五万余字的“正篇 · 望”，一个直觉，作者是在进行一部地理志或类似于风物志的书写，犹若春风一样的真实感扑面而来。而繁密的细节化描述，又绝非简洁的志书书写。

再读五万余字的“反篇 · 殇”，从《大民的一块地》到《逃脱的麦子》，当读到大民扶着喝醉的父亲去看地、麦绒种在绿化带里的麦子被拔除时，那种情感的真要让读者心碎、落泪。这是让礼村一块土地真切的命运经历，是让礼村一个农家女真切的人生体悟。

大民的父亲给村上申请，先要回了那三亩七分地。父亲花钱雇推土机推平了因烧砖取土被挖得坑坑洼洼的地，父亲把大民祖父的坟也迁进去，和大民曾祖父的坟挨在一起，起了两个坟包。其余地照种不误。他说只有站在自家的这块土地上才实在，身上才有胆气。

……

大民扶着喝醉了的父亲去看地，父亲摇摇晃晃，绊倒在地，就地磕头，不知是给祖父地里的坟磕头还是给这三亩七分地磕头。

——《大民的一块地》

作为稼穑为生的农家女，麦绒天生爱种东西，基因里似乎带有播种的愿望和本能，只要能发芽能开花能结果，种什么都行。她一直觉得，把一粒种子埋进土里，像埋进一个秘密，更像栽植了一个希望，后边的日子便有了希冀，只需静静地等待种子在土里暗暗地萌芽，真好。

——《逃脱的麦子》

读过七万余字的“合篇·归”，真不敢相信，作者的记忆会那么绵密精细，有过丰厚的关于村庄生活体验和生命体悟的人不难看出，早已进入城市生活的作者，他的心依旧属于让礼村，属于母亲一般亲近、兄妹一般亲切的故乡。

正合着作者的绵密精细，他的感知和体会进入了事物的内部，并发掘出事物的核心处那粒幽蓝的生命灵光。那粒灵光像只眼睛，在静静地观望。

一片瓦的诞生需要几样世上最简单的事物——水、土、火和人的手。瓦坯子，在一个旋转的圆柱形东西上，致泥薄厚均匀，成一个筒状，晒干后切割成三等份。烧瓦和烧砖是在一起的，砖放在火周围，外围再放瓦，一级一级，层层叠叠盘上去，一直盘到窑口。烧到一定程度，要青瓦的话，就把窑口和烟筒封闭起来，往里边浸水，这时候会热气熏蒸，瓦便在窑里变色。不浸水的话就是红砖红瓦。

瓦，是一个温暖的词语，瓦是人类的童年，农耕文明的记忆，心灵的故乡。来自不同坡上的土，制作的瓦就有着迥异的生命气息。

——《寻瓦的人》

《拂挲大地》分为“正篇·望”“反篇·殇”“合篇·归”三部分，思谋着，用心结构的作者，何以要如此布局谋篇?

读过《拂挲大地》，自会明晰地发现作者的用意。“正篇”展现的是作者在年少的记忆中挖掘出的传统的乡村。“反篇”呈示给读者的是作者在自己的视野内察觉到的让礼村的变迁，以及他的忧患和思虑。“合篇”中作者要把当下让礼村的热火朝天的振兴图景描绘在案。

在每一篇中，作者都用一个字为他的布局给出解释。

“望”，向着远处看呵，一个心在村庄、身在都市里的游子，他朝着故土的方向静静地凝望，他驳杂内心里正在激荡着什么呢? 曾经的、传统的、自然的让礼村已经走远了，远到他无法再看到她暮霭升起、倦鸟归巢的身影了!

“殇”，工业意识、商业意识的融入，农业意识的消退，拥有厚拙的土腥味的村庄还会不会焕发新的温情? 走过让礼村的田地，悄然的村落，几个老人圪蹴村口，新的村庄是水泥和砖石砌就的，它比钢铁还要坚固，老人们看着田地，春花开的日子，漫天遍野的绿，一分一秒地增厚着，变迁了的乡村为何要这般寂寥。

“归”，返回、回到原来的出发点，唯有走出去和返回来，才能理清村庄、故乡在生的旅途中所赋予的本质和意义。乡村的振兴，是走出乡村的人们回过头来，对乡村价值的重新认知。振兴的乡村，应该是传统与发展相融和，礼约有序、道德圆满、身心皆可安居的村落。

后来，雪没有来，麦苗却被街道办负责绿化的人拔掉了。他们边拔边嬉笑着说，城里咋能种麦子呢？在玻璃门里，麦绒的眼里噙着泪花，看着她的麦子被拔掉。她想，这群拔麦子的人，难道就不吃麦子？说不定他们自己的上一辈是从种麦子的乡下来城里的呢。

——《逃脱的麦子》

四　哲思：自然的和谐与时代性振奋

空旷和寂静、种子与发芽，自然就蕴藏着哲思的意味，大地辽远，村庄是离天很近的地方，文学在更多的时候，都在找寻那种离天很近的的东西。

走过村庄，看到一位老人站在自己的田埂仰望苍穹，太阳晒得正红，桃花悄悄打开花蕾，醒过来的草尖刺破土皮，被一种无名的巨力催促着，一定要来打量这土地上的世界，这样的场景，已经具备哲思。

真正的文学、试图接近文学实质的写作，都会从开初的写实烘托其最终的写虚，与人交谈，说：**“文学写到最后都是写虚，是由人物、故事的实，上升到生命启悟和探究的虚。”**确实如此，文学一旦进入生命的思辨，必然蹚入了哲思的境地。生命有其浩瀚的神秘性，将其看得深沉，那就进入了黑夜般的哲思的玄意；若将其看得淡，那便要浮向清水般的禅意。

在让礼村，《村庄冥想者》中张平遥，他是玄的；而《敬惜字纸》中的祖父，他是禅的。

他还感叹："人一辈子是终极公平的。吃多少饭，有多少财，喝多少酒，娶几房老婆，都有个定数。现在多少人狂吃烂喝，把命里八十年的东西十年就吃完了，吃完了他的命中定数，他的病就来了，他的命就不长了。

——《村庄冥想者》

祖父接着说："一碗水，风可以将它吹干、土可以把它吸干、太阳可以把它晒干，要想不干，只有在井里面、在河里面。独木难林，一人难事啊。"

……乔家老大觉得很奇怪，便问："爷，爷，碗摔碎了你咋不看一下呢?"老人答道："我再怎么回头看，碗还是碎的。"

——《敬惜字纸》

在让礼村，生命应该呈示什么模样?

无人能说清，包括《拂挲大地》作者自己，作者的可贵之处，是把这些具有真实的生命启示的自然人事，经让礼村的诉说搬进文字，不再做一丝半缕的引导，反倒在自然人事之外留下了更为广阔的哲思空间。这些自然人事，又使让礼村的讲述适可而止，那指向生命思索的哲思由此得以起航。凡与生命有关，凡是指向生命的探究，那隐在自然人事之内的哲思就会无限广大。在村庄，疾病是哲思的、中药是哲思的、药锅是哲思的、动物是哲思的……

药锅只能借，不能还。它是土地安顿不了病痛时，递给人手里的一个铁青色的泥质祭器。一个村庄只有一个药锅，它放在村里一个特定的地方，谁也不情愿靠近它，实在不得已没有人会把它拿进家门。

如果你不是在那个特定的地方取的药锅，而是直接从一家人那里拿走了，那么，你千万记住：用完时不要再还给他。你只能把它悄悄地、充满敬畏地放回那个特定的地方——这是村庄的隐秘。

——《村庄的先生和神器》

村庄人皆尽知的秘密是：牛眼看人要比正常人大得多，所以牛服人，以庞大之躯心甘情愿地供人驱使；鹅眼中的人要比正常人小，像一只只可以吃掉的虫子，所以鹅不怕人，见了人就直扑过来，狂妄地叫着要把人吞下去，这无知却无畏的胆量让人一直害怕鹅——人总是怕想法比自己胆大的动物。驴的眼睛看人最真实，它不小看人，也不会看大，却是斜眼看人，心怀鬼胎，边吃草边用驴脑子揣摩人的心思。

——《村巷动物》

甚至包括村庄里的鞋子和条柱（笤帚）也是哲思的。因为这些事物，呈现了生命在平面上的广博和在立体里的纵深，以及多维次里的无限。

永恒应该也是《拂掌大地》中触及哲思的一个话题。观望着生老病死，其实是书写了永恒。

邢小俊在谋篇布局时，把整个世间浓缩进了一个村庄，他把那些携有宿命质地的自然人事放置进了让礼村，以集中却又舒朗的姿态，凸显着在真实之外的生命的无奈和幽渺。在写出让礼村苍茫时，也真实地书写了黄土台原的苍茫、大地的苍茫。

邢小俊说："家乡存在于土地，是一个地址，在地球上可以找到。而故乡隐藏在心灵，是在身体里。一个远走他乡的人，身体里装满了故乡。"他是借真实之笔，写他"身体里装满的故乡。"出离了村庄，在村庄之外望故乡，他的哲思由此而触发，他发现着大地上的让礼村、真实的生命和简单而清洁的生活。

让礼村的人这样说话，是因为他们认为这些牲口和物件都是有生命的，像人一样应该有它们的情绪和思维。所以，他们经常对着工具私语，或哄劝，或咒骂、或夸奖、或承诺。这些镢头、锄头、犁铧、割镰，起初都是瓦蓝瓦蓝的青涩，在主人手里日夜操劳中睁开了眼，褪掉了那层瓦蓝，闪出银光，铁树开花一般。这样的工具才算轧上钢口了，它们是主人延长的手臂，拂挲大地。

——《有情绪的工具》

中国社会的巨变，为作家提供了宝贵的矿藏。纪实文学以其鲜明的新闻性和浓郁的文学性，具备反映时代、歌颂时代的功能和责任。作家应该以最美好的作品回报时代给予的丰盛机遇，书写中国故事、表达中国精神、探索人类进步。

这是一个最好的时代，也是一个纪实文学的黄金时代。文学应有本领传达出一个民族最有活力的呼吸，应有能力表现出一个时代最本质的情绪，应有责任去呼唤人类的美德，激发那些穿越沉沦后上升的力量和勇气。

邢小俊用新闻人的视野凝视世界，在凡俗的生活中敏感地发现蓬勃的力量和新的美。《拂挲大地》中“合篇”触及生态文明建设、七权同确、脱贫攻坚、基层党建、返乡创业、新乡绅文化、合作社、医疗改革、农村电商、文娱生活、搭伙养老等诸多方面。作品以它的文学性向读者展现一种罕见的《诗经》美学，以它的时代性向读者展现一个让人振奋的中国新农村的蓬勃图景。发人深省、使人振奋、催人上进。

“心胜则兴，心败则衰！在春天，让我们平整好土地！”邢小俊用春天来比喻新时代，用“二月二，龙抬头”来比喻人心。

历时五载，邢小俊本着一以贯之的初心和情怀，借助繁复而立体的史实，用心捧出好作品，向新时代交上了一份集思想性、哲学性、文学性、纪实性于一体的优秀答卷！

目录

正篇：望

反篇：殇

合篇：归

尾声

正篇

望

礼失而求诸野。

——孔子

天爷注视下的丘隅

天上响起了雷声，村子里的人就会说：爷在说话。

周围的人肯定会附和着说：爷说话了。村子的人，一生中都知道头顶上的虚空中蹲坐着神灵。黎明时分，当天空慢慢呈现出瓷器般的青白色，能看清手掌的纹路，他们就会说“爷醒来了”。

他们说这些话时自然亲切，像说着家常和日子，理所当然。在他们心里，一生都接受着天爷的目光，天爷的目光仁慈而严厉，无处不在。

亿万年间，是风，把细腻的绵沙土从遥远的西北方向搜刮而来，无数次的堆积、叠压，便有了这厚达百米，连绵浑圆的台原丘群，铺天盖地。继以风和野水的奔走冲刷，遂有台原、梁、峁、壑，尽显洪荒和浑朴。

厚土高天，天地玄黄。空气里，亦有黄土的腥鲜和农作物扬花时甜腻的味道。

丘隅的意思就是丘陵，明朝时，这块丘陵上的乔进士曾撰《丘隅意见》一卷，多载录明朝史事，涉及朝章典制、科贡选举、兵制边防、盐法田赋、茶马贸易、风俗变迁，间有考订经史文字。

在夕阳的蛋黄色光晕下， 这众多的土的台原，远看却像排列在笼屉中的馒头，更像集合的乳房。阴影最先伸进那些土原凹进去的地方。这一座座原，擎举着一树树高大的、会开花的桐树、柿子树。场上，一个个同样像馒头的麦秸积罗列其上，发酵的麦秸散发出一股酒味。

时有时无的河有两条，一名叫浊峪，一名叫清峪，左右各一，夹着这块黄土，蜿蜒而出。

让礼村，乃丘陵褶皱里一个古风犹存的农耕村庄，亦是唐代大书法家柳公权的故乡。让礼村之得名，源于柳公权、柳公绰兄弟谦让互敬的故事。志载，唐咸通六年，柳公权官拜太子太保，赠太子太师，其堂兄柳公绰官拜检校左仆射，赠太子太保。两人生前相商百年后骨骸皆葬故里，叶落归根。一日，两人来到故里柳家原附近，见一处佳地，居高临下，视野开阔，头枕山梁，脚蹬平畴，风景甚是秀丽，便选择该处作为墓地。然而，死后兄弟俩究竟谁葬在上首呢？权以绰为长，绰以权官高，便相互谦让起来，一时难以定夺，相持良久，终不了了之，后人便将墓地附近的村堡命名为"让礼村"。兄弟两人的墓地里，有七棵梧桐树，树上皆有一窝喜鹊。

让礼村的黄土细腻、绵软，绸缎一样的触觉和蜂蜜一样的视觉。

有了土就有了地，地是让礼村所有人的命根。

依靠土地生活的人，必须定居。侍候庄稼的人，像是半身插入土地的铁锨，等着土地把它磨短，等着时间让它长锈。

土地让人学会了把种子埋在土里，等待它发芽、开花、结果，所以不能乱跑，从播种到收割，一年就过去了。让礼村的人，常态的生活是终老是乡。在这个绵软细腻的深厚土原之上，人无疑是生息其上的土虱子。让礼村的人们附着在土地上，一代一代地下去，定居是常态，走出去是变态。

人谦卑得像土地一样，在土地里生长，最后又回到土地中去。土地上变化的是附着在上边的人，变厚的是土地，人死一茬天上照例就会落下一

訪禮村
是唐代大書法
家柳公權的
古里因和其
弟柳公綽互
訪墓地而得名
戊戌歲
鐵林

有了土就有了地，地是让礼村所有人的命根。

依靠土地生活的人，必须定居。侍候庄稼的人，像是半身插入土地的铁锨，等着土地把它磨短，等着时间让它长锈。

层土。

在村上，人们能叫出任意一片地的主人，大家都互相熟悉对方的祖宗八代，也熟悉着对方的土地，他们心里清晰地记着你这一料种的什么庄稼，最终有什么收成。

村上所有的树，在冬天落尽叶子，你会发现它们一律向东南倾斜，因为常年的西北风，吹歪了树。世人常以宁折不弯为标准，原上的树却信奉的是宁弯不折，留取生命。村里多的是大叶杨、小叶杨、椿树、皂荚树、楸树、梧桐树、槐树。因为缺水，也为了阳光和生存，它们都要努力着向高处伸展枝丫。一群树挤着，才能长高，在原上你看见一群树一排树总要比一棵树高些，一棵孤独的树，必然斜枝旁出。

虽然缺水，但是远看村庄，它依然是坐在一簇簇的绿荫之中的。杨树六年成椽，二十年成檩，杨树其实就这两个用处，锯成木板打造家具，不结实，但也不会走形。父亲在儿子出生后给他栽一排树，长到他结婚时刚好做檩做椽，盖房娶妻。过三四十年不砍伐，杨树里面就空心了，一棵爷爷栽的杨树，父亲没有砍，孙子就不再动了，让它一直活下去，直到老死，给鸟落脚、筑窝。树过了一百年，死活都成精了。

这金黄色的土地却能长出一片片肥厚的烟叶，这绵厚的绿色海洋在黄土上更显眼，绿色的海洋中还有一个土房子，烘烤烟叶的香味随着袅袅青烟飘逸四方。大风，是空气的迅跑。一场大风一过，这个村庄在头顶酝酿许久的一窝子热空气，被风整个搬运到千里之外。

一生浩瀚，半生在炕

黄颜色是这里的主宰，土炕土窖土窑洞，都离不开黄颜色的绵土，一片混沌。

人们住着地穴窑洞，窑洞也只有在黄土高原上才能打出来。土原没有森林，缺乏建设房子的材料，人们就从一块平整的地上四四方方地挖下去形成一个方形地坑，这是一个边长二十米或者更大的大坑，深入地下十数米，四壁掏成窑洞，形成一个四合院，这样，虽然土方量大，却省却了大量的砖石木料。

地穴式窑和地面上普通农家院没区别，窑院内各个窑洞呈拱形。院中多栽有三两棵树木，人在远处平地，只见树冠、树梢，不见房屋。窑顶四周长满杂树、蒿草，不走到跟前根本发现不了住有人家，所谓：进村不见村，平地起炊烟，忽闻鸡犬声，闻声不见人。

生活用水来自水窖，水窖是在窑洞的院子里再深挖下去，先是笔直，到一定的深度忽然扩大，截面像一个灯泡形状。水窖的底部一般要铺一层料姜石，料姜石不是石头，也不是土块，它的硬度介于石头和土之间，奇形怪状如硕大的生姜，人们整理土地时把料姜石挑拣出来，铺在水窖底可以净化水，据说料姜石像生姜一样也使水有了许多功能。

此外，院中还要挖一口深约十米的渗井，井口上缩小成一小孔，比地面略低，用来收存大雨时水窖不能容纳的水。

院子距地平面有两三层楼高，从更远的地方打一个斜坡，院中有一孔留作门洞，设有斜坡形通道让人走上地面。上边的人，穿过十几米长的门洞便可以进入院子里，像进入神秘的地道。

窑洞是天然的温度调节器，冬暖夏凉，一般分为主窑、副窑、厨窑、牲口窑、粮窑、柴草窑、门通道窑等各种功能的窑。各窑方位不同，主窑为长辈居住，其余排资论辈使用。

里面砌着土炕，土炕由八块大泥坯构成炕面，长丈余，留有炕门填入干柴，硕大宽展的土炕可以横躺竖卧六七人，面积往往占据了窑洞空间的一半。一抱麦秸塞进去，一把苞谷秆塞进去，一搂干枯的树叶子塞进去，一缕温暖的火苗就蹿起来，无论窑洞外边如何天寒地冻，窑洞里此时定变得温暖如春。

泥坯就地取材于黄土，在农闲时，又逢雨后，土质绵软湿黏，村人就用一木模具装满湿土，用一石质锤子砰砰击打夯实，取出来排列整齐晾晒，干透后坚硬如砖石，用来盘炕。多年后被油烟熏黑了的泥坯，却是最好的农家肥，肥劲足，上旱烟最好。

有的灶台连着土炕，一炉灶火，满屋氤氲。一炉旺火，聚拢一家鲜活的生活，一人在灶上做菜，一人在灶下生火，一人灶上一人灶下就是相伴相随的爱的和睦景象。麦秸火不刚烈，烙锅盔却正好，锅盔外焦内暄，本香扑鼻。玉米秆最适合熬玉米糁儿，烧过的余烬慢慢煨着铁锅。

一生浩瀚，半生在炕。

人住在冬暖夏凉的窑洞里，在土炕上出生、繁衍、歇息、瞌睡、死亡，他们大多一生都没有离开过土炕。而土炕能世代相传，是其硕大、阔展，满足了他们潜意识中一种生命舒展的愿望。人从高原平展的地面上凿穴而居，这样地与大地亲近，汲取地气，从心理上寻求一种心灵安全和依托慰藉。而睡土炕长大的人，有很好的骨骼发育，一辈子身板直溜，刚正不阿，挺直脊梁做人。这是远古的祖先对子孙殷切的期望，通过土炕这种沉默含蓄的方式传达出来吗？

睡在土窑里土炕上的人，认为城市的水泥楼房是缺少地气的，养一条宠物狗在上边都会经常生病，何况娇贵的人呢。在最古老的时代，地球可能是一个寂寞的大石壳，上面没有一株草、一只虫，更没有一层土壤。经过了多少亿万年太阳风雨的力量，原始生物的尸骸才造成最初的一层层土壤。而城市的人们不珍惜这土地，把地底下的石头挖出来烧成水泥，涂在地面上使其又变成大石壳，还在地面上竖起逼仄的水泥的楼房，把地底下的煤、石油、天然气掏空，变成毒气熏蒸城市，真是一蠢再蠢的事情。因为水泥是石头高温烧出来的，所以城市就很燥。城市是一个快节奏的社会，似乎是一个被割断与大自然脐带的荒漠，寂寞、孤独又迷茫。

睡在土窑里土炕上的人，遇到生命的困厄，他们骨子里会知道：个人再大的哀伤，都会被这片土地和土炕担待，没有什么东西是不能过去的。

窑洞里的容器叫瓦瓮，是用泥土在窑火中久经炼烧而成的刚脆之躯。瓦瓮，这原始而时尚的器皿，怀草木之心，百泉之梦。硕大的瓦瓮用来盛水，水扑扑衍衍地满，安宁满溢着，上边漂着半个葫芦；中等的瓮盛着面、米，在窑洞里靠墙摆一溜。

几乎每个窑壁上都要掏出一两个一尺深的小小的窑洞，状似佛龛，村人称其腰窝，意思是高度在窑洞腰上的土窝。厨房的腰窝通常放盐罐醋瓶，做饭时顺手可取。土炕墙壁上的腰窝则常年放着一盏小油灯，可防风，起夜时不易碰翻。油灯下压着家里的土地证等重要票据和家里的积蓄。下地干活时，门是从来不锁的，门闩一挂，外人来便止步了。几乎人人都知道每家的钱放在腰窝，却少见丢失的。老人的腰窝里还存放一些稀罕的吃食零嘴，藏起来给孙子孙女吃的。

城里人用“土气”来藐视让礼村的人：让礼村有人伤了手脚，会抠半把老土，抹在流血的地方止血消炎，这是一把院墙上的老土。出远门的人，母亲们会偷偷把一包红纸裹着的东西塞在箱子底下。在外水土不服，老是想家时，可以把红纸包裹的东西煮一点汤喝。这是一包灶上的泥土。

村子统一还是缺水的，虽然村西头沟壑里有清峪河，但是它蓄积不住，水不停地流走了，那是别的地方的水。

这土地上优秀的不安分的基因们一生都在努力摆脱这片养育自己的衣胞之地，成为没有根基的城市流浪者。但是，当他们在土原之外的远处疲累了，生了大病了，他们无一例外地要千里万里赶回来，喝这里水窖里泡了料姜石的水。这里，是他们的命根、魂灵，牵系着他们的肉身。

病了的你回来了，走到村庄任何一孔窑洞里，主人第一件事情都是让你赶快喝茶、喝水。

看着病恹恹的你，上了年龄的主人像巫师一样说：你远离了这片土地，你身上已经没有了“土气”。你是在这个地方出生的，你是喝这里水长大的。这个地方的土里水里含有很多元素，从小也就被你吸收到体内了，而你却从自己家乡走出去了，天南海北地走了，到天涯海角去了，到异国他乡去了，又喝了其他地方的水，吃了那么多有毒的东西，体内元素不平衡了，就出了毛病。你四处求医，吃了更多的药，身体越吃越复杂了。你回到这里，再喝咱这里的水，时间久了，身体自然就恢复了。

缺水的村庄里，女人的剪纸内容却多是花和鱼儿。

古腔

这厚重的黄土曾经产生过伟大的《诗经》，村里人说《诗经》最初其实是村庄里流传的民谣和谣谚。

平平常常的日子中，村庄人口语里经常冒出一些很雅很古老的词语：他们把“猪”叫“彘”；把“棺材”叫“枋”；把“大衣”叫“大氅”；把骡马牲口叫“头牯”；把“蚂蚁”叫“蚍蜉蚂”；把“砍伐”叫“科”；把“舒服”叫“倭也”；把“额头”叫“额颅”；把“吃”叫“咥”；把“完了”叫“毕了”；把“束缚”叫“梏住了”；说某人拿腔作势找借口叫“辞谚”。

人很渺小，土原连成的大地无垠广大，像一个巨大的凹凸不平的粗糙石磨，台原上一圈圈的梯田如上帝的指纹，与太阳平行，天距地很近，站在这里的人有压迫感和眩晕感，旷远、荒蛮、崇高。

两千多年前，这片灼热的黄色大地上，曾经生活着质朴高贵、雄放豪迈的先祖人群。人们在土地上追逐野兽，放牧牛羊，捡拾野果，播种五谷，匍匐在大自然的威力之下，风雨雷霆，电光野火，都使得他们畏惧战栗。

上天赋予他们身上不安分的基因，他们常常会忽然忘记手中的牧羊鞭子或者锄头，大吼着通过土原群丘的回声与远古的灵魂对话，听见天上滚过去的默雷，以为有人在召唤他，看见远远近近的柿子树、核桃树，以为是自己形态各异的嫔妃。他们挺立在天地间，举目四望，看世界，想呐喊，想歌咏，想驰骋，想骑在骏马上搅乱世事。

他们的热血，他们的身影至今仍然在村庄依稀可见：村社之饮、丧葬之饮、婚典之饮，人生苦短，聚必痛饮，先祖的遗风藏在他们骨子深处，喝到尽兴时，狠劲拍着大腿，面红耳赤地破天长吼。其间用砖头砸着板凳，用大槌敲着铜锣，用力拉着简朴的丝弦，昂昂然齐声吼唱，气势迫人，铮铮裂肺。他们用最为高亢的腔调，像先祖一样歌唱着爱情，歌唱着流血，歌唱着沉闷和平庸，歌唱着死亡，寻求着生命的归宿，宣泄了能量，身心始得安然。

如今，他们从田地里疲惫归来，在自家的院落里放稳锄头，把牛儿拴牢在槽上，身上沾满了泥土的新鲜和芬芳。在村子中心的大槐树下，他们静默地在那里歇息，或蹲或站，横七竖八，像一群姿势各异的泥塑，神情沉稳。身后，远处是大片的玉米地，更远处是连绵的像馒头一样的黄色土丘，丘与太阳平行，中间是死一样的静寂。

“繁花似锦地，八水把城绕！”猛地，似乎天上滚过一声惊雷！一人啸起，满世界帮腔。

这些人像忽然惊醒的兵马俑，全都充满力量地扭动起来。从无到有，之间没有一点迹象；从无到盛，之间没有一点过渡——这小小的场地瞬间就蒸腾起巨大的势能，静谧的空气也立即变得燥热不安起来，先前困倦的世界突然变得亢奋异常，浑圆连绵的黄土沟壑和整个村子似乎也被激活了，黄尘漫天……

吼叫中，扭动中，他们成了当年周秦汉唐帝国的子民。青布裹头，悬汉罐烹调，独尊儒术，吼老腔自娱，尽显古国的荣耀。

定睛看，他们手中分明操着一些简单至极的家伙——自制的板胡、大号、手锣、勾锣、铰子、梆子、铃铃等乐器，粗糙、简易，却有力。那个精瘦的老头儿，没有乐器，却坐在那条四尺长的四腿木板凳上舞动着他的铜烟袋，像指挥着他的千军万马。

“太阳圆月亮弯都在天上，男人笑女人哭都在炕上……他大舅他二舅都是他舅，高桌子低板凳都是木头……天在上地在下你娃甭牛……”说不尽生活的简洁而厚重，命运的斑驳与苍凉。

“一颗明珠卧沧海，浮云遮盖栋梁才。灵芝反叫蓬蒿盖，聚宝盆千年土里埋……”说不尽的英雄落魄，明珠暗投。

“将令一声镇山川，人披盔甲马上鞍，大小三军齐呐喊，催动人马到阵前，头戴束发冠，身穿玉链环，胸前狮子扣，腰上挎龙泉……”一声吼尽千古事，双手对舞百万兵。紧锣密鼓的敲击声中，恍惚间髯口黑面的将军上了阵，刹那间，重现了金戈铁马的古战场，剑戟撞击，马蹄嗒嗒，尘烟弥漫。

你看，这些歌者，他们无一例外地全投入进去，容不得羁绊，容不得压抑，容不得委屈，容不得平庸！

人喊马嘶，眼光凛凛，气势汹汹，热汗纷扬……

他们似乎忘情了，发狠了，没命了！

他们似乎要挣脱，要撕破，要撞开！

所有人都在表现，所有人都是主角！

围观者无不惊愕！小小的心胸无不被强烈激荡和震撼着。被俗世生活压迫而变得逼仄窄狭的心胸，瞬间开阔舒坦，英雄之气喷薄而出，恨不得挥刀催马与贼厮杀！

此时，领首者情绪愈发激烈，他仰天长啸，唱词激昂，豪迈奔放，像在倾诉，似在号哭。受到感应，那位蹲坐在板凳上的精瘦老人猛地跳将起来，疯了一样抄起板凳，抡过头顶，举起，举起，再举起，像竭力要用四腿长凳撑起天。板凳再放下来时，一手狠狠地摁着，腾出来另一只手，抓起一块惊木狠狠地击打板凳面，那令人惊诧的哐哐响声不啻惊雷轰鸣，围观者、帮腔者齐声吼叫。

拉坡号子冲破天，枣木一击鬼神惊！

围观者的眼睛睁大了，头发竖起来了，额上的青筋跳蹦，视觉、听觉都在经受着最大的冲击和撕扯！

轰隆隆，轰隆隆，轰隆隆，千里的乌云万里的闪电，千军万马冲撞与撕咬，号叫，乞求，呻吟，大笑，哭诉，痛苦抑或快乐，悲欣抑或麻木，世界在战栗着……你已听不到了唱腔，你已看不见了人，你只感觉一团躁动的热量和能量在呼啸，在聚集，在奔突，在疯狂而执拗地寻找某一个出口……

不知过了多长时间，不知天底下发生了什么事情——像一阵狂风骤雨猛地刹住了阵脚，说停，它就戛然停止了，似乎什么也不曾发生过。

在它戛然而止的时候，世界出奇地静！

最后，他们从梦一样的雄壮中苏醒了。不得不圪蹴下来，面对脚下这实实在在的土地，这才是土一样真实的现实。

人如蝼蚁，黄土滔滔！小麦养身，老腔养心。他们世世代代站在这厚土上呐喊、啸叫，直起直落、宽音大嗓、酣畅淋漓、充满阳气。朝代更迭，人事兴覆，他们一茬茬出生、茁壮、老去，重归泥土！

这些绵延的土原缄默不语，似在昏睡，其实在吞噬，吞噬一切生灵的理想与狂妄，快乐和哀愁，使其木讷地劳作和等待春天的到来。

世界似乎毁灭过了，又似乎重生过了！又似乎什么也不曾发生！此后，村庄里什么都是淡淡的，因为站在土地上的人相信有稳定的自然周期，知道大自然有平衡有节奏。他的情感周期和自然周期会合在一起，哀而不伤。

高原上的狗不会说话，但它什么都明白……

村东头，村西头

阴坡长树，阳坡长草。

居高临下地看，一条条土路细瘦如瓜蔓，丝丝蔓蔓，在太阳的照射下很亮很刺眼，这蔓相连着村庄，村庄群就像瓜蔓结出的大小不等的西瓜。

在这土路上，骑着绿色自行车的邮差，穿村而过，他面带安然和惬意，每一脚都踩得稳妥又自在，多少年后，当他的绿色制服身影消失，村里已经很难见到如此享受工作的人了。

这个村庄在黄色丘壑上是一个东西走向的鸡蛋形状，西边连着一个更深的冲击出来的黄土沟壑。

太阳从东边升起，从西边落下，晨光开始在东原上发芽，像一棵树一样迅速长大，把天地撑亮。早晨清新的阳光长时间地洒在村庄东头，所以村东头的人要比西头的开朗，精力充沛。他们天生大气阳光些，具有蓬勃的生存能力和繁殖能力。辽阔平坦的地势使得他们更敦厚、实诚。

而村西头的人，他们大多居住在村庄的西边缘和西边那个大沟壑里，沟壑的上游有一个大水库，小河没有断过流，所以沟里边的人不缺水，种着水地，种着各样的蔬菜。因为夕阳在他们心中留下了太多的印象，加上住在窄狭的沟壑里，这些人暮气且阴郁，他们一生中不可避免地有太多的叹息。

村西头比村东头优越的是不缺水，村东头人的骄傲则是他们每天有第一缕最新鲜的阳光。

在村西头这个地势窄狭的沟里，虽然不缺水，但是人们经常会为谁拦截了属于自己菜地的那股水、谁家小孩踩坏了他家的秧苗等鸡毛蒜皮的事情斗殴，最后升级为一个家族和另一个家族的不和，长达数十年。有时是为了一只鸡或者一棵树，他们几辈人能老死不相往来。有时可能为了一句话，他们能与对手算计斗争一辈子。

因为缺水，村人爱树，树让这个村子更像个村子。远处看，见村不见房，见树不见村。村里人把树看得金贵而神秘，如果需要一块木料，去窑畔上选树，心里忐忑不安，斧子藏在后腰衣服里。他们不砍孤零零的树，那是树里的独生子和可怜人。终于选中了一棵自己需要的树，他们会跪下来，奠酒，祷告，念念有词：神爷啊，我是×××，我的××家具坏了，需要砍这棵树，你宽恕我吧。砍完树，他们往往会在原来的位置培育一棵新树，郑重地培土浇水。

村西头的许多人舍得把自己一生的能量和心机都花在一件事情上或者一个人身上。村西头的李三，与邻居王宽为一棵沟畔上自然生长的树争殴，几十年来总共打了十几次架，儿子打，孙子打，最后那棵惹起争端的树已经老死了，但是两个家族的战争还在继续。两个70岁的老人互相较着劲精精神神地活着。一天王宽突然病故，李三忽然没有了对手，精神松懈下来，几天时间也成了一个颓衰的老人。

前边说过，村东头有瓜蔓一样四通八达的路，几十年来村东头走出去折腾世事的人相对就多些。村东头的人没有充裕的水，没有沟壑依附，而又迎着太阳，迎着四通八达的小路，所以他们天生就有“走出去”的基因。他们坐着三轮车“走出去”，三轮车上是一些在命运中疲于奔命的人，是一些被出生的土地害苦了的人。这些路是一条通往外边世界的路，他们追赶着太阳，追赶着路，他们健康长寿。

村东头有了这些四通八达的路，那么村西头的人逢集赶会必须经过，他们挑着水地里的西红柿、黄瓜、西葫芦，甚至是水果，从村东头经过，他们为了多卖些分量，走一段就要给蔬菜上淋洒一些水，湿漉漉的新鲜蔬菜总是让村东头孩子们垂涎三尺，一个个看直了眼睛。

挑着蔬菜的村西头人一脸严肃、小肚鸡肠地走过去，不愿多搭理村东头的熟人，能避开就避开。

而村东头的人没有想这么多，他们虽然缺水，却仍会站在门口，热情地说：歇歇，喝口水吧！

无论村东头村西头，让礼村都笼罩在一种浓浓的烟火味中。这种很香的烟火味儿，是一种混合的复杂的香。有人家在烧麦秸，有人家在烧豆叶，有人家在烧芝麻秆，有人家在烧苹果树叶子，还有人家或许烧的是甜瓜秧。每样柴火都散发着一种香，各种香汇聚到村巷上，就成了这种混合型的醇厚绵长的人间烟火味儿。

村里人天天闻着不觉得，外人一进村就说香。

涝池边的烟火气

让礼村的人骨子里爱水，也惧怕着水。生息在茫茫土原褶皱里的人们，挖土穴而居，盘土炕而栖，汲取土窖里混浊的雨水，繁衍如土虱子一般……

在这片黄土层的上空，每年，来自西伯利亚的冷空气和来自东南部海洋的热空气准时相遇，变成雨雪润泽大地，其中的大部分汇入一条很远的黄色的大河。来势凶猛的雨水，村人称作白雨；秋季连绵不绝的雨水，村人称为淋雨。这些土地渗不进去的水，汇聚到了低洼地带形成暂时性的小湖泊，就是涝池。

村子惧怕水，也想尽可能地留住水，窑洞里的水窖、涝池便变成一个个想留住水的容器。这水窖在丰水期能大量收集雨水冰雪，避免水涝灾害，收集在土窖里的水在窖底的土中、料姜石中自然沉淀净化，供人饮用。用时则用辘轳绞上来，珍惜着用，洗了脸的留着洗脚，洗了脚的再用来浇院子的树。隔着一年半载，水窖需要淘一下淤泥，一年淤积几尺青泥，不淘的话就盛不下水了。淘窖至少需要三人协作，一个人站在窖底的黑暗里往竹笼里装泥，一个在窖口绞辘轳，一个在窖口接泥倒泥。从窖底黑暗中传来一声“上”，辘轳吱扭吱扭绞动，一笼青泥就上了窖，换一个空笼挂在绳子上，喊一声“下”，笼拽着绳索便深入地下。

大旱之年，虚土三指，男人用水桶从窖井口提上了一桶混浊的水，过不了几天，一阵土腥味，漫天的黄尘土里定会大雨滂沱——天地是相通的。

让礼村的暴雨经常突如其来，把土原打矮一截，齐头并进的水，像沿着沟壑逃脱的群蛇，它们把一些石头卷走，把一个不小的树连根拔起，把一地将熟的玉米卷走，不可一世地冲进村庄，却咕咕咚咚地被村庄藏匿于地平线以下地穴里的上百个水窖井悄悄饮掉，饮不完的水也无妨，也被村里的三个大涝池喝掉，涝池地势低，下雨时一片汪洋，太阳出来一晒，三五日连蒸发带渗漏，就减少了一半。这一口口其貌不扬的窖井和涝池，在水涝和干渴中吞吐或吸纳，亦是一种土地静默的、大智若愚的养精蓄锐。

涝池，一般位于村子的低洼之处，以势积水，要把底部垫平，夯实，然后用胶泥平铺，不然会漏水。每当雨季来临，水满而溢于沟渠涝池之中，不至于殃及村子。

有一年发大水，四爷家很多东西被冲走，特别是一罐菜油也没了。雨过天晴，四爷的儿子来到涝池，水面上有很多油花，他指着水面说，那是他家的油花。

学校明文规定不允许游泳，但午休时间经常有胆大的孩子脱了衣裤光着屁股跳进涝池里，嬉戏玩闹好不快活。下午上课时，老师检查有没有人浮水，男生伸出胳膊，老师用指甲在胳膊上轻轻一划，划痕发白的即为浮过水的。也有些放狠招的老师，等不听话的孩童跳进涝池后，把他们脱在地上的衣服裤子全部拿走，这下赤条条的屁孩子们便在水里上不了岸。

那年淹死一个孩子，叫拴牢。涝池畔上给他拿衣服的姐姐发现弟弟没上来，喊来大人捞上来放在牛背上让他吐水，但也回天无力，他的七窍中都有淤泥，应该是入水时一头扎进泥里，顿时悄无声息。

牲畜饮用及洗衣服的水在村子低洼处的大涝池里。

夏天下午三四点钟，羊群散发着骚臭味，咩咩地叫着被从圈里赶出来，在放羊人的吆喝声中跳进涝池。羊的游姿相当滑稽。游出涝池的羊们凉爽了很多，在放羊人的驱赶下又钻入路边的深草中。

妇女们拿着脏衣服，提块青石板和棒槌来了。一边叽叽喳喳说着家长里短，一边挥动棒槌敲打着青石板上的脏衣服。女人们备有木棒槌和树上的皂角，这是女人们谈心交流拉家常的重要场所。年轻的女人脸上都有严重的晒斑，眼睛却有神，纯净、羞涩、多情。人这一生，什么时候说什么话，什么时候做什么事，绝对有个定数。她们也许过了喧嚣和招惹目光的岁月，如今却是如此快乐和安静，她们快乐地做着所有的事情，心安理得。

太阳要落下的时候，下地干活的人们，肩扛着犁耧耙耱，赶着各自的牲畜到涝池饮水。饮完水，马、骡子、毛驴在涝池畔边找个平坦的地方打个滚儿，在一片人欢马叫、尘土飞扬中各自散场，只有几头猪在淤泥里撒欢儿。

再晚些，夜色加深，在一片蛙鸣声中，涝池也就安静下来，男人们又来给牲口挑水。哥哥弟弟开始抬水。男人们往往要聚在一起点火抽烟。

劳动者在一天的劳累结束后，在影影绰绰涝池边抽烟借火的场面，是乡村生活中一个很温情的场景，是温暖的、温情的、温馨的。想抽烟而没带火柴的人会喊一声，谁有火？听到应答声，想抽烟的就走过去，围在那个带着火柴的人面前，将旱烟锅或自制的旱烟卷凑过来，那人将点燃的火柴沉着、有序地递到他们嘴里含着的烟上——这些平时辛苦而粗糙的男人，内心里其实是藏着温情的，他们彼此之间会生起一种被别人需要和看重的细微情思。

火柴划燃，一股松木香味儿淡淡地飘起来，与村庄的气息相融，缭绕成温馨的氛围。他们以火柴为中心围在一起，彼此的身体离得很近。那手持火苗的人，火光照亮了他的脸，像一位古代的祭司，主持着生命与生命、心灵与心灵的相依。细微的火苗、温暖的火种，拉近和连接起彼此内心深处的温情。他们围在一起抽烟的时候，也并不多说什么。

然后，衔着火苗各自散去。

村人用的生铁做的洗脸盆，像一个仰着放的草帽，盛水的部分极小。

让礼村走出的人，他们走进了城市，走进了更大的城市，他们一生都珍惜着水，在生活中对水有不一样的隐秘态度。每每看见城市人洗碗大手大脚浪费水，他们的心真会揪心地疼，洗碗时他们甚至先用卫生纸把碗擦一遍，为了省下一点点水。

他们心中珍惜水也畏惧水，他们觉得是大水分隔了整块的土地，让一整块世界分裂成好多块。

他们中有许多人，离开故乡走到很远很远的地方，却往往在岸边和滩涂边犹豫止步了……

有情绪的工具

让礼村人眼里，万物有灵。

他们不往清洁的水源，比如说水窖、河坝里扔东西，不在那里洗衣服、撒尿，他们认为这些供人畜饮用的水就是母亲，水就是母亲的身体。他们也敬畏火，引火时不用脏污的东西，不许往火里吐唾沫，觉得火里蹲坐着一位女性神灵，火势婀娜，没有杂质，如绸缎一般柔软细腻，让黑暗隐退。

他们的话语中，"肯""爱"二字用得最多，这两个字都是情愿动词，表示意愿的。在让礼村，它们不但被用来描述人，也用来描述动物，甚至是天下万物。

比如，研究收成时，他们会说：这块地肯长玉米，不爱长豆子！

耕地时，会评价说：大民的牛不实诚，吃不饱就不肯干活儿！

挖地时，会判断说：这把镬头不肯吃土！

拉绳子捆柴火时，会说：再使点劲，绳子才肯吃劲！

让礼村的人这样说话，是因为他们认为这些牲口和物件都是有生命的，像人一样应该有它们的情绪和思维。所以，他们经常对着工具私语，或哄劝，或咒骂、或夸奖、或承诺。这些镬头、锄头、犁铧、割镰，起初都是瓦蓝瓦蓝的青涩，在主人手里日夜操劳中睁开了眼，褪掉了那层瓦蓝，闪出银光，铁树开花一般。这样的工具才算轧上钢口了，它们是主人延长的手臂，拂挲大地。

他们会扛着木犁边走边骂犁：天阴了半个月，你也变得暮气了，你今天就不好好干活，偷奸耍奸呢！

他在磨镰刀时会晒着太阳磨，磨完喷一口白酒，太阳加上烈酒，这样镰刀在割麦时会显出一股烈劲——这，村里人都知道。

在村口的空地上，还散放着许多废弃的石磨，像一轮轮太阳。石磨是阴阳两扇构成的，阴阳是村里流传下来的古老文化的基因。阴扇石磨，通常被放在大地一样安稳的磨石或架子上，代表着地，仰面朝天，中心有一柱磨棋，怀阴抱阳。四周是光芒一样的沟梁相间的石头磨齿。阳扇石磨，是扣合在阴扇上的另一半，代表着天，其上有两个磨眼，是谷物流进的通道，这通道在阳扇磨齿形成一个太极图的走势，整体的样子也像子宫的轮廓，有执阳含阴的道理。当阴阳两扇石磨合拢，以阳扇为主而转动，谷物的粉末或浆汁就会盘旋而下。

最普遍最广泛的运输工具是手推车，有独轮的、两轮的，推土、送粪、收割拉运，甚至推老人逛会赶集走亲戚都用这种车。推车是向前推着走，只有在两种情况下拉着：一种是空车时拉着走显得轻松惬意，可以边走边吼古腔；另外一种是车上堆积的物体太大，向前推着看不清路。几乎家家都有牲畜，既能使役也能攒粪上地，所以给牲畜铡干草、青草的铡刀是畜圈中的必备之物，与之配套的牛纥头、牛笼嘴等必不可少，而打场的箭叉、刮板、木锨，长条口袋、穿子、升、斗，女人从事家庭生产用的纺线车、织布机亦是应有之物。

让礼村是一个圆心，周围散落着几个小的村庄围着圆心转。村上的智者邢三在集镇上开了一家铺子卖农杂工具，一个镇上的繁华，都赶那风口上的生意。过年卖新衣，夏天卖西瓜，乱得没有纲目，许多人倒也忽然发了；另有许多人却只见终日忙碌，并未见有钱存着。倒是邢三，认定了卖这农杂，绳子和鞭子，铁锨和锄，犁和耙儿，镰刀和斧头，开门都见生意，没有挤门的红火，也没有关门的冷落，独此一家，四季稳妥。

他不只卖这些农具，还背过人给它们说话。

他会对着一地的锄头说：人过留名雁过留声，人一辈子就活名声呢，你们是从我这走出的，就得给我撑脸，干活要不惜身，要有钢口，宁折不弯，折了他们会拿来让我修！

村里还有一种原始的收割工具叫芟镰，收割的方式叫“芟割”，是将一个一米长的刀刃嵌在一个“7”字形的木柄上，木柄上连着一个类似渔网的东西，用竹篾做成。“芟割”是个技术活，只有力气不行，挥动时从右至左，像舞蹈，浑身不能僵硬，头手全身都被调动起来，配合默契，要“筛”，这是动作要领，这时全身的气力要聚集在腰上。这种收割方式要比用镰刀收割快，但是因为不得要领，村庄里没有几个人能熟练掌握。

在田地里用得最多的工具是铁镢头和铁锨，都是手工的，生铁制成，有足够的重量。

年轻人喜欢用镢头，高高地举过头顶，眼看要落向身后砸向脚后跟了，又急速返回，挖在眼前的地上。镢头的重量使其深入地下，拉出一块土，从年轻人叉开的两腿之间远远地抛弃在身后。年轻人只顾眼前，往前走，眼睛看着眼前或者更远的地方，身后是一片新鲜的泥土，酣畅淋漓。

上了年纪的人相反，他们是倒退着走，且喜欢用铁锨。铁锨和镢头比较像，也是一块铁板，把镢头掰直，和柄没有角度，就成了铁锨。铁锨比镢头使得劳动变得从容和柔和，锨刃插入地下，脚一踩，入土，把锨把一压，端起一铁锨土，扔到前边的一个地方。新翻出来的土湿红一片，散发着浓烈的泥气，又腥又鲜。他们边干边看着自己干过的活路，倒退着走，心中有数。他对年轻人说：别慌，慢慢来，日月常在，何苦把人忙坏？

村巷动物

让礼村不只是人类的村庄。村庄里多的是牛、骡子、驴。

村里的马少见，马是一种高贵的动物，它的志向和忠诚在战场上，在英雄的胯下。田地里琐碎的劳作只会埋没了它高贵的秉性，使它陷入平庸，甚至不如驴。

动物中食草的，双眼大都长在头颅两侧，如牛、马、羊；食肉的，双眼则长在头颅的前端，如虎、狼、豹。

村庄人皆尽知的秘密是：牛眼看人要比正常人大得多，所以牛服人，以庞大之躯心甘情愿地供人驱使；鹅眼中的人要比正常人小，像一只只可以吃掉的虫子，所以鹅不怕人，见了人就直扑过来，狂妄地叫着要把人吞下去，这无知却无畏的胆量让人一直害怕鹅——人总是怕想法比自己胆大的动物。驴的眼睛看人最真实，它不小看人，也不会看大，却是斜眼看人，心怀鬼胎，边吃草边用驴脑子揣摩人的心思。

还有骡子，它是马和驴杂交的产物，高贵的马，落魄在民间，自降身段配了驴，生的叫马骡。驴配马生的叫驴骡。马骡高大，驴骡矮小。骡骡相配，却生不出后代，它是一块长不出庄稼的土地。

总之，在村庄中，牛、骡和驴都是最累的动物，牛是人情感中最可靠的牲畜，为人劳瘁一生。牛以它的忠厚、顽韧、能吃苦世世代代赢得人心，成为村庄人劳动伙伴的主体，家家门口都拴着牛。不能生育的骡子却有力气，天生是干活机器，没有天伦之乐的它一门心思只知干活。驴子的累是心累，因为它总是偷听着人的话，脑子思虑着人的事情。

村庄另外较多的动物是笨狗，村里人家家养狗，狗成为村庄生活的一部分。在村庄长时间的沉睡状态下，狗不会说话，但它什么都明白。相比人，狗更善于辨识对方的面部表情、肢体信号，还能判断对方做出某种动作的真实意图。

但是，狗也有失去智慧的时候，这里流传着这样一句话，就是“狗咬穿整齐衣服的”，狗少见多怪，平日看见的就是穿破烂衣服的，因此见了穿新衣服的，就觉得事情不正常。

整个乡村养的基本都是“笨狗”，这个品种的狗个头大、干净，最重要的是对主人绝对忠诚。好汉照三庄，好狗看三家。它们看家护院，生人是进不了村子的。这些狗在村庄里的砖窑里、土场上、麦子地里成群追逐，嬉戏、撕咬、交媾，给这个静谧的村庄平添了一些声响和生气。

村上曾有一只忧郁的另类的狗，它年轻时英勇地从狼嘴里抢下了村东头的邢家的小男孩，当时男孩和大人睡在晒麦场上看麦，狼半夜悄悄地来了，学女人嘤嘤呜呜地哭，然后突袭男孩，被这只狗拦路夺回。这男孩后来一辈子的小名就叫“狼剩”，长大后脖子上还留着狼爪的痕迹。

虽然救下了人命，被邢家的人当作恩人，不再当作畜生。但奇怪的是，这狗却一改以前的骁勇、凶悍，变得暮暮腾腾，迟迟疑疑，毛色干涩，动辄嘤嘤呜咽。

村里人都说，狗被狼摄去了魂。它经常低眉顺眼，满眼泪光盈盈地走出村庄，忧郁地站在村边的地里，迎着夕阳，失神落魄，一站半天。

这只在白天里低着头在厕所找屎吃的狗，被小孩追打着仓皇逃窜的失魂之狗，一到晚上，就蹲坐在高处的土丘上，仔细舔干净自己的脸和爪子，理好自己杂乱的毛。然后，头朝上，对着月亮，汪汪地空洞地叫，月光一样干净神秘的长吠。

终于有一天，邢家的人在废弃的砖瓦窑一处荒僻的草窝里找到了安详死去的它，人们从它的肚子里取出了昂贵的狗宝。

村庄在夏季也有蛇，村庄人不叫蛇，叫“长虫”。村人相传，树荫下的三岁小孩曾经捏死过一条小蛇。三岁小孩睡在树荫的凉席上，父亲正在碾麦子，母亲在厨房忙乎，一条蛇爬上了凉席。三岁小孩的手只有两种状态，一是摊开一是攥紧，他攥着冰凉的蛇，以为是母亲的身体，越攥越紧，最后竟然把这条小蛇攥死了。

村西头的沟里还有成群的野鸡，野鸡的多少与年份有关，哪一年雨水多，第二年的野鸡就少。原因是野鸡幼崽最怕雨水，这雨水会呛死尚未在雨水中学会呼吸的它们，同时雨水也会冲了野鸡的蛋，让野鸡无蛋可孵。

村上曾经有一只大奶羊，当时高家平贵的小儿子病恹恹的，走路摇摇晃晃弱不禁风，差点儿夭折，平贵就从西山里买了这只羊来。13岁的男孩不上学，每天的任务是牵着山羊去田野里放。在太阳下，这位孱弱的乡村少年一拐一拐，右手提着一个大的搪瓷茶缸，时不时地钻到羊肚子底下挤奶，白的发蓝的奶嗤嗤地射进空洞的搪瓷茶缸里，形成一个黏稠的旋涡，这时因为长久地弯曲着身体，他小而苍白的脸盘会散发出一丝血色。然后，他就站在野地里，很贪婪地喝。

他放羊时发现了一个秘密：奶羊并不是时时在勤奋地吃草，有时只是在

村巷動物
村庄另外較多的是笨狗・村
里人家家养狗・狗成為村庄生活
的一部分。在村庄長時間的沉
睡状态下狗不會說話，它們自
得其樂給這靜謐的村庄帶來生气。
鐵林

还有骡子，它是马和驴杂交的产物，高贵的马，落魄在民间，自降身段配了驴，生的叫马骡。驴配马生的叫驴骡。马骡高大，驴骡矮小。骡骡相配，却生不出后代，它是一块长不出庄稼的土地。

用红红的舌头把草卷进去再放出来，像专门舔舐着草叶上的太阳。它故作贪恋和勤奋的样子，只是不愿意轻易让人发现这个秘密。他慢慢琢磨出来：太阳是万事万物的第一等营养品。动物和植物，谁不在舔着太阳活命呢？

在太阳下，这只和善恬静的羊，这只眼圈湿润、眼神温柔的羊，硬是把一个差点儿夭折的男孩养成了一个高大威武，雄赳赳的大男人。他最后当了兵上了军校，成了一名团级军官。当他回到家乡在田野麦茬地里转悠时，他是否是在寻找让他喝了整整三年奶的羊呢。

村庄里最小的小动物是虱子，因为缺水，那个时代村里人身上都或多或少地长着虱子。

人人身上长虱子，所以互相不见怪不嫌弃，平等友善。

关于虱子的经典镜头是：村上的光棍老田，总在阳光明媚的日子靠在大场的麦秸积子上捉虱子，边捉边笑，很陶醉地笑，这是一个老人在晚年的暖阳下最享受的娱乐。

关于虱子最触目惊心的回忆是：一位参加过长征的老红军，经常轮流给村子的学校作报告。然而，让人意外的是，这位八十多岁的老人的报告和记忆中最精彩、最清晰的，不是与敌兵厮杀的场面，而是那个特殊年代的虱子。他说当时红军战士虽然缺吃少喝，身上虱子却挤堆生息，每逢休息，战士们就找一块青石，脱下衣服用一块石头垫着砸，噼噼啪啪砸完了，那青石的一侧也就被斑斑点点的血迹染成了红色。

村庄在长满虱子的年代，物质粗粝简朴而情感丰富友善；在文明到不长虱子的年代，村里人的脑子里却长满了虱子，不得安宁，都寻摸着抛弃自己得心应手的土地，走出去。

走出让礼村的人，当你想念那片土地时，以前生息在村庄上的动物就一个一个跑出来，不停地干扰着你的思维……

村庄的先生和神器

让礼村把三类人高看一眼、优待一等，称为先生。医生治病疗疾捍命，教师传道授业解惑，阴阳师解答村人命运迷惑。

村里懂中医的人是乔耿和，作为村庄的赤脚医生，他一年四季都收草药。他不会亲自去村西头的沟壑里挖药材，村西头的人会挖来一笼笼的黄芩、柴胡、党参卖给他。他是村里有文化的人，总是捧着一本《本草纲目》看，还去县城的药王山上去抄石碑上《千金要方》《千金翼方》的药方子。

耿和的身上总是有中草药的味道，他行医时除过中草药也辅助有简单的西药，但是中药是他的拿手技艺。

祖父留下的老药柜旁边有对联曰："但愿世间人无病，宁可架上药生尘。"耿和说："西医发展的年龄尚轻，头痛医头，脚痛医脚。病人捂着肚子说胃痛，西医就治胃。中医是系统思维，因为胃痛可能不是胃的主要原因，而是身体其他问题引起的。比如情绪，或睡眠。西医治病三板斧——消炎、平衡酸碱度、用激素，三板斧无用就放弃了病人，没治了。中医是系统思维、辩证思维，对传承者、从业者要求的"门槛"高，要有诸多悟性和天赋……"

对于城市中家长动辄给小孩打吊瓶，耿和说："其实小孩发热，家长不要急着用药，身体发热是身体中的正能量与邪病在做斗争。体温不上39℃就任其恢复，上了39℃，也不要打吊瓶，以热制热最好，用暖水袋先暖肚脐眼，再敷背后与肚脐眼正对的命门穴，最后敷额头，马上就好，无一例外。"

耿和是这村子的另外一种权威，他矮壮身材，话不多，不苟言笑，说话落地有声。深夜里，常有病人的子女哭着寻到他的门前，叩着门呼唤着他，虔诚地就像呼唤能救自己的神一样。

他说当人感觉到身体某个部位的存在时，这个部位就往往有了毛病，这是身体提醒主人那个部位病了。

他话不多。总是很果断地问询、开方子、抓药、给一个生命下定义。沉稳、自信，似乎自己从来都没有失手过。

"没事的，吃了这药，三天就好。"听到他说这话，病人一家人就露出了核桃般的笑容。

"不准哭，让她走，不要挡她。"赤脚医生耿和话语里杀机四伏，很有些震慑的力量。一窑洞的人静悄悄不敢吭声，准备老衣了。

人们从乔家耿和那里深信不疑地开了药方，取了中药，在特定的地方取了药锅，在窑洞门口支两块砖，燃一堆麦秸，煎药。

耿和的祖父就是一名中医针灸医师，名气在当地很大，一杆黄铜烟袋不离身，活到97岁。他记得小时候与祖父在村西的河边钓鱼，村里有个小孩惊风晕厥不醒，小孩父母踉跄着奔至河边，磕头哭救，祖父慢条斯理地收了鱼竿，又敲掉烟锅里的烟灰，在河边捡个石头洗干净，把小孩面向地放在地上，用石子在小孩背上点穴，一会儿小孩就苏醒得救了。

从小跟着祖父学医的耿和说："世人用药都用加法，我用减法。《本草纲目》药多，我平时用药四十味就够，最常用的也就二十几味。中医治病，其实是因地制宜，因人制宜，因时制宜，万物皆药。中医有一味神秘的药叫'伏龙肝'，其实就是一种特殊的土——在灶膛中久经多年柴草熏烧的灶心土的核心。在拆修柴火灶时，将烧结的土块取下，用刀削去焦黑部分及杂质就是了。"

他说："有人触电时可用伏龙肝，让人躺在伏龙肝上，用土气养之，人就苏醒了。因为，人就是生长在土地上的虫。土在八卦中属坤土。伏龙肝另外一个用处是治疗痢疾，痢疾自古都是急症、重症，好汉不抵三泡屎，大便稀薄的人易疲劳。用灶心土熬水喝就好。"

对于急症昏迷的人，耿和有一味奇药——磁石，学名叫四氧化三铁。用其煮水，磁石不会溶解形成溶液，但是偏偏管用。他说其中的道理是：人在昏迷时阴阳相离，磁石具有镇惊安神、潜阳纳气的功效，可以使人阴阳交互，迅速恢复。他用磁石亲手治疗过多起小儿惊痫、不省人事的病例。

有人疑惑。耿和便举例说："嘴唇上的地方大家都知道叫人中，其实此处对于人体来说没有任何穴位和要害可言，但是人们为什么碰到紧急情况掐人中就能管用呢？因为人中处于人体的特殊点上，是任脉督脉两脉交合之处，发生危险时阴阳相离，摁此交叉地阴阳就结合了。这和磁石煮水是一个道理。"

进入知天命之年的耿和名气越来越大，经常有城里大医院的教授驱车来探讨医学问题。

他说，中药讲究配伍，辨证准确，配伍得当，病人的症状即可缓解。就像好厨师做饭一样，什么菜和什么菜搭配，才能达到色香味俱全的状态。在中药中，有君药、臣药、佐药和实药。君药就是主要的药，臣药是辅助的药，佐药是减轻副作用的药，而实药则是引经的药。中医开出一服中草药就是设计一场战役，各个兵种有不同的战斗任务，有的是正面主攻，有的是侧翼骚扰合围，有的是粮草等后勤保障。比如治疗胃症的“四君子汤”，人参是主君，白术是臣相，茯苓是辅佐，甘草是信使。

慕名求医的络绎不绝。

一对老人，几年不见忽然须发全白，老了许多，拄着拐杖，步履蹒跚，原因却是失眠，睡不好觉让这对夫妇生不如死。耿和说，睡眠是最大的一味药，是人体利用天地阴阳规律修复自己的机会，而现在人，由于快节奏和丰富的夜生活，却失去了好的睡眠，身体当然差了。

耿和说，人一天吃几顿饭就得上几次厕所，以前人上厕所用土疙瘩擦，干干净净，现在人可怜，十几张卫生纸还擦不干净，这是食物都含有毒，吃进嘴排不出，好吃难消化。他还说，以前的牛粪有香草味道，现在的牛粪很臭，因为现在牛吃的东西乱七八糟，还打抗生素。

村西有男不能生育，耿和开一个方子：枸杞子、菟丝子、五味子、覆盆子、车前子、牡荆子、蛇床子、金樱子，全是多籽之物，加一些补益壮阳的药，利于人生子衍宗。村东有妇屡屡流产，耿和开一服“神妙汤”：用南瓜蒂一两加牛鼻子一条，因为坚固之蒂能吊住颇重之南瓜，外加牛鼻子可牵制庞然大物，自可借以安固胎儿，使之不下滑出体也。

药锅，这是让礼村最神秘的泥质器物！

药锅只能借，不能还。它是土地安顿不了病痛时，递给人手里的一个铁青色的泥质祭器。

一个村庄只有一个药锅，它放在村里一个特定的地方，谁也不情愿靠近它，实在不得已没有人会把它拿进家门。

如果你不是在那个特定的地方取的药锅，而是直接从一家人那里拿走了，那么，你千万记住：用完时不要再还给他。你只能把它悄悄地、充满敬畏地放回那个特定的地方——这是村庄的隐秘。

药锅来自土地，中药来自土地，来自天地日月的大自然，因为天地造化，就有了不同的药性。煎药的麦秸也来自土地——人们在土地上得下的病，还得靠土地上的这些东西来和解。

却说这个药锅，每年都会和村庄的十几个生命关联在一起。每当高原的冬天来临，村庄的年迈者都开始暗暗较劲，撑着自己生命的冬天。在这个寒冷异常的台原村庄里，每年冬季，都会有十余个老人撑不过去。

也就是说，整个村庄与寒冷对抗的除过土炕，就是这药锅——特殊泥土烧制的铁青色的容器。关于放药锅的那个特定的地方，村里人都知道，就是没有人告诉你……

村庄还有一个神器叫“条柱”，也就是现代人说的“扫帚”，用来清扫庭院的农家洁具而已，一般用高粱秆扎成，有条有柱。

等到它经历了岁月，掉了高粱秆上的颗粒枝条变得光秃秃的，就似乎有了神性。村庄人经常用红绸子拴了“条柱”祭祀或者驱赶邪气，无论时光过去了多久，村庄的人还是固执地用远古的称呼叫“条柱”。

匠人的背影

一道景致，滋长福祉。一种技艺，桑梓民生。

宏阔大地和劳动智慧，衍生了代代相传的技艺，由这些行走在乡村的平凡人在民间千百年传承、流传。他们的智慧，飞舞于指尖的灵巧，凝聚的精气神，超越机械的工厂制造，给人们带来的是难以言说的农耕的满足和安宁。

让礼村的器具多为木制、铁制，或木铁合制。

村庄匠人中，最忙碌者当属木匠。千株万木，木匠取之求变，师承鲁班，天工开物，运斤方圆。转墨斗而生以奇线，舞锛刨而飞于妙观。普通村民，住有房，睡有床，舒舒朗朗有门窗；坐有椅，写有桌，衣服杂物有柜箱，复有磨具碾具、辘轳锄犁……又如庙堂寺院、亭台楼阁……斗形弯影，安居乐业，全凭木匠一双手啊。

村里也有铁匠，他们用钢炭笼火，用风箱猛扇，火里炼铁，去粗存精。老铁匠用小铁锤，小铁匠用大锤。

叮叮咣咣，大小铁锤相互配合，一张一弛，一重一轻，互相补充，愉悦轻灵。斯时，黝黑发亮的肌肤上肌肉在涌动，年轻人一律眼光凛凛，气势汹汹，热汗纷扬,年长者，气息沉稳，眼神温和，看定火候。

小铁匠没有技巧却有蛮力，老铁匠失去气力却深谙火候，用小锤来修正大锤的鲁莽和过失。

村里泥瓦匠人自古都有，他们最早时给窑洞砌窑面，安装天窗门户，后来村庄始有地面以上的土墙房屋。他们一双大手，一把瓦刀，砖瓦木石，脚手高架，栉风沐雨，为他人造安居之所。

初春，暖洋洋的，原上原下青春一片，这时候，地开冻，水温热，是开工凿窑盖房的好当口。深秋，风大一阵小一阵，风来时，草被吹得翻白，像满原白花；风一过，草又成了暗绿色，这皆是泥瓦匠人出活的好季节，他们要一直忙碌到年关土冻实时止——所有接近大地的工作，都有诗意。

窑洞里硕大宽展的土炕，可以横躺竖卧六七人，土炕是由泥坯盘成的，泥坯也叫“胡基”。村庄有专门打泥坯的匠人，这种匠人，吃的是力气饭。

泥坯就地取材于黄土，在农闲时，又逢雨后，土质绵软湿黏，村人就请匠人来。用一木模具装满湿土，用一石质锤子砰砰击打夯实，取出来排列整齐晾晒，干透后坚硬如砖石，用来盘炕。

石匠是越来越少的一种匠人了，他们的工作全在野外——攀岩钻谷，打锤系绳，在石壁上放炮取石，敲打成石磨盘、碌碡、牛槽、马槽，十人大杠抬到家家窑洞里。顺便把各家用坏的石器帮忙移到外面去。

他们的讲究是，只要是石头制成的大东西，石磙、石槽、石磨，只要残了，万万不能放在家宅里。

石匠说：“石磨盘、牛槽马槽本来就在大石头里，我不过是把它周围没有用的石头敲掉，把它们拿出来而已。”

石匠还有一个捎带的活儿，就是挖一种“白土”送给四邻。这是地下蕴藏的一种非金属的物质，白中泛蓝，人们把它叫“白土”或“蓝土”，可以当作涂料用来粉刷墙壁。把白土晒干碾面，和成糊状，刷在墙上会放出一种淡淡的清香。

小炉匠是一种热闹的手艺。村里来了小炉匠，往往朝人多处钻，钉锅钉盆钉陶缸，叮叮当当，噌噌嚓嚓，遂有老人孩童围拢，忙煞婆姨大娘。东家提来个裂口的锅，西家抬来个有豁口的缸，左邻端来有缝的盆，右舍捧来缺口的觞。杂七杂八一地，横三竖四排行。小炉匠人不急不慌，叼起一根烟卷，眯着眼儿忙，修旧利废，补裂修纹。

再说铜匠、银匠。村人喜铜器雍雅，天泽炎煌，防锈耐用。生铜、熟铜、紫铜、黄铜，铜栓、铜顶、铜锁、铜环，堂皇富丽，温馨阳光。银匠摊子小，技巧大，大到器物，小到饰品，刀刻镂雕，勾丝连缀，器皿铮铮，精灵毕现。他们一盘炉子一台砧，一把小锤一根管，传承神艺。

油漆匠全凭一支画笔、一板油刷，谁家请木匠做了新箱子新柜子，便请油漆匠在上边画上鸳鸯福禄，熊猫吃竹，青山黛岳，丹华翠箐。一物一景，水起风生，滋生福祉。

裱糊匠人，一盆糨糊一条凳，一把剪刀一卷绳。农历春节前最忙，乡村喧腾，他们却静心屏气，用苇秆绑扎屋顶，为主人遮住房顶落土，为老屋增添气色。如果主人厚道，他们还会捎带请来“财神”，贴上“福兽”。

编苇席的叫席匠，用的材料是芦苇。席匠看似不经风吹日晒，却是个苦力活，弯腰低头一蹲就是一天，且苇刺会经常扎到手指头，血迹斑斑。编一张苇席最快也得两三天时间，需要经过选苇、破篾、浸泡、碾轧、分苇、编织、收边等诸多工序。

席匠左手拿着苇梭子，右手推送着芦苇，随着嘶嘶的声响，剥得光溜溜的指头粗的芦苇穿过苇梭子，便四分开来，变成薄如羽翼的篾条。细长的篾条很容易折断，洒水经过一夜的浸润，再用碌碡反复碾轧，便薄如纸张韧似牛皮了。手拿一把篾条，从一个边角开始编织，然后沿着两条边逐渐铺开，这叫踩角起头。只见左手抬，右手压，一根根篾条在席匠粗糙的手上，上下翻飞，错落有致。挑一压二，隔二挑一压一，挑二压三抬四，或交叉、或平行，时不时还用撬席刀紧一下缝隙。原本各自为体的篾条聚到一起，便成了互相交织、纵横交错的苇席。

那白云似的苇席如长了翅膀般，在匠人身下，先是筛子大，再是磨盘大，最后便成了一片金黄。编席编筐，重在收边。一张苇席的成功与否也取决于收边，这是编织苇席的最后一道工序。

“骟猪骟马，技传一家”。骟匠一生骟猪骟牛骟马骟羊骟鸡，剥夺了这些牲口的天伦之乐，使得它们能安心养膘长个头。骟匠走街串巷时不用吆喝只敲锣，听到锣声，熟谙的村人就牵出需要骟了养膘的家牲。

骟匠把一卷熟牛皮卷着的工具一字摆开，嘴里咬着一柄奇形怪状地带着钩子的小刀，要一盆凉水放在地上，手抚牲口，突然巧妙地把它放倒，出招稳准狠。无论动物大小，骟匠都会一边拍着它们的腿胯，一边念咒语一样地说：肯吃肯长八百斤！期望被骟掉的牲口茁壮生长。在旁边搭手的主人咧开嘴笑意盈盈，谁都喜欢听这话。

迅疾翻起身的动物，只觉身下一凉，懵懵懂懂竟然不知道自己被剔除了睾丸——今后短暂或漫长的一生中，它们将对异性熟视无睹，心静如水，一门心思把自己长壮。

还有两种坐地的作坊，粉条坊和酒坊。

后山坡上有一片花海，星星点点的小黄花，像漫山遍野的萤火虫，美极了。但过两天再去，就被山里村民给割光喂牛了。他们只有看到菜地里的洋芋开花了才会欣喜。

黄土高原的地理环境和气候条件决定了这里的日照时间长，水分少，土质好，利于洋芋生长。这里盛产好洋芋，就像出美女一样全国闻名。洋芋亦是这里的主食，天天顿顿吃洋芋，然后就是洋芋淀粉做成的粉条。

每年冬季农闲，农户会挑选最好的洋芋粉碎磨浆，滤制粉芡，制成粉坨，户外冷风飕飕，室内热气翻腾。待加工成粗细不一、又圆又扁的粉条，村村落落，一挂一挂银丝般地晾晒，构成冬日暖阳下一景。

酒坊在村庄又称为烧锅。酒具有水的外形，火的性格。糊涂的人喝了更

匠人們的背影
一道景致滋長
福祉一種技藝
桑梓民生
寥大的土地，衍生
了一代代相傳的
技藝由這些行走
在鄉村的平凡人在民間千古傳
戊戌歲鐵林於西安

小铁匠没有技巧却有蛮力，老铁匠失去气力却深谙火候，用小锤来修正大锤的鲁莽和过失。

糊涂，智慧的人喝了更智慧。烧锅里烧出来的酒是纯正的粮食酒，度数高低不等，用时直接用罐子提取，其功效在快人之意，发人精神，使愁苦的农人乐观。随着蒸馏技术出现，酒之烈度不断提高，村庄人已不再喝自己烧锅酿造的酒了，取而代之的是城市里买来的玻璃瓶装的勾兑酒。于是，饮酒器具不断变小，由碗及杯，再到盅，巨觥之饮不复见——精致的生活，正在淹没着村庄雄放的灵魂。那弥漫流淌在一座座古老地穴窑洞与一片片山原村社的雄放之风，已经离村庄远去了！

村民蝼蚁般生活的热情和执着，一代又一代乡村文明的记忆，因为有这些手艺的朴实与温暖，变得鲜活而值得留恋。

这些手艺人，老者师傅一一死亡，年轻徒弟纷纷转行。

匠人们的灵巧，他们的智慧，他们的手艺以及纯粹的快乐，连同他们带给村庄的快乐，都随着他们的身影渐渐远去，似乎从来也没有出现过……

漫长的高原之冬

让礼村在原上，特点之一就是冷，在冬天，是明晃晃的漫长的寒冷。

一个人的骨头是有记忆的。一个人一旦在年幼时被冻伤了，骨头几十年也不会忘记。一说冷，冻伤的骨头会在身体里隐隐作痛。它在提醒你：当真正的冷到来时，没有人能帮到你。

冬天的清晨，天还黑着，上学的孩子手里提着四面穿着铁丝的废弃的洋瓷碗，里边笼着一碗炭火，有的是玉米芯。他们排着队谨慎地走在黑暗中的羊肠小道上，黑夜的冷吞噬碗中可怜的火苗，所以他们得边走边抡一抡火，让火更旺些，好像是要把寒冷赶走。

他们一律穿着臃肿的棉袄，戴着棉帽子，穿着棉窝窝鞋，戴着手套的手被冻伤成很肿很胖的样子，在冻得梆硬的大地上蠕蠕地走动着。天热后耳朵和手会发痒，甚至烂掉一部分，半年不好，这是热与隐藏在耳朵和手上的冷在做斗争。

这些风给这里的人脸蛋上留下红色的印记，好看也难看，用再好的化妆品，一辈子也难以消除掉。

天亮了，虽然阳光一出手就很透彻强劲，但是空气仍然寒冽得像一块透明的冰，路上、村子里很少看见人走动，只有炊烟，刚一出烟筒就被风把热量吸收干净。

在这寒冷里，整个村庄和灌木都是紧缩的，像变小了一圈，一切枝枝叶叶地全部省略掉，包括颜色，只剩下土的颜色和黑色的树。最醒目的是村里和田地畔子上的柿子树，全掉了叶子，黑色高大的枝干像人手一样擎举着，在深蓝色天空的背景下像一幅幅剪纸，细看，那剪纸的树上却有无数的黑点，那是麻雀，那麻雀也像被冻在了树干上。

有的柿子树上甚至擎举着一个黑色的鸟窝，这鸟窝曾因树叶的“庇护”离开人们的视野而被遗忘，如今却失去树叶的遮挡，忽然清晰地端在你面前。

冬天的中午，村庄一般很宁静、寂寥又萧瑟，太阳红红地冷着，与原平行，原上是一圈圈的犁沟，像一个个硕大的上帝的指纹和手指。阳光很刺眼地照在这些土原上，还是冷，明明白白地冷。

在一条沟的一条梁上，一个闲不住的中年人与一头牛正在歇息，牛立在犁沟里，吐着一股一股的白气，身子一耸一耸，主人在抽一根劣质的纸烟……

只有风，很干很硬，抽在一个个土丘上，柿子树枝这时也嗡嗡地发出金属的颤响，有些树上挂着又冷又白的冰溜子。

天冷，偶尔有人，也走得疾。

一个人背着一捆玉米秆逆风走路，在一条小路上与风狭路相逢，这人使得广袤高原上散漫的风有了方向，它们呼啸着，呼朋唤友，聚集到小路上企图穿过这个人的身体，或者把他掀倒在地，留在原地，趁他朝起爬的时候迅速刮走他紧裹的热量，使他变硬。他抗衡着，躬着身子，玉米秆在与风的对抗中像一把有方向的火焰，在高原上摇曳。

村里王三被冻伤不是在夜晚，是在一个清冽冽的早晨。

他的从来没有做过生意的父亲，却从大城市批发来十件羽绒服，让他搭便车去很远的一个叫照金的集市上去卖。更重要的一点是——村里的人已经开始叫他的大名了。在让礼村，长辈人一旦开始叫你的大名，事情就比较郑重了，说明他们把你当大人看了。

他坐在敞篷的汽车上，坐在寒冷里，迎着高原冬天刀子一样的风，这风先是一层层刮走他的热量，最后到了他的骨头里。他喊着司机，敲打着铁皮的车顶，所有的声音都被冻住了，或者被风吹走了。他不停地跺着脚恨不得缩进地里，他意识到风在他的骨头上费了些时间，然后他就失去了知觉，没有了身体，只有一双眼睛在风里……

后来，成人的王三，落下了病根，一生都怕冷，一说冷骨头就隐隐地痛。几十年里，他总是披着一件夹袄，因为他深谙——当真正的冷到来时，没有人能帮到别人。

冬天的傍晚，日落时分，正西一圆，红得像血。这光晕下的高原辽阔、汹涌，如厚重的海浪忽然凝固了，它充盈在金色的光芒下，没有一点死角，视野里只剩下无穷无尽的巨大的黄色土原拥挤着、臃肿着，连绵开去一望无垠……

在这样的气氛中，就有女人们陆续出来揽柴烧炕了。手里挽着一个硕大的竹笼，身子稍微斜倾，显出安逸和慵倦的神态，头缩着，上面包着一块头巾，惊诧地踩在冰碴上，臃肿的棉衣遮不住窈窕的腰身。少倾，家家土窑上的烟囱里就冒出浓浓的烟，弥漫在乡村的空气里，有很重的苦艾和蒿草的香味。

女人在院子里绞水，辘轳似乎是被冻住了，嘶哑地响着，铁桶拽着井绳一路向地下深进，辘轳把旋转成一朵花，水窖口的上方弥漫着一团不易觉察的温暖水汽。

越荒蛮简洁的地方越盛产思想，越寒冷贫苦的地方越盛产火热的爱情——这是这块土地的魅力。女人边绞水边思忖，这个村庄其实就是许多绳索串连在一起的，比如井绳，拴牛羊的绳子，骡子拉的犁套，男人女人皮的、布的腰带，没有这些绳索村子就散架了。

在女人的侍弄下，土炕渐渐温热起来，这种舒适恒定的温度能持续很长时间，村人就用这土炕抵御一个个漫长的冬天的夜。炕下边摆着一溜黑色臃肿的棉鞋，像码头停泊的船，生命的哲学味很厚重。一家老小在土炕上拥被而坐，要么眯眼歇息，要么泡一壶酽茶，茶是产自陕南的青茶，烧煎煎的水，你一杯我一杯地喝。

偶尔也喝酒，三点水加上个酉字，酉时表示下午五时到七时，寓意傍晚太阳落山之时是饮酒最好的时间。

冬天的黑夜里，往往就有猫头鹰和另一种神秘鸟儿的恐怖叫声。猫头鹰的叫声是“醒乎、醒乎”，音质如老者般沧桑和震颤；另一种神秘鸟儿的叫声是“姑姑妙、姑姑妙”，声音凄厉，穿透力极强。

村里有人白天抓住过猫头鹰，一个头像猫，身子像鹰，眼睛亮黄的怪异动物；“姑姑妙”却从来在白天没有见过，只想象它是一种快速在树枝间穿梭的不吉祥的鸟。

村里人说，两种鸟都是来招魂的不祥之鸟，叫了第二天村里肯定死人，它们都能闻到村里的死亡气息。猫头鹰是叫老不叫小，“姑姑妙”是叫小不叫老。

所以，当猫头鹰恐怖的声音震颤着村庄黑冷的冬夜时，村里的儿童们都不约而同地把头缩进棉被中……第二天，他们准能从大人的交谈中得知村里哪家老人殁了的消息。

每年原上漫长的冬天里，许多老人就会殁了，他们拼了全身的力气也没有抵抗过原上的寒冷。

鸡叫了，让礼村的天准时就亮了，其实，鸡不叫，天也照样亮。醒不了的人，就看不到天亮。

村庄里，一个人老迈的时候，是那么渴望春天。

大地会慢慢醒来，人们也学会了有耐心地去等待。

龟 兹

在让礼村，土地是人们的命根。人吃土地一辈子，土地吃人只消一口。寒冬时节，大地沉静内敛着，大地上光秃秃一片，庄稼和粮食早已入仓，这时候有人就老了，就死了，他们的死，应是顺其自然的。

一茬子人死到高潮时，会接二连三地离去，一茬人和一茬人之间，似乎有一段空闲的日子，麦子割掉了，又该掰苞谷。一代人一过，天上会落下一层土，把该埋掉的埋一些，下一茬子人在尘土上继续生活。

龟兹为西域古国之一，也叫丘慈，为古来西域出产铁铜器之地，张骞出使西域后，始为内地所知，其实当时早已立国多年。龟兹的人种为白色的雅利安类型。龟兹人的内迁始于西汉，晚至唐朝中期，规模时大时小，人数或多或少。他们迁入内地，始则聚居于一两个地方，后因各种原因，逐渐扩散至大河南北。

吹吹打打的响器是铜制的、铁制的，来自远古的西部沙漠古国龟兹，村庄人直接把这个龟兹古国传来的乐器叫“龟兹”，字还是那个字，音却念成乌龟的龟了。

响器龟兹随他们内迁的主人，开始喧响于广漠的内地，包括这个产生《诗经》的地方，延续至今。龟兹音色明亮、高亢，音量大，管身木制，成圆锥形，上端装有带哨子的铜管，下端套着一个铜制的喇叭口，也称作碗，锥形管上有八孔，所以在南方也叫“八音”。

相对于城市火葬的潦草，村庄的土葬似乎对生命更多了一层的尊重，一个人的亡去最起码惊动了几个村庄的人的惋惜和回忆，龟兹惊天动地，仪式冗长而烦琐。

龟兹一开口就是高亢的鸿鹄一样的长鸣，这声音诉说着生命的秘密和悲凉，深而痛地开启了一个个活着的心灵。

龟兹班子在院落一角，集体坐在一条长凳子上，为首的是一位祖辈几辈吹龟兹的老者，此外还有吹笙的中年人，敲锣的年轻人，他们面前的桌子上摆着茶碗和纸烟。

吹奏者耷拉着眼皮，他们职业化的表情似乎只对亡者负责，只用音乐和亡者对话，与外界无关。他们吹奏出带古风的曲调，分成接引、送别、安魂等不同的段落和内容。

龟兹音质高亢，笙管轻柔曼妙，这种靠空气传播的无形的音响，织成一种祥云一样的东西，悠悠地把亡人的灵魂过渡到传说中的天国去了。

人们静默地听着，只一会儿就不知身在何处了，似乎比那些物质性的东西更让人们情绪高涨和着迷。有人不甘心自我迷失，就仰起头来看天，天空深远无比，太阳带了一层苍凉的霜意，极高处的一只孤鸟，箭矢一样不见了。太阳忽然从高空垂洒下阳光，为院落里的每个人脸上镀上了金辉，他们的表情显得庄严而神圣。到了此时，有了这样的乐声相伴，死亡不再是件可怕的事了。

“迎饭”是丧事办理中的第一个仪式——凡是参加葬礼的亲戚朋友，在葬礼前一天下午就开始以传统的仪式被孝子们迎接，这个过程即为“迎饭”。队伍由孝子一行组成，且按长子、次子、孙辈以顺序依次列队。龟兹吹手以及帮忙抬纸花、蜡烛、供桌的乡亲们走在前面，地点一般选择村口或村口的十字路旁，由孝子们的队伍将亲戚朋友迎进村子，直至为亡人临时搭建的灵桌前。

而后，被迎来的亲戚朋友则在灵桌前上香、作揖或磕头，向亡人说说道道，以示自己的哀思，孝子们则跪在两边磕头以示谢意。“迎饭”的时间和顺序，一般按照亲戚朋友们的血缘远近进行，经常会因为次序的不妥弄成不小的是非。

此时，面对被迎来的亲戚朋友，龟兹吹奏者做呼应工作，推动着他们的悲伤，使得他们悲上加悲，哭得惊天动地。这时龟兹的声响是抽象的，统摄全局的，对哭声既不覆盖，也不夸大，只是不露痕迹地升华，使其成为全村人共享的幸福和悲痛。许多人站在那种乐声中就不知不觉地流下眼泪来。

第二个仪式是“献饭”，也是土葬前夜最为隆重的仪式，顾名思义就是孝子们将菜肴、面点等各种吃食按烦琐的仪式呈送至亡人的灵桌上。“献饭”的队伍分为男孝子队和女孝子队，一般为男队的长子先“献饭”，他双手将菜肴举过头顶或齐眉，指缝中夹着一根高香，根据呈献的品种和多少分几个轮回，步态缓慢，边走边哭，鼻涕肆流，依此表达对逝者的敬重和哀思。“献饭”除了呈送菜肴果点以外，还要为亡故人送去毛巾、香皂、牙刷和牙膏等日常生活用品，甚至还有麻将。在“献饭”过程中，龟兹齐响，荡气回肠，与孝子们的行动相互配合，节奏一致，一步一叹，将气氛渲染得催人泪下，悲情满夜空皆是。

“献饭”完毕，亲朋代表在亡者灵桌前上香、奠酒、磕头，这个过程也具有很多讲究和看头。是夜，各事已办停当，这时，已围满了前来观看“奠酒”仪式的男女老幼。孝子们一身白衣，已经在灵台两边各跪一行，手握柳树纸棍。主事的总管宣布祭奠开始，龟兹奏乐。祭奠很有门道，有二十四奠、六十四奠和七十二奠等。祭奠者穿白戴孝，表情严肃，满脸悲情，先给灵台上三根香火，而后抱拳稍顿，后退一步，躬身一拜，再拜，再向前跨上一步，后退一步，再拜。

有懂规程的年长者更是花式颇多：走三角、踩对角、踏四边，如果非常投入，所需时间很长。吹手们吹得眼冒金星、额头冒汗，不甚耐烦，顾不上抽一根纸烟。参加丧事的年轻人中有不懂这些规程的，干脆直接上香，奠酒，跪地，磕上三个接地响头。这冗长的"奠酒"一般在深夜结束。

村庄人把"棺材"叫"枋"，把埋葬不叫埋葬，而反过来叫葬埋，更显一层深意，这是丧事办理中的最后一个仪式，全村各家代表都参加。送葬用的丧车四边挂着杏黄色的布帘，前后左右共需八个人抬着走向墓地。而今，抬丧车往往由四轮拖拉机代替人力，虽说是方便不少，但少了些许隆重的味道。

送葬出丧的时候，响器也在行进中吹奏。丧车在前，孝子们身着粗布白袍，头顶白孝，一字排开紧跟其后，手拿纸棍，伤心痛哭，沿途邻居村人要在大门口点燃一堆柴火为亡人送最后一程。在熊熊的火光中，亡故者的长子，走在前面，头顶一青瓦盆子，里面盛有烧尽的纸灰，被人搀扶，步履迟钝蹒跚，表情难过非常，痛哭流涕，在出村口时却猛然将瓦盆摔于地上，后面的孝子则纷纷将其踩碎。

长子过度操劳悲哀，说话声音沙哑，大哭一声就像断了气一样。搀扶陪伴的亲友此时也一副严肃悲哀的神情，一直不停地好言劝止节哀，有时亲友越劝，长子哭得越是伤心，惹得其他孝子也哭声一片。龟兹在丧车旁边吹吹打打，一阵紧似一阵，吹手们非常卖力，直吹得两鬓冒汗珠，也将白脸吹涨成了红脸，乐韵婉转悲切。

来到旷野中的坟地里，原上只有一层缩在冻土上的麦苗，大地显得格外辽阔，龟兹的乐声在原上与在庭院中的感觉亦有不同。

嘹亮凄厉的龟兹声响中，枋已由众人平稳地放入墓穴底部，在这个过程中，站在墓穴上的人要竭力用绳子保持枋的平衡，说这预兆着亡者后代今后几十年的运气都安稳平顺。

而后，长子和亲朋跳下墓道，两人背对背，一人面向枋，一人面向墓壁，配合上面的绳索将枋推入墓穴。然后，孝子把溅落在枋上的黄土轻擦除之，在枋的下端，点亮一根蜡烛，地面上的人开始传递砖头把墓口封固。

忽然，龟兹开始猛烈奏响，它与举哀的队伍形成联动，归纳与提炼，你中有我，我中有你，浑然天成。整个仪式节奏在加快，孝子起起伏伏加紧向乡亲磕头拜谢，在一片哭声中，前来帮忙的乡亲们几十把铁锨上下翻飞，将黄土投入墓道。主事的总管这时也穿梭在劳动的人群中，横着拆开一盒香烟一一散发，代替主家表示谢意。

一个家族有无威信和人缘，在这时淋漓尽显，村子西头的张三因为平时懒惰，没有维持很好的人脉，老父亲葬埋时乡亲们便拄着铁锨把，懒洋洋无人施力，把个孝子张三急得挨个磕头。但这只是特例。

有泪有声叫哭，有泪无声叫泣，有声无泪叫号。

听灵堂和坟前的哭声，外人就知道谁是媳妇，谁是女儿，女儿可以默默流泪，媳妇却最好要哭出来。世态人心，微妙在此。

有了响器的点化，哭就成了对生死离别的诵经般的歌咏，成为世代传袭的不朽的梦幻一样的声音。

斯时，平地上兀自凸出一个圆形的坟堆，好比是天，枋是长方形的，好比地，所谓天圆地方。孝子们将手中所拄的所有柳木纸棍插入坟土中，然后跪拜在亡人墓前磕头再三，凸起的新鲜坟土上插满花圈、纸扎的童男童女、金山银山等。

每个地方都有自己的民俗，都是老辈们一代一代传下来的，特别是红白喜事特别讲究。在让礼村有个规矩：夭亡或者凶死的人，是不能进祖坟的，须得天黑定，觅几个精壮凶煞之人，用架子车拉上，找个僻静之地挖坑埋掉，用棘刺压在身上熏烧，以防尸变。另外，如果孕妇意外死亡，也不能埋到祖坟里，因为腹中子会变成“墓虎”，吃光全村人。

死亡，就是对这个世界毫无感知，没有爱没有恨没有快乐没有痛苦。那爱那欢乐，连同痛苦都是如此珍贵，因为它标志生命的存在。

龟兹高亢、嘹亮的金属颤响，会把魂灵拉升，直接送入云端……

冥灰妖娆，众声呜咽，香火缭绕，天马奔驰。扔掉了皮囊这个包袱。魂归黄土，万事皆休！此时，亡故的人已经入土为安，龟兹班子不再进村，他们把响器收进布袋子，从麦地里直接拐上大路回去了。

参加完葬埋的老迈者，心情阴郁地走向寒风中的田野，相见一回一回老，他们当务之急是给自己觅一处去处。村民多世代居于此，共度晨昏。任何一个人的辞世，都意味着这个村庄缺了什么。而他的生命，在他离去时也得到了最高贵的礼遇，那是一场全村人都参加了的村葬。

土地已经平静地接受了死亡，这土地见过太多的死亡。仁厚黑暗的地母却总是默语，以沉睡静观的姿态，吞噬一切，悲欣交集。

从坟头立起的人蹒跚地走出来，扭头四处看天，父母殁了，天就塌下来了，留下孤苦的儿孙还要继续自己的日子……

该去的，不必追，也追不回来。无论多么悲哀，人们最后都不会绝望，因为种粮食的人们始终相信循环，冬天万物都会枯萎，死去，可是他们明白万物复苏的春天一定会来。

好狗照三家，好汉照三庄

村人良善，言谨，进门必请茶，相见必敬烟。

一个人走在田野里、村道上，每当有人向他敬烟，他总是很恭敬地迎上来，双手接过烟，表示感谢，但并不立刻点着，而是掏出烟或旱烟向对方表示回敬，然后划燃火柴点烟，一起共度这一互敬的时刻。如果对方并不抽旱烟，总要诚恳地再次道谢，才开始自己吸烟。

那些给自己发过烟的人，他们互相视为朋友，总是对人家怀着好感和谢意。他们经常会用惋惜的口气说，有一年在去集市的路上遇见×××还给他敬过烟，想不到今天他就下世了。

知恩感恩，念人之好，是那一代人的美德。一个出入于田间地头的庄稼人，一生里，除了牛羊看重他甚至尊敬他，除了庄稼苗苗喜欢他并在风里向他点头施礼，除了感情并不深厚的妻子的不多的关怀，那一根向他递来的带着别人手温的烟，就不只是一根物质的烟，而是来自另一个人的“高看一眼”，一份感情，一份看重，一份礼遇。

村人本性敦厚、质朴，但是刚强，尚勇。人们崇尚力气，崇拜强人，倡导“是骡子是马拉出来遛遛”的实用价值观。孩子嬉戏打架，家长是纵容的态度，他深谙这是一种极好的锻炼与教育，可以让孩子具备勇智仁。孩子会在打架的过程中寻找到平衡，自己解决自己的处境，并且有了勇气。

让礼村像缺水一样缺少娱乐，在农闲时村子的人大多聚集在碾麦场上，比赛摔跤和翻碌碡，石头碌碡实际就是石匠用石头凿出来的一段石头柱子，用来碾麦子，每个最少三百斤。翻碌碡就是弯腰如弓，用手抠住碌碡的下边缘，蓄力发劲，发一声喊，这碌碡就被立起，再补上一脚蹬倒，如此反复，以一口气连续翻动的远近论输赢。

在村子里，村巷曲曲折折，一草一木，一石一土，似乎没有主人，其实个个有其主。有一两处闲地相争不下，便有一些树木快速地生发出来长大了，这些树越大，人们越不敢轻举妄动，不小心就惹出事端来。

在村子里，要想一生过得有尊严，就得趁着年轻有力气时混出名气，打一次恶架，弄个头破血流，这一架关系到你一生在村庄的命运走向。手一软，这一辈子就得蜷缩在村庄中落寞地生息，连村庄的女人们也看不起你，她们看见你时虽然也像跟其他人一样打招呼，但是你能感受到对你的轻蔑，因为她们和你说话时眼光就没有落在你身上。

一旦这一架出了名，你在村庄里就有了立身之本，你也算这个村庄的强人，村庄里的强人与强人间都有自己的规则和空间，互不侵犯，各走一边。他们因为身上的威严而被村里其他人请到家里决断家族的纠纷，主持乡村正义。

村里的瓜女子早早地都嫁出去了，剩下的却是妖精一样的好女子。人心深似海。许多女人，一辈子把自己的身子嫁出去了心却没有嫁出去。

成为强人的你阴郁而寡语地从村庄东头走到西头，人们纷纷向你招呼，你能感觉他们颤颤的语气和敬畏。这时这些女人们也会停下手中的活计匆匆地看你一眼，但是这足以让你满足，因为她们看你时眼光很深很重。

你袖着手在自己的田地里转悠，你发现你的地畔子上很硬并长满野草，你表面依然冷峻但内心却满足地笑了，因为你知道，在农村，许多田地相连的人家经常会为谁先在作为地界的地畔子上多犁了一犁地而斗殴，你多犁一犁，我也多犁一犁，这样地畔子就软了，就长不住草，两片地看起来就像一片地，这样斗殴就不断，打架时全家老少齐上，老的与老的打，少的与少的打，不为那一犁麦子，为的是一口气。而一旦地畔子上长满了草，就说明两边地的主人已经分出强弱，甚至于关系已趋融洽。

女人是否贤惠，看她早上起得早晚即可知晓了。贤淑、利落的天麻麻亮就起床洗漱，清扫庭院，烧水做一大家子的茶饭了；刁蛮愚顽的女人日上三竿才从炕上爬起来，蓬头垢面，日急失火，开始了自己狼狈的一天。

让礼村妇女解决问题的一种办法是喝煤油，相当于现在的自残，用这种方式来示威或者震慑对方，惩罚自己又惩罚别人。夫妻、婆媳矛盾、邻里争斗时，往往就有女人挣脱了，趁大家不防顾，端起窗台上的煤油灯，一饮而尽。喝煤油一般在乡镇医院是能抢救过来的，这时，矛盾的双方都暂时搁浅了矛盾，共同抢救一个人。人都要死了，还计较什么恩怨呢。一对婆媳常年不说话，家里好不容易吃一次肉，媳妇把糖精当成味精使用了，一锅肉吃不成，丈夫一巴掌打过去，媳妇脸上先是五个白印子，慢慢变成五个红印子，第二天在脸上是清晰的五个青紫印子。

出不了门的媳妇就喝了煤油，婆婆忙前忙后，她们和好了。如果没有这煤油，执拗的她们也许一辈子都不肯先和对方说话。但是，这种办法骨子里是被村人所不屑的，毕竟不是主流，大多限于男人弱势的女人使用，充满人生的无奈。

在让礼村，人们是没有隐私的，每户人家的家族历史和口碑，都明晃晃地摆在太阳之下，无处躲藏。谁家几代做事硬正，谁家一贯为人猥琐，是秃子头上的虱子。他们异常珍惜整个家族几代人积攒起来的名声和威信，不容破坏。

好狗照三家，好汉照三庄！我要说的是留在村庄里的这群能人。

村子东头的乔老汉是方圆百里有名的强人，“男人嘴大吃四方”，乔老汉高高大大，四阁方圆，天生一张能把黑说成白、把白说成黑的大嘴，这嘴天生是“说白道黑”用的，除过大嘴他还有一个大鼻子，这鼻子大约在年轻时生过螨虫，如今变成了酒糟鼻子，但是这硕大的鼻子却凭空增添了他的威仪。

同时，村里出了好多神似乔老汉的人物，他们是天生的政治家，他们经常会一语中的，对纷繁复杂的国际政治事件作出一个分析和判断，判断的依据却是他们谙熟的村子邻居间的关系，他们在村长、村民小组组长的芝麻位置上表现出来的政治天赋让人叹惋。

他们善良却狡黠，正直却圆融，他们扎扎实实干事却善于借力作势，对来视察的乡镇长汇报问题时丁是丁卯是卯，没有一句废话。乡镇长满意着要走了，他们拉来一架子车苹果二话不说就朝领导车上装，领导坚决不要，他们就急了，一眼真诚一眼泪花地说：这是我们全村人昨天冒着雨在地里给您摘的，村里最好的苹果呀——其实，村里昨日是个大晴天。

大嘴和大鼻子，再加上乔老汉在说是断非上的明晰、果断和公平，他用自己的威仪和规则处理乡村世事纷争，维持了这个村庄数十年的乡村正义，也享受了几十年村庄人对他的敬畏。

乔老汉离开人世时曾回光返照地说出一段经典的话来。他指点着一群子孙从自己躺着的土炕下挖出十块银元，哆嗦着给四个儿子一人两块，两个女儿一人一块。

分配完毕，他欣然地说：“人活一世，除了喉咙管里这一口气是自己的，其他都是带不走的。你爷爷给我银元十二块，我在困难时期用了两块换了两只羊，全家喝羊奶度过年馑。这辈子还娶了两房老婆，生养了你们四个儿子两个女儿，在方圆百里吃喝煊赫了一辈子，现在还剩下十块，真是不错啊！”

有人止于勇，以呈其力；有人止于形，以显其貌；有人止于心，而有其技；有人达于理，而用其智。这就是村里的芸芸众生相，亦是斑驳多彩的人生。

这个地块里生长的孩子们崇尚力量追随强人，所以他们中的一部分就成了强人。并且，他们的秉性里对事对物有一股钻劲，这秉性注定了他们中的一部分能出人头地。

而这些走出村庄的能人，会被留守村子的人时常记起，他们会千方百计地找到你，托你办一些事，比如自己家庭的纠纷、孩子的工作、自己想打的零工，甚至有时压根就说不出具体的事，只是因为别人都在找你，他也得寻件事情找找你。因为你是他们那块村庄逃脱的骡子，他们得找点儿理由给你紧紧缰绳，让你记得这村庄。他要你记得，你的祖坟还在这村庄里。

其实，这些走出去的骡子和马们，他们即使成就了功名，扬名立万，也脱离不了村庄的痕迹。比如，他们讲话时就看得出来——以前放过羊的，会在讲到精彩处把手向远处一扬一扬的，这是以前他们用石头圈羊的动作；砍过柴的，在讲到激动处会把手高高举起，重重砍下来；放过牛的，会在讲到关键处把手从上到下抽打，像握着一根鞭子。

月亮也能把人晒黑

一个人面临宏大而神秘的一生时，其实也就是面临几十次的收割而已啊。经历了一轮寒暑及收割，一个人的生命便向前跨了一步。

一进入农历五月，整个让礼村就能闻到麦子成熟的香气。麦田整整齐齐摆在辽阔的原上，仿佛一块块耀眼的黄金。

麦田是五月最宝贵的财富，是大地蓄积的精华。风吹麦田，麦田摇荡，麦浪把幸福送到外面的村庄。登堤望去，麦浪连天波涌，漫地黄金。进入这个节气，农民心里明白，要抢在雷雨之前，把麦田搬走。

斯时，有一种鸟儿在树间穿梭鸣叫，声似“算黄，算割”，只闻其声，不见踪影。这是催人收割的鸟，叫杜鹃，这种鸟在不同的地方有不同的叫声：在秦岭北麓的这片黄土地上叫声是“算黄，算割”，在西地新疆一带的叫声为“布谷，布谷”，在大山秦岭以南的川地叫声却是“民贵呀，民贵呀”。

对于村子来说，麦子是土地上最优美、最典雅、最令人动情的庄稼。五月的收割是一件大事，也是酝酿一年的事情。绿油油的麦苗慢慢变成黄黑色，站在一望无垠的地里，交头接耳或者静默，都能制造出一种紧迫的气氛，让人很焦灼。村里总是有人去地头看麦子成熟的火候，噙着烟袋，眼光深远，很严肃。

在远离村庄的城市里，四季不分明，季节是模糊的，岁月推进生硬而没有过渡——在空调的冷暖平衡下，在热烘烘的城市废气熏蒸下，在各种电线、磁力线和信号的干扰下，城市人就这样地与自然脱节，已经变得麻木、混乱，极不敏感。

村里人在饭后，等到天黑严实，圪蹴在院子里的黑暗中磨镰刀，很庄严，仿佛等着一件大事的来临。

磨镰刀的声音会使麦子再度返青，这些种地的人都知道。所以他们要在黑暗中把镰刀磨亮。磨完再喝一口酒喷在镰刃上，这样镰刃有钢口，好用，有烈性！

收割时的仪式是在心里完成的，第一镰下去时，人们的手是颤抖的。地上潮热的气息扑面而来，人就有一些眩晕了。这时，大地很静谧，他们稳住身体，握住跃跃欲试的镰刀开始收割，幅度很大很虔诚，像是优美的舞蹈。他们每一次弯腰低头都能清晰地听见麦秆铮铮铮变黄变干的声音，能听见血液在血管里奔突流动的声音，能听见细小的昆虫在麦秆间细小的飞动和细小的呐喊。他的身后便留下一个个麦捆，像是一个个放大的脚印。一垄地到头，男人们站起来，女人已经从家里拿来了红豆稀饭和辣子馒头，男人们坐在地上默默地大口吞咽，累得没有力气说话。

架子车在地头，女人扶着车辕，男人用铁叉把麦捆一叉叉挑上去，用粗的麻绳拉紧，男人一使劲，架子车就咯吱响，一些干酥的麦子便滑落下来。绳索深陷进麦捆中，女人也麻酥酥地想在麦堆上坐坐。

所有的麦子都被堆积在场里了，用铁叉挑开晾晒，叫摊场，中午阳光最毒辣的时候是碾打麦子最好的时机。牛或者骡子被套进辕里拉着石碌碡，踢踢踏踏转着圈子，麦子就唰唰地落下来。儿子这时手里拿着一个笊篱，接在牛的屁股下防止牛粪忽然落下。碾一遍，把麦子翻过来再碾一遍，麦秆就变得很瓤很柔软了，在阳光下更发着白光，这时候要起场，要把麦秆与碾下来的麦子分离，麦秆堆在一边。这时候用的工具颇多，有铁叉、六股木叉、楷叉、箭叉、推耙、木锨等。

这个时候最怕老天变脸，刚还是毒辣辣的太阳，顷刻间就乌云密布，冰雹雨点劈头劈脸砸下来，这时就像给一个热锅里泼了一瓢凉水，全村庄都沸腾了，铁叉和木锨的碰撞，男女老少紧张的跑动，互相竭尽全力的吆喝、呵斥，浮土夹着雨点砸起的水汽，乌烟瘴气。

麦秸又被堆积起来，从雨中抢夺回的干净麦子被装进袋子扛回窑洞。村里的少年经常会被父亲追打着跑过村落，父亲们在疲惫至极中嫌儿子干活没有眼色，活计做得不到位，手脚不麻利。作为父亲太累了，他们在树荫下喘息，在睡梦中喘息，在阵雨突然降临浇透了麦子时叹息。

在村庄，一切教养都是以身作则。

大人带着孩子投入劳作，让子孙在亲近土地时晓得了敬畏大自然，在挥汗如雨中懂得了惜福，在暴雨骤然而来虎口夺粮时懂得了协作和配合。如今，村里走出的孩子们，曾经与大自然的亲密关系不再，成为白领阶层的他们，文艺的劳动仅存在于指尖和计算机键盘之间。

如果碰到好天气，碾麦子就显得稍微从容些。等麦秆被碾成薄薄的很瓤的一层皮，把这些皮用铁叉剔掉，剩下麦粒和麦皮堆积起来，这时要等好风来扬场。而好风一般在后半夜才来，这时每家的男人就稍微休闲一点儿，慢慢地就着西红柿炒青辣子吃了面，喝了一壶茶，在场上抽着烟等好风。风一起，男人们就挥起木锨趁着好风扬场，麦粒唰唰地落成一道弧线，麦壳则被好风吹远。往往等到天亮家人出来，才发现男人已扬完了场，疲惫地倒卧在那弧形的麦子旁边睡着了。

村子里弟兄两个因为妯娌鸡毛蒜皮的矛盾分家另过，场却挨在一起，两人各自扬场，歇下来时弟递给哥一根烟，恳求地说："哥，原谅我，咱还是一起过吧。"哥不吭声，思谋良久，随手扬起木锨，把两堆麦子归拢到一堆——和好了！

割麦碾场完后，他们要把脱粒后的麦秸集中垛起来，在场里集积子，往往十几亩、几十亩地的麦秸秆垛一个积子，高大雄伟，像盖房子一样有棱有角，还要懂技术的人反复修理、造型。这种大的积子需要很多人来帮忙，只要谁家集积子，就会有人自带铁叉去帮忙，主家酒菜招待，带有收获喜庆之意。

整个紧张的节奏要持续近一个月。晾晒完麦子，村里人才逐渐松口气，邻居开始互相打问着收成，谈论着天气。

其实，能反射太阳紫外线的月亮也能把人晒黑。

人们这时发现五月的日头和月亮太毒了，晒得全村人都黑了，都瘦了一圈。这时他们也会发现自己在脱皮，胳膊上、脖子上白花花一撕一片。昼夜连续辛劳，顾不得洗澡和换衣，他们身上的汗味里覆盖着更浓郁的草木气息、泥土气息、庄稼气息和旱烟气息——这是整个大地的气息。

秋收后，田野如新婚的房间，被农民拾掇得干干净净。一切要发生的，都已经发生，一切已经到来的，它都将容纳。

后面几个月的时间里，他们会让这些地闲着、晒着，叫歇地，为秋季的再一次耕种积蓄地力。

他们中稍微年长的，会在饭后，慢悠悠地走上土梁子，极目远望这辽阔而富足的原野。人们不知道，这是他们在给自己物色坟地。因为他们明显感觉到自己命中的收获又少了一季，自己的生命又向前走了一步。但是他们对死亡很淡然很从容，不逊于任何一个高贵者。反正坟地就在村子附近的麦地里，甚至就在自己耕作了一辈子的自家地里，他虽然要离开世间却依旧会记挂着那片土地。

坟地依偎着村庄。

逝去的人，并没有离开，只是换了一种方式与活着的人相处，自己可以经常在坟地和房屋中间走动，查看儿子的活计，或者就直接蹲在地头看儿子媳妇们收割……

节 令

节令就是命令！

立春动地气，一年一回，标志着春天的开始。斯时阳气上升，万物生发。

村子从前有一种测春天的方法，就是把一个竹筒竖着埋在地下，筒口露出地面，竹筒中放上一片鹅毛，什么时候鹅毛飞起来，便是冬去春来矣。村中长老宣布春耕开始。

民谣“春来鹅毛起”，便是村庄对春气萌动的感受。

村庄有一种遍地都是的植物叫茵陈，也叫“因尘”。《神农本草经》：“茵陈，味苦平。生丘陵阪岸上。”《本草拾遗》云：“虽蒿类，苗强，经冬不死，更因旧功而生，故因陈，后加蒿字也。”

村里人说茵陈：正月茵陈二月蒿，三月拿来当柴烧。茵陈本是一种蒿草，只有越冬时长出的芽苗才叫茵陈，等开了春以后，长高了，就成了蒿子。这种植物，作为茵陈时是一味中药，性微寒，味辛、苦，能清热利湿，退黄疸，可治疗急、慢性肝炎等病；作为蒿子时就全然没有治病的功能，只是当柴烧了。同样的植物，采集时令不同，价值则不同。

不是所有的萌芽都是让人喜悦的，比如长错地方的麦芽。

有一年，全村人正准备盛大的收割，却连着下了七七四十九天连阴雨，麦穗被雨水泡黑泡软，直接在站着的麦穗上又长出了麦苗。

起先麦子还确实不到收割的时节，泛绿，但是就在这连阴雨中成熟了。错过收割时节的成熟麦子黑戳戳地站在地里，像早孕的少女充满羞愧和自责。饱满的麦穗上又长出嫩绿的麦芽，让人心焦。

村人的田地集中在村东头，这是一片广袤、连片的地，集中种植的当然是麦子，因为缺水种不了陕南的水稻，也种不了陕北的小米。

村里曾经有人试着种过小米，但是种过的人都知道，小米产量低，很消耗土地，连续几年就会伤透土地，小米很有营养——它的营养是从土地中“掠夺”过来的精华。

且说那年黑锅一样的天穹下，村子里的人，忧郁地来到这片田地的地畔边，看着这一大片发黑发芽的麦子哀叹。这四十九天每天对他们都是折磨，即使深夜，他们也躺在土炕上，辗转反侧，焦虑地思索着他们的麦子。

村子西头的王山娃又开始打老婆，他抓起笤帚狠着劲抽打着老婆的臀部，有人劝架，婆婆偏袒自己的儿子说：他是个强人，如今却施展不开手脚，没有天时没有地利，他不打媳妇你让他去干啥，杀人？

不急不缓的连阴雨泡透了整个村庄，使得整个村庄湿淋淋温吞吞的，在村道上，每一脚踩下去就会深深地陷进去，带出一脚沉重的泥，人们无法把田地里的麦子收回来，无法晒干脱粒，无法晒干入库。村庄的许多窑洞也经不住浸泡坍塌了一片又一片，细心的人家用粗的木头支撑着窑脑。

天总是不放晴，有时是雨一停歇，天稍微一亮，过不了半天又噼噼啪啪地来一阵雨。村里最大的窑洞里住了五家人，院子中有棵大龄的杏子树，熟透的杏子也噼噼啪啪地落下来，浮在院子里的积水中，不知愁滋味的孩童和母猪们在肮脏的积水中抢食杏子。年老的村妇把勺子铲子扔在泥地里，对着天大胆地骂道：老天爷，你没有眼睛，我们也不想活啦！——这是农村人的一种愤怒的祈祷，或者说是巫术，是向老天示威。

天空下雨是天地阴阳沟通的一种方式，雨是天地间的脉络和通道，雨落到地上变成热气，雨把大地的阴性能量带到空中，如此循环，为天地接通，是天地能量协调的一种方式。长期下雨或者不下雨，地上的人与物不协调，都会生病。

整整四十九天后，路虽然还泥泞，天终于不再下雨。这时，长在麦穗上的麦芽已经一拃长，人们聚集在村口的大槐树下商量对策，脸上个个能拧出水来。

村长说：这是我们的麦子，就是长了芽也得收回来。

他们开始带头走进地里，只割掉麦穗，留下很高的麦秆在地里，好像是一种惩罚。因为等不及太阳，他们把土炕烧得滚烫，把麦穗在土炕上烙干，揉下麦芽，取出麦粒。

这麦粒磨成的面发黏发甜，吃了胃发酸。全村庄的人，在随后的那一两年里，都在吃着这些早熟的发过芽的麦子。而实实在在吃了一两年这样麦子的人，都落下了胃病，经常发酸。

这一场雨，对村庄是一次精神层面的打击——男人们变得寡语了，脚步很重很沉，偶尔彼此疲惫地打招呼，也夹杂着很低沉的喘息声，像是从地深处传来的，甚至有时是一声声的叹息。

麦子收割后，人们会让麦茬地闲几个月，或者种一料黄豆秋后收割，因为黄豆这种植物反而能肥地。地也深谙，这是全村的男人再次悄悄地蓄积力气，想要从头再来。

女人们很乖巧，在这时告诫儿子们不要淘气惹大人生气，她们不用看男人的脸，她们默默做着自己手上的事情，给男人纳着鞋子。

在纳鞋子的她们中，个别天赋高的会琢磨出一些很深的人生哲理来。比如，个别的她会深谙男人老是从脚先老的，当你不年轻了你的脚也没有以前灵便，它蹒跚着撞击着地面，套在脚上的鞋也变得暮气腾腾，这双脚的主人最终能量耗尽，匍匐在地上，与这双鞋一起被埋掉……

于是，在发芽的麦子昭示的生命不可逆的哲理下，她们更用心意在这鞋子上，来尽量挽留自己男人的岁月。

长错地方的麦芽！在雨季中错过收割的麦子！在麦穗上长不大的麦芽！随着时令价值变化的茵陈……这些都似乎在暗示、强调一些关于时令的大道理。

人生也是节气。春天就做春天的事情，去播种；秋天就去做秋天的事情，去收获。夏天游水，冬天堆雪，快乐时笑，悲痛时洒泪。

阴 阳

村口空地上散放着许多废弃的石磨，像一轮轮太阳。

阴阳是村子流传下来的古文化的根，石磨也是阴阳两扇构成的，石磨上边为阳，下边为阴。人身体的前后、左右、上下都分阴阳。眼睛看得到的为阳，看不见的为阴。动为阳，静为阴。这个世间是阴阳二气组合而成的，风水里的阴阳代表能量与信息，相互依赖。

阴阳师又名阴阳先生，主看阴阳风水。

让礼村有个年轻的阴阳先生叫国栋。他常年背着罗盘天南海北地游走在高原的村村落落，一年也难得见他几次。每次见到他，都会给我说他在看风水的路上遇到的一些有趣的人跟事。

他对风水有着自己独特的见解，他说风水其实就是天、地、人的关系。看风水的人就是积德行善，除病消灾，造福于人。

宇宙中每一事物，都是一个太极，一所住房、一座高楼、一个城市，都是一个太极。风水的理想形势，都应是坐满朝空，前低后高，前水后山，明堂开阔，坐山安稳。中国地理是西北高东南低，坐北朝南，前有南海，北有昆仑，百川河流从西北朝东南流，风水好。

他说：风水中的风和水，风主天的能量，水主地的能量。阴阳就是能量与信息的关系。人生活在宇宙之中，日月星辰，山川河流，语言文字，家具卧室，都可能构成能量场，能量场不但可以吸引自然环境的能量信息，同时自身也产生和发出能量信息。我们的生活无时无刻不受到各种能量场的影响，太阳、月亮、地球三个星球在一起就形成一个很大的能量场，这个场的能量可以影响整个地球上万物的生长收藏规律，包括人的情绪，月圆的时候人们的情绪容易激动，潮起潮落都是因为日月对地球的能量影响。三个星球形成一条直线的时候，相互引力成最大值，这个时候是能量最强大的时候。

看风水入门容易，风水布局则需要学习很久，须得明师指点。山水叫龙脉，山川是储存能量的，水是传递能量的载体，自然界形成的山川河流有相应的能量场。如何知道这个能量场的大小，同样需要从山川的形象来读取，不同的形象传递着不同的能量和信息。风水布局则是根据形象读取的信息来调动能量的。能量有正负，好的形象就调动吉的能量与信息；差的形象就调动凶的能量跟信息，从而趋吉避凶。风水中讲龙、穴、砂、水、向五个要点，其实就是五行的五个规律的生克制化。四灵：左青龙，右白虎，前朱雀，后玄武，则是形成吉利能量场的基本要点。

风水师国栋没有出山前，苦读苦练，十年寒窗，跟师父跋山涉水，和明星成名之前是一样的，日夜苦练，台上几分钟，台下十年功。每个职业都是如此，能量积累得够了，才能生发。

国栋刚拜附近村子的李锐为师时，有天跟师父出门去西坡看风水。有一家人总养不了六畜家禽，那时候没有经济作物，收入主要靠种粮食跟饲养六畜，因此事主一家很是为此烦恼。

他跟在师父后面仔细地观察。先是照例着了一下房子坐向。然后看猪圈所在的宫位——三台八座的位置，没错。又看鸡鸭圈的位置，跟猪圈一个宫位，也没有错。怎么回事呢？

师父又绕着房子前后转了一圈。回来后淡然地跟事主说，把你家先做个大整理吧。于是师父首先把墙上两幅画扯了下来，然后吩咐事主把后院整理按要求一番，之后就离开了。

回去的路上师父就问他看出问题在哪了么，他一直跟着师父也仔细查看坐向，确实没有发现什么问题。百思不得其解，只好一脸茫然地摇头。师父笑笑说这不是方位的问题，是墙上有一幅老虎的画，对着猪圈。所以他们家喂不下肥猪，有多少猪老虎吃多少。后来过了半年，那事主专门到师父家感谢，说家禽六畜开始兴旺了。

村上大凡修房造屋，上梁奠基，婚丧嫁娶都要图个吉利，都要选个好日子。师父让国栋把对方情况都弄得一清二楚，家里人都是什么属相，生辰八字开列出来，细细推算，才确定一个准确的日子。

师父说，有的日子与儿子相生，却与父亲相克，不能对一个有利，对另外一个不利。有的日子旺财，有的日子旺命，有的日子旺子嗣，要全家平安的就不能选太旺的一天，过旺之后就有克星出现，来平衡。好日子就是避开灾祸闪失，平平安安，平平常常，遂可诸事安泰。

考定和处理风水不能眼光狭窄和近视，不能小处着眼，小处着眼往往会一叶障目，必须放开心量和眼量，看大形大势。

风水的核心便是归类取象，什么形象就传递什么信息和能量。一个风水局就是一个信息能量场，能量大小就看局中龙山向水的阴阳组合，比如，为何探头砂出贼头，反弓水出忤逆，龟鹤形主长寿，水聚集或环绕便财源富足，山形圆润秀丽出才子佳人，一切皆是因其形象承载和传递着相应的信息和能量。

国栋说，其实风水布局跟医生看病一样，有些局可以改变有些却不能，好比医生对有些病人是怎么也医不好的。

在城市打拼了几十年的军赢生了大病，城市的大医院治疗不了，叶落归根，他又回到了自己出生的窑洞里。国栋说不用吃药，割了些茵陈给他，让用他老家土窖的水煎药喝，过了半年竟然痊愈。国栋说：“你是喝这里水长大的。你回到这里用土窖里的水煎药，连药带水一起喝，时间久了，身体自然就恢复了。”

在省城一家报纸做了十几年夜班编辑的乔家静庭身体越来越瘦弱，面色焦黄。他疲惫地回到家乡让赤脚医生耿和把脉。国栋见了却说：“你的身体没有病，只是颠倒了黑白。你是文化人，却愚蠢地‘与太阳对着干’。植物吸收阳光的能量，夜里生长，所以夜里你在庄稼地里可听到拔节的声音。人这生物，也要顺其自然，跟着太阳走，天醒我醒，天睡我睡。”

村里的媒婆张桂英得了胃下垂的毛病，痛得厉害找耿和要止痛药片安乃近。国栋拦住说：“你这病吃药不管用啊。这是因为你说话太多了，你说了一辈子话，靠说话吃喝了一辈子，伤了气，你不光胃下垂，你的嘴脸五官都在下垂啊……”

风水中有些阴阳宅煞气太重，无生气的地方，是没办法改变的。除非你迁移出这个地方。什么样的能量场，会透露什么样的信息，什么样的信息则传递着什么样的能量。

国栋有次去南方，回村后讲那个地方的风水很奇特，他看到的那片房子乾山巽向，坐西北朝东南，水塘在南方，东南方一条直路进去。风水术语叫“掀裙砂”，简单点儿讲，掀裙砂就是女人掀开裙子的意思。本地人反馈此处为淫乱之地，住的人中，50岁以下的人基本是离婚的或者有复杂的感情关系，这一恶名曾在当地小县城众人皆知。

让礼村镇子有个丁字路口，直对着一家商店。国栋说这算路冲，可能要用泰山石敢当挡一下，不然有可能会发生凶事。主人尚未抽出时间捻拢，12岁的儿子就在黑夜掉进地窖洞，摔死了；大儿子则与来抄电表的电工论理争吵，互相打斗致残了。

同声相应，同气相求。风水是一个能量与信息构成的场，人也是一个由信息与能量构成的场，两个场在同样的频率上，那么这个作用的力量就会非常大了。这个就是今天人们说的“同频共振”。单有风水的场，人的场未能与其沟通，那么这个风水场相对力量很弱，好比风水是移动公司的基站，而你用的是电信的手机，相当于是没有作用力的。人的心可以发出不同的信息、信号，你的思想必须跟风水的这个场形成感应，就能起到趋吉避凶的作用。大多数的普通人，家中的风水、祖坟的风水，也就一般，但是在造葬时，都想趋利避害，这是主动在感应好的一面。

大部分的风水师，都讲龙、穴、砂、水、向，而忽略了人才是根本。国栋对风水有一句非常精彩的总结：人心即是风水，最大的风水是人心。

国栋说，在日常生活中有一类人总爱抱怨，抱怨生活的不公、自己的不幸，其实这是在主动感应坏的一面，所以越说越不顺，运气越来越差，遇到的事情也尽是不好的一面。这就像打麻将，牌不好时要憋着，运气会回来的。

国栋说，世上的人对于命运有三种态度，其一是安命，其二是怨命，其三是造命。古书有云：“物以类聚，人以群分。”多感应生活中美好的一面，多与有正能量的人接触，就可以提升自己，改造自己的命。

神 迹

让礼村所有人都笃信一生中头顶上的虚空中蹲坐着神灵。

村庄里总有一些上了年纪的病恹恹的女人，忽然精神起来，成为能与神对话的人物！也有一些平平常常的庄稼汉，文化程度不高，却忽然就神上身了，给人红白喜事看日子，断事情。按他的指点，事情就平顺；没有按他的指点，必出异事。

他们的本事不是行万里路学来的，似乎像村口那棵几搂粗的槐树一样，源于太久的悄无声息和修炼。

四川婆是一个矮小的、颧骨突出的女人，前半辈子病病殃殃，忽有一日神采焕发，像换了一个人一样，身上也似乎有了与神灵对话的法力。她自称自己头上顶的是王母娘娘。

邻村的一个人，晚上睡在窑洞里，在夜静时总能听见窑畔上有奇怪的嘀嗒声，经人指点，然后提着点心礼品寻到四川婆。

四川婆盘腿坐在土炕上，眯着眼睛听完，然后在窑洞深处墙壁的佛龛前敬了香，又拿了一张黄表纸对着灯泡的亮光照，旋即进入黑漆漆的拐窑里，拐窑门被一张白色的粗布遮掩着，四川婆在里边念念有词，轮番用三个石头进行神秘的测试。出来后四川婆对那个男人果断地说：“你父亲的坟旁边有个水路，水冲了坟，你父亲在阴间不好受，给你使怪呢。回去赶快改了水路。”

来人回去一一照办，再也听不到怪声音了。

村西沟里又有一家人，七岁的儿子忽然肚子胀痛不已，慕名请来四川婆，她在屋里户外背着手转了一圈，抬头看了一会儿门口的一片竹子。掰下一根来放在麦草上点燃，瞬间竹火烧得很旺，噼噼啪啪，显出一条蛇形，倏忽无影无踪。四川婆对事主说："你上次用铁锨铲断了一条蛇，这是蛇儿子来寻仇，藏匿在门前的竹林里，施法在你儿子身上，如今被火烧走了。"果然，这家人七岁的儿子好了起来。

然后，四川婆说，火的讲究很多，梧桐树树枝烧时火里有凤凰的影子，槐树树枝烧时幽邃如有鬼影，柳树树枝烧时火苗则曲致婀娜，如有人舞蹈。

村庄的小孩受了惊吓，四川婆会抱着小孩一遍遍地在十字路口向空中扔鞋，来招小孩的魂。她说，鞋是通魂的，你早上醒来，鞋子也醒了，充满生气；你没有醒来，它就变得很冷很硬，将和你一起被埋进土里。

关于鞋子的故事还有一个，村子西头的王奎因为浇地的水与邻居产生纠纷，一锄头削了邻居的头，被警车呼啸着抓走，最终判了死刑。村里人被事情吓得发抖，家家彻夜不眠。王奎的婆姨思前想后，最后得出的结论就是王奎的鞋子夹脚，他一穿那双鞋心情就不好，可他婆姨硬让他穿，说再穿一次就扔了。

自王奎穿了那鞋运气就不顺，穿了十回惹了几回事。其他邻居也恍然大悟，王奎那天扛着锄头一出家门就很躁，脸耷拉着一副吵架的样子。王奎他婆姨最后给他坟里埋了好几双大鞋，让他在阴间挑选着穿。

但是四川婆纠正了王奎婆姨的说法，说阴间是不穿鞋的。她对王奎的婆姨说："你说得有道理，但是你才是他不合脚的鞋子啊。"她说，女人是一个家里的风水。好女人会把坏事变好，让好事更好，独木桥走成阳光大道，给这个家族显示出无量的活力和威势。福祸相倚，说的就是女人。和睦是一个家庭天大的事情，如果过不了个舒心日子，那就啥也做不好。

村子西头的沟里有一眼泉水，泉眼在一个能容四五人的石洞里，洞中泉水先积成一汪潭水，潭中有立石，水浸风蚀，却成一人形，像佛像僧，又有一束阳光射入，光气萦绕。有村人虔诚而拜，所求之事往往灵验，村人以之为神石，此地遂有了烟火。多有慈善老妪，相约下沟，心中愁苦无不化解。偶有作奸犯科之人，良心谴责，诉于神石，归来则修桥铺路，做尽善事。这里淡于法典，神婆和神石稳定着大家的心。

这个村子另外的一个神迹是一个病恹恹却活到84岁的老妪。她常常坐在村口，表情很冷，整个身体很冷，透着一股死气，但就是死不了。她在年轻时就是一副病恹恹的样子，头上戴着头帕，怕风怕光，到了50岁时身体却忽然硬朗起来，饭量奇大，长了新的头发，腿脚麻利。

三十年前，北京的一个大教授插队住在她家，喜欢神神道道地和她说话，曾信誓旦旦地说她能活到100多岁。

那是一天午后，这位教授站在院子里，朝着东北方北京的方向，一手扯着自己松弛的下巴，一手摸着自己下坠的肚皮，百般感慨地说出一大堆话来，大体的意思是：人其实就是一股能量，人生的整个过程就是能量释放的过程。人像种子一样抵抗地球引力逆势成长，长到一定的规模就歇下来。当生命衰退时，人的脸皮、眼皮、嘴角都一律向下坠，人的身体上的所有器官实际上都不同程度地向下坠。

教授转身对这女人继续说："你的能量在你的前半生没有释放，那么就全部放在50岁以后了，你绝对能活到百岁以上。"

于是，这女人就这样抖擞着精神，固执地向着这个目标活去了。

数年后，当时的大教授已经归西，而这女人还津津有味地活着，因为这是她一生中接触到的最有文化的人了，她对他的话深信不疑。客观地说，她从外形上已经分不清男女，小孩和老人作为人一生的两头是很相似的，在面相上已很难看出性别的差异。

世上的世事就这么奇怪，正因为她深信不疑，所以她至今还活在世上……

奇 葩

何世无奇才，遗之在草泽。在这地球偏僻的一隅，每隔几年，不甘平庸的土地总能猛地一挣，蹦出一两个人物，像这个厚土高原上猛然开出的瑰艳、奇异之花。

这些奇特的人，是村庄的产物，是环境的产物，就像这块土地上自然而然生长出的庄稼一样，给村庄平庸的生活加添色彩，成为村人茶余饭后长时间述说的经典。

很久以前，村庄曾经出现过一些大人物，柳家出过历史上有名的大书法家，乔家祖上出过朝廷的大学士，刘家近年曾经出过相当于厅级的官员，他们都属于走出村子的人，这里暂且不提。

近十年，村庄出过一位诗人，是一个在照金地方煤窑打工的工人。小学毕业的他被认为是天才诗人，还被报纸和电视台报道过。

还没有走出村子时他描述自己怀才不遇的诗句有：

天上在打雷/我以为有人在叫我……

他这样理解他工作时钻入的地下：

我的四周及头顶和脚下/都是墙/都是黑暗/煤墙/是黑暗中的

另一个黑暗/是多么黑啊/一个人将黑色的时间装进黑里/一个人将黑色的心事装进煤里……

他这样描述他在煤矿下工后洗澡的情景：

淋浴蓬头的水柱汹涌/火炉中的煤/在一瓢水中醒了一下，又一下/像巨大的光芒打疼了夜晚的脊梁。

他描述自己的煤矿的伙伴们说：

一切都是污黑的/除过灿烂一笑的牙齿/打量着他们/就像打量用光阴和品德取暖的亲人/这些保持了忠厚秉性的汉子/像一株株黑色的庄稼/保持着朴素高贵的品质/我鄙视/鄙视那些在浮华中堕落的走兽们……

这个诗人出名后离开了矿井，进了县文化馆当了干部，至此再也没有写出轰动的句子，湮没在生活的琐碎和平庸中。

走出了这么些人以后，这村庄就像被抽去营养的土地，要疲软数年，在煌煌日头下晒，直到再一次积蓄起地力。

乔家大强是个很神秘的人。村庄所有的笨狗都怕乔家大强，大强矮个子，长得敦实，细眯眯的眼睛闪着亮光，他常年杀猪，死在他手上的猪有几千头了，他独自杀猪是乡村一绝。他一手拽着猪耳，左脚踏在猪身上，右手拿着两尺长的刀子，照着猪脖子就是深深的一刀，连手都捅进去了。他看也不看伸出右脚勾过来一个洋瓷脸盆，手从猪脖里来腾出来，猪血就喷洒在脸盆里。他在浮土里把手上的猪血蹭蹭干净，蹲在一边抽烟，看他的徒弟们在大锅里烫猪毛。他是个狠角色。

因为他身上隐藏的巨大杀气，村庄所有的狗都怕他。狗一看见他，眼睛无一例外低眉顺眼嘤嘤呜呜。农闲时，一群狗在土场上撕咬撒欢，他走上去能随便抓住任意一只狗，狗一在他手中马上像中了邪一样，浑身筛糠一样，眼里露出人一样的哀求——这是个乡村的谜。

四川婆说，乔家大强前世是一只能震慑住狗的大动物，比如虎，或者狼。

我还想说村庄的另一类人，他们智慧，他们善良，他们自命不凡目空天下，他们时时刻刻做着英雄梦，或者不安于命运对自己的摆布。

第一个人叫王贵，心比天高命比纸薄的他高考失败了，上衣口袋别个钢笔，这钢笔用不用不重要，重要的是别着，以示和村庄人的区别。

他离开学校后像个无头苍蝇一样四处碰壁，在这个世界上乱窜。他底气不足的原因是这个世界太大，但是他找不到自己的位置。他还在学习，他的腋下夹着一个本子，诚惶诚恐地记着那些格言和民谚。他还写了好多诗，不停地投稿，不停地接到退稿信。在这个世界上乱窜了几年后一下子就得了精神病，整天游走在村庄的沟沟峁峁里，他还经常闯进村庄的教室里，撵走老师抓起粉笔在黑板上演算复杂的算术题。

得病后的他反而洒脱了许多，披着大衣，长发披肩，留着络腮胡，眼神桀骜不驯，穿着一双高靿雨靴，一身破衣服迎风勃勃飘拂，肩下裹挟着一根长的枣木细棍，表情冷峻，接受别人施舍全无卑贱之气，像落魄的贵族，也像一个帝王佩带着宝剑巡视自己的疆土，高原周围的山丘是他招之即来、挥之即去的嫔妃。

到最后他愈发糊涂，经常胡乱地吃一些死鸡烂狗，有时就中了毒，几天后却又神迹般出现在村庄的官道上。他穿的衣服，越来越赶不上季节。夏天穿冬天的大棉袄，冬天却穿夏天的单衣。他是整个村庄长达二十年之久的名人。

另外一个是备受争议的女人，这女人叫桐花，叙述者小时候，桐花已经嫁给邻村的跛子了。

村庄人说“抬头的婆娘低头的汉”，意思是走路抬着头的女人是强性子的人，走路低着头的男人是心思缜密的人，最好都别招惹。

桐花个子高高大大，身材窈窕，每到逢集时就要从村中走过，脸上搽着淡粉，昂着头。一路走过，香飘乡里。

桐花走路时你看不见迈腿移步，感觉她在水上漂，这样一漂一漂就从你眼前漂过去了。桐花的眼睛会笑，会说话，她的眼睛仿佛在看着每个人，又似乎谁都毫不在乎，像梦一样。

她真是一个有心机的花一样的女子，她用一个亮黄色的塑料发夹把长发拢起，再平常不过的衬衣上用了一排同样亮黄色的扣子点缀，手里还要挽着一个亮黄色的人造革皮包——一些普通的物件在她的安排下增加了无尽的妩媚。在她身后，是女人们的交头接耳和不屑，毫无疑问，她也成了男人热辣眼光中性幻想的对象。

她的女儿天生营养不良，心思稠密、身材单薄、眼白偏多，长到十二岁时跳了水窖。桐花离开跛子跟了村里的强人邢家山，过了几年又天天遭邢家山打，某一日，实在忍受不了的桐花跟着走村串巷收银元的人跑出了这个村子。桐花走了，留下她的不贞洁被大家叙说了几十年。

活到如今的年龄，我忽然理解当时被人唾弃的桐花其实是一个绝好的女人，问题在于她一生都没有遇到自己心仪的男人，所以她一辈子都在折腾着婚姻这件事情。这是大自然嫌这里的山丘太平庸了，太死寂了，于是常常打发这些花朵一样的女儿家，来平衡这平庸村庄的单调。

桐花啊桐花，“有情人终成眷属”这话其实只说对了一半，世界上另一半道理是，有情人天各一方，各自老去……

四十年前的飞鸽牌自行车

四十年前，轰动村庄的是一辆飞鸽牌加重自行车的丢失事件。

我敢肯定的是，当那位正当壮年的男人发动全村人寻找这辆自行车时，他的内心其实满溢着兴奋和人生得意。他意不在于找回那辆自行车，而确实想四处大步畅快地走走，抒发一下自己的好心情——他在生养了五个女儿后，老天终于给了他一个儿子。

自行车当时在村庄是最大的奢饰品，主人用鲜艳的彩色塑料布把车身、横梁细密地缠绕一遍。

儿子是大年初一的凌晨诞生的，接生的神婆形象地说：一个金匣匣上画着五朵金花。一个月后，自行车是在全村庆祝男孩满月时丢掉的。

孩子的父亲是一个农村小学的校长，他是村庄的强人。成家以后几年，就搬出家族的窑洞，为自己挖成一个单独的窑洞。这孔窑洞成为传奇的开始，好胜心极强的他不用外人帮忙，白天教书，利用晚上时间和几个兄弟开始了这个浩大的工程。四孔窑洞耗时半年，他用砖砌了窑面，四周栽了一圈杨树，成为村子里最结实最漂亮的窑洞，他也由此在村子里树立了自己长久的威信。

踌躇满志的他有一件心事——已经接二连三地要了五个女娃，也要不来一个男孩。而最终是老天眷顾了他，他如愿以偿。他在得到男孩的第三天就买了一辆崭新的飞鸽牌自行车，他觉得应该庆祝一下。

在男孩满月那天，天格外冷，因为父亲的好人缘和大喜事，邻村的好友、亲戚都四面八方地赶来了，他们架起大铁锅炖粉条大肉，在铜壶里热着散白酒。而自行车就是在大家猜拳行令时被小偷从窑脑上推走了。

于是，便有了全村人集体出动追寻小偷的宏大场面，他们封锁了村庄所有的大路小路，不费力气就抓到了失魂落魄的蟊贼。蟊贼是谁已经不重要了，这个贼其实是为全村人高涨的热情和喜悦提供了一次远足、一次释放的机会。

长大的男孩骑着它在更远的地方求学。他的车轮比同伴大近一倍，踩一下就等于人家的两下，所以，在路上他要比别人卖力，但是一下顶一下。

这种差距，在后来成为男孩的行为习惯，成人后的他总是很勤勉，满头大汗却能把其他人甩在身后，使得之间的差距越来越大，这是后话。

男人一生中对六个子女要求都很严格，包括他那个儿子。

每到收麦子的时候，他的眼睛都急红了，邻居家都是精壮小伙子，而自己的男孩尚小，又身体瘦弱。收、割、碾、晒上好强的他都要抢人一步，从不落后，并且活路必须做得很精到，不能被别人笑话。于是他的宝贝儿子经常被打骂，被父亲追赶着狼狈地跑过村庄……父亲看不上男孩的羸弱，看不上男孩的木讷，他简直是对男孩深深地失望着，这似乎要变成他的人生遗憾了……

成长中，男孩受尽磨难，五岁时和五姐偷着吃村里的未熟的青杏，姐姐舍不得吃，把青涩的杏子全让给他吃了，结果他得了中毒性痢疾，三天三夜不醒，最后机缘巧合，得了医院的一种神秘的红色丸药，醒了过来；一次得了出血热，差点儿死去；又有一次在县城上高中，在隔壁的教育局灶上吃饭，这一天灶上吃了残留农药的凉拌白菜，吃饭的人全部中毒了，因为厨师偷偷给男孩又多打了一勺子的菜，男孩中毒最剧。

男孩贪玩，村里的小学和庙毗邻，胆小的他从不敢进去看村里供养着多少神灵。庙前有一个石狮子，每天放学，男孩都磨蹭着走到最后，然后骑在魁梧的石狮子上作乐一番。一年级时，在他眼里，狮子大得出奇，攀爬时要滑落好几次。他的秘密是被上下四根尖牙护住的大石珠，他发誓要把它拿出来。跨上去胸部紧贴在狮背上，他的小手就能伸进狮子的嘴里，抓住石球使劲磨，盼望磨着把它掏出来。到六年级毕业时，他才恍然大悟，石球压根不可能拿出来。石球没有变小，狮子的嘴巴里却磨得越来越深。不只他这样磨过，他的叔叔、父亲都这样磨过。

最后，他们都想明白了，死心了。

男孩有一个秘密的捉迷藏时藏身的地方。但他也担心如果让他们始终找不到，连续着赢下去，他们迟早会发现他的秘密。那么，他就有可能永远没有这个秘密的地方了。于是，他便不时地换一个容易被发现的位置，让他们能轻易找到自己。

有这么一天，每次捉迷藏，小伙伴们都找不到他。于是他们便放弃了寻找，开始了新的一轮捉迷藏游戏。当男孩从他秘密的地方走出来，站到游戏开始的地方，他已经被他们和游戏抛弃了，没有人探究他究竟藏到什么地方去了。街道上小伙伴们仍在奔跑，欢笑声比他参与其中时还要嘹亮、轻快、持久。

此刻，他第一次尝到了世间的孤独和被抛弃。

自卑的男孩变得异常内向，内向使得他从小养成喜欢观察事物的习惯，并且，孤独让他从小看完了所有他能见到的书。

乡村神器“条柱”，伴随着乡村少年们的成长。当他们犯了大大小小的错误，要么是父亲一顿呵斥暴打，要么是母亲在父亲的监督下，用秃了的“条柱”在他身体上一顿惩罚。

每一匹新驹都不会喜欢那个最初给它套上羁绊的人。少年的他认为父亲强势而无所不能，父亲就是自己的敌人，父亲阻止年幼的自己实现任何意愿，他行使着至高无上的权力而完全不顾作为儿子的心愿。

他自小就想与父亲保持距离，不想遗传他的行事作风、语言思维方式、生活习惯。尤其是那张过于熟悉、不想复制过来的面庞。

但还是失败了——随着长大，他沮丧地发现，自己和对手的父亲越来越相像，父亲的优点，父亲的毛病，父亲走路的步态，他喜悦或发怒的表情，如影随形，移步换形，都被移换到了自己的身上。他明白自己终究是父亲的儿子，必须无条件地接受他的基因，这一点上无可逃遁，是真正的宿命。

男孩要变得有出息，有时候也是那一瞬间的事情！总是不争气的儿子，忽然像攒足了劲，考上大学后一改少年的软弱无力，逐渐成为父亲的骄傲。

后来一切都发生了逆转，父亲变为弱势。

成人后的儿子，却重新对父亲心怀敬畏，时时感叹父亲真不容易。儿子也终于明白了，父亲是自己亲人中最亲近的陌生人，是温情中最沉默的见证者。他知道父亲是爱他的，他只是像中国大多数的父亲一样，以威严的形式展示他的父爱，却生生地把儿子隔开了。

让礼村的少年们，在他们浩瀚的一生中，内心时刻都有一个严苛冷峻的父亲，和用“条柱”软硬兼施、见风使舵的母亲。这些内心恐惧、敬畏的东西时时刻刻矫正着他们的人生走向。

父亲的严厉让他们度过了一个极其苛刻的童年时代，遗传和继承了父亲身上许多好的气质和禀赋，摈弃了一些天生软弱的东西。

时间就像一把盲目的刀子，肆意挥舞在所有人的头上，不论地域、时间与人种，再傲慢的人都逃不过这把刀子的砍杀。

人到中年的男孩和姐姐们给父亲上坟，长跪在坟前，他将头抵在坟堆上，将手插进父亲的坟土里，他是多么想和父亲再一次亲近，他是多么想和父亲默默对坐，他希望父亲眼光灼灼地骂着自己不争气，他希望父亲高兴时倒两碗酒说“喝点儿吧”。

死亡，也许是父亲深深畏惧过的，最后之所以如此平静，是因为父亲已经没有了恐惧和挣扎的力气。死亡之所以让人恐惧，是因为去那里的人，一去不返，没有一个人回来过。以前，和死亡之间隔着强壮的父亲；现在，留下他，直面让所有人恐惧的死亡。

儿子总要感叹自己的父亲没有福气，没有活到足够的岁月享到手的福，他还没有看够自己父亲的老态，没有看着父亲一天一天变老的过程，这是一种怎样的人生遗憾呢。

而这些不可挽回的人生遗憾，将永远深藏在这个男人的心底里。

时间，裹挟着所有的情感就这样意味深长地逝去了——人生似乎没有什么悲痛不能承受！

这辆自行车，在这个家族使用了三十年，后来它的全身已经没有了塑料布的包裹，横梁和三脚架被磨去了黑漆，变成暗红的铁锈颜色。

当车子飞快地穿过村巷，村子最后一个铁匠每次都会停止工作，直起身子，指着自行车暗红色的三脚架感叹：真是一块好钢！

大地游戏

多年以前，孩童的笑声在村庄的窑洞和土路上回响飘荡，从四面八方涌上让礼村的天空……

天空飞过一架飞机，尾巴拉出一条白线。所有的孩子们都要抬着头，边追边喊：飞机！飞机！为了一架压根追不到的飞机，他们每次都要跑出去好几里地。

天空飘雪，孩童们一律头望着天，村庄一片喜悦。他们把天老爷落下来的雪粒当作白花花的大米接在手里，只不过捏在手心不一会儿就化掉了，成一滴水。村庄的冷给他们的脸上留下了红褐色的印记。

村庄的伟大之处在于，它其实让每个孩童在童年时就接触土地，接触地气，触摸自然，最大限度地释放自身骨子里的“坏”，偷、抢、打、砸、玩，都达到了极致，释放了所有负能量。等到他们成人后，他们平和、满足、心定如水，一门心思做人，不会和自己的思想做斗争。

以地为床，以天为被。在没有任何玩具的情况下，只要有块空地，找块石头，画上方格子，女孩子单脚跳跃比腿力和反应，从第一格到最末的一格，再转身往回跳，掷石不能出格，落脚不能踩线，没有犯规则的可以在格子内盖一间房子，盖了房子的一格，对手就不能落脚，要一跃而过。这时候大家的肢体灵活度及平衡感就立见高下了。

赤足奔跑是常事，大地如同一具情感丰富的肉体，温热或微凉。晴天，脚底生风，烟尘一串抛身后，如腾云驾雾。雨季，两只脚丫像泥鳅一样，稀泥在指缝呲溜乱窜，顺畅无阻。不管是热土还是泥浆，与土地肌肤之亲的感觉酥痒、舒爽、温润，使得儿时的他们有种被赐予的神力，撒欢在泥土之上，村庄周围所有的土地上，都有他们小鹿一样活力无限的足迹。

男孩和女孩在一起做游戏，这游戏是每个从他们身边匆匆走过的大人都曾做过的。随着年岁的逐增，大人告别了童年，渐渐地远离了大地，就将游戏像玩具一样丢在了一边。但游戏在孩子们手里，依然一代代传递。

童年的时光注定是快乐的。长大后，他们才发现，视为整个天下的村庄，望不到边的土壕，野草丛生的菜园其实不大——童年的眼光和大人的视野，完全是不同的两个世界。

大自然是最好的老师！跟大自然接触时间足够的孩子，心态会更平和、更容易与人相处。自然界的孩子怀揣探究世界的强烈欲望，在成长过程中有足够的时间和游戏观察万物，冥想着天地间的玄机和大奥秘……

他们观察日出，发现太阳的道路其实是弯曲的。且日出比日落缓慢，悟出世界上事物在速度上，衰落胜于崛起的道理。观看日出，像等待伟大英雄辉煌的诞生；观看日落，大有守侍圣哲临终之感。

他们观察麻雀，知道此鸟在地面的时间比在树上的时间多。它们只是在吃足食物后，才飞到树上。它们将短硬的喙像北方农妇在缸沿砺刀那样，在枝上反复擦拭。麻雀日出前二十分钟开始啼叫。冬天日出较晚，它们叫得也晚；夏天日出早，它们叫得也早。在日出前和日出后的叫声不同，日出前它们发出“鸟、鸟、鸟”的声音，日出后便改成“喳、喳、喳”的声音。小小年纪的他们，歪着脑袋在想麻雀的叫法和太阳有什么关系。

他们偷了大人的火柴，把能点着的荒草都点着，北风吹着，风头很硬，火紧贴在地面上，火首却逆风而行，这让他们吃惊。为了再次证实，把火种引到另一片草上，火依旧溯风而行。

他们观察过蚂蚁营巢的三种方式。小型蚁筑巢，将湿润的土粒吐在巢口，垒成酒盅状、灶台状、坟冢状、城堡状或疏松的蜂房状，高耸在地面；中型蚁的巢口，土粒散得均匀美观，围成喇叭口或泉心的形状，仿佛大地开放的一只黑色花朵；大型蚁筑巢像北方人的举止，随便、粗略、不拘细节，它们将颗粒远远地衔到什么地方，任意一丢，就像大步奔走撒种的农夫。

他们偷吃苞谷茎秆，发现凡是穗棒子结得籽粒饱满的，苞谷秆吃起来都淡而无味，有的还像刷锅水样有一股馊味。穗棒子结得不盈实、籽粒稀拉、豁豁牙牙，俗称花狸棒的，茎秆却出奇地甜。他们悟出来：世间的事情，终极公平，这方面不行，另一方面必定超群。

孩子最爱的还是松软的田地，田地里到处都是野菜。他们从小就知道野菜都是天然药，一种野菜治一种病，医生说蒲公英清热消肿，对肝有好处；荠菜能止血、降血压，可包饺子、包子、馄饨；车前草能治小便不利。

下了雨，路上的虚土就成了稀泥，孩子在路上在门口抟泥，与泥土对话。泥巴其实是孩子们最原始的玩具，它取于自然，可以自由塑形，最能满足孩子的心意，最能放纵孩子的想象力。

如果下足一天雨，一朵朵青乌色、形状像鲜木耳的地软就会长在牛屎上，第二天去采摘最合适，雨下久了地软就溶了。提着采摘的地软到小河沟边，将整个竹篮放入水中把地软上的泥沙漂洗掉，然后提回家，交给母亲。母亲们把漂洗干净的地软或炒或凉拌或做馅包包子给孩子吃。

从庄稼和蔬菜的播种与收获中，村庄孩子能体验一个完整的过程，知晓一米一粟，得来不易。付出终有回报，这是天地之间的定数。当今教育往往教育小孩总是去索取，甚至去攫取，让礼村的孩子们与天地相接通，感恩之心在这种自然的沟通中得到无声的滋养。

在这个世界上，有一部分人，一生从未踏上过土地。

终日奔走在钢筋水泥城市中的孩子们，面对生长植物的泥土，第一反应是“很脏”，面对飞蛾爬虫，大叫“快把它赶走!”好奇之心尽失。没有经过大自然熏陶的孩子，感知会受到影响——由于与大自然割裂，很多孩子不知道自来水是从哪里来的，以为拧开水龙头就有水；有些蔬菜只在餐桌上知道，到了田地里就对不上号了。蜜罐中成长的孩子顺顺当当，成人后没有承受能力，没有担当，注定平平庸庸。城市里游泳都挤在一个游泳池里，山里游泳却在清澈的河水里，水里还有鱼。城市的夜景是华丽的霓虹灯，山里的夜景是明月和漫天的星星。城市的花园一直围到墙边，山里的花园一直延伸到天际。城市里的人听歌曲，山里的人听虫鸣鸟叫和其他动物的声音。城里人整天拥挤在水泥建筑里，与电话、电脑等为伴，山里人整天与青山绿水、山花小鸟为伴。

大人们都不愿席地而坐了，只是因为总是怀疑地上有什么可疑的脏物，只是因为身上穿着、戴着名贵的物件，只是因为那摸不着的体面，慢慢地远离了那一块块熟悉的石板，再不会留恋这些温热的土地了。

土地是万物最伟大的消毒剂，劳动是上帝的教育。我们就这样轻易地脱却了天性中的从容与单纯，我们就这样轻易地被剥去了与大地亲近的机缘。

敬惜字纸

“椿茂萱荣堂上屡承仙露润；天长春永阶前咸舞彩衣新”，这是阴刻在乔家青砖门楼上的对联，横批：耕读第。

多年前，这是村庄为数不多的青砖厦房，这百年的院落在一片土窑洞里鹤立鸡群。门口有石狮子，进门有一个青砖白墙的照壁，寓意主人一生做事清白。石狮子右首有一个一人高的青砖炉子，供人焚化字纸。

这青砖炉子做得精细，底部雕莲花宝座，库顶为屋檐式，檐角高挑，风铃叮当，古色古香。上部窗棂透雕，以散烟气。下面是纸库，炉里纸灰厚厚。侧面张贴用红纸书写的“惜字当从敬字生，敬心不笃惜难成；可知因敬方成惜，岂是寻常爱惜情”之告示。

乔家多年来出“先生”。百年来一直人丁兴旺，像一棵大树，根深叶茂，发出许多枝丫，衍生出多少户就有多少分支。乔家代代子孝孙贤，个个耿直硬正，享有威望。清朝时曾频频出过几位举人，村人皆说乔家风水好。

村里的长老说小时看到过乔家的人把每一张有字的纸都要拾起来，聚在炉子里焚烧，并教育他们说要“敬惜字纸”。村人起初也曾经取笑乔家迷信。但当自己长到了年纪，看到乔家的兴旺蓬勃，似有所悟。

这小小的青砖炉子，让村人百年来对文字和知识充满敬畏，时时刻刻在告诫偏僻村庄里的人，纸上写了字，就成了一件能为众人带来祸福的东西，不应轻视。

慢慢地，出于对文字的敬畏，村里也就有了许多的禁忌。手不干净不能触摸书本，写过字、印过字的纸不可随意丢弃地上，以免不小心遭到践踏，更不能拿去“揩屁股”。有文字的废纸总要先积存在纸篓里，然后再慎重地拿到乔家门前的青砖炉子里进行焚烧。

父辈的呵斥，也是家训。现在尚居住在青砖院落的乔家老大说，小时候，爷爷奶奶未上桌父亲便不让动筷子。吃饭时，不准站着夹菜，不准挑挑拣拣。

五六岁时，他给祖父点水烟，单手递过去，祖父说：“错了，晚辈给长辈递东西，要用双手。”

吃饭时，祖父要求以食就口，不要以口就食。他瞄准盘里大肉块下筷子，祖父说：“错了，吃菜不要挑三拣四，不要吃着自己的，盯着远处的，夹菜不能把手伸到长辈面前，要从自己跟前往前吃。”

长大后才知道，待人接物的习惯就是经由这些日常小事培养出来的。人生在世，无论轰轰烈烈还是平庸寂寞，其实都是在世间谋一口饭而已，由于祖父关于“吃饭”的启迪暗喻，乔家人处世稳健、低敛，不贪意外之财，冥冥中避开了无数的诉讼、争斗和人生凶险。

乔家老大还记得自己成人时祖父对自己的人生教诲，那天祖父的怪异举动让他琢磨了一生，也感悟了一生。

那是一个午后，八十岁的祖父稳坐在院子的青石桌子前，手里举着一只黑碗说这是啥。乔家老大知道祖父晚饭时都得喝一碗苞谷酒，他就说是酒。祖父一口气喝完，又倒入了水说这是啥。乔家老大疑惑地说是水嘛。祖父说，这明明是个碗嘛，你心里装着啥就是啥。他随即把水泼在地上，水在地上吱吱地泛着泡，旋即被迅速地吸收，祖父接着说：“一碗水，风可以将它吹干、土可以把它吸干、太阳可以把它晒干，要想不干，只有在井里面、在河里面。独木难林，一人难事啊。”

说完，祖父甩袖就走，袖子拂落了黑碗，摔在地上成为两半，乔家老大惊呼，但是老人头也不回地继续往屋里走，他喝了酒照例是要在土炕上迷糊一下的。乔家老大觉得很奇怪，便问："爷，爷，碗摔碎了你咋不看一下呢?"老人答道："我再怎么回头看，碗还是碎的。"

祖父还不让子女坐着的时候抖腿，说没有福，有福也被抖掉了的。他让子女吃饭时左手要扶碗，不让人随便吐口水唾沫，他说人身上泪水、汗水、血液、精液，皆是出则不可回，唯有唾液可回。

祖父说看一个家族兴败，只看三个地方：第一看子孙睡到几点起床，假如睡到太阳几竿子高再起来，那代表这个家族会慢慢懈怠下来；第二看子孙平时做不做家务，因为劳动的习惯慢慢改变一个人的一辈子。第三看后代子孙有没有读圣贤的经典。看娃懂事不懂事，就看是否手上会做事，心里会装事，眼里会来事。

在村庄，一切教养都是以身作则。

乔家老大现已八十有七，育三子一女。

大儿子自幼好学，博闻强记，成了村上唯一的大学生。毕业时分到省城给大领导当秘书，临走时乔家老大给儿子写了："欲戴其冠，必承其重，做官不许发财"几字，让老婆绣在枕头上。他说，当官这差事，就是怀里抱个装鸡蛋的瓷器，小心抱着进城，手一点儿都不敢松，一松手，瓷器碎了，鸡蛋也打了，落得个身败名裂。什么时候抱不动了，你把瓷器交给别人了，才敢真正歇下来。远在省城的儿子，每晚睡前躺在绣有父亲训言的枕头上三省其身，扪心自问。由于父亲的告诫和威慑，这儿子不负众望，战战兢兢，如履薄冰，抵抗了不少诱惑与波澜，化险为夷，官至厅级，现已退休。他一生得意的是培养了几个人才，均官至副省级，其中一个和他共事十年的年轻人，是他一手提拔起来的。他说经常看到此人休息时间总是陪伴老母亲在单位的院子里散步，说明此人懂孝道。二是此人热心帮助有困难的职工及干部，不求回报，说明此人厚道。三是开始两人平级，后来自己不断升迁，但是这人从来没有找过他一次请求帮助升级，说此人走正道。所以，他在仕途的最后，竭力把这个人推向政坛的快车道。

二儿子从小懂事，高考落榜后参军，在部队考入军校，从普通士兵一直到团长，后来转业回到地方，通过自己不懈的努力，一步步走到领导岗位，已经有了一些权力，那时"朋友"之间难免"礼尚往来"，家父一句"物无妄受"，让身居要职的他洁身自好，几乎没有犯过错误。如今，年近五十的他每周要坐轿车从县城回来给父亲恭恭敬敬请安。

小儿子从小心性高，凡事争强好胜，乔家老大让他放羊一年，琢磨羊的习性。在长期的牧羊过程中，小儿子体味到天地间许多关于人生的大道理，这影响了他一生的处世哲学和人生走向。在乡村静谧的气氛中，在羊儿咩咩咩咩的叫声中，小儿子发现，羊喜欢待在山丘的半腰上，不喜欢山丘的顶端，这是因为顶端风大地薄，草也不丰茂，而土丘半腰的阳坡上，那地方避风，温暖，能蓄住水，土质肥沃，这样草就繁茂。还有，羊都知道，到了丘顶，就意味着走下坡路，就意味着这一天要归栏，就意味着被关起来而远离了青草。

在田野里，麻雀和喜鹊，是北方常见的留鸟。民间有"家雀跟着夜猫子飞"的说法，它的直接意思是指小鸟盲目追随大鸟的现象。他留意过麻雀尾随喜鹊的情形，并由此发现了鸟类的两种飞翔方式。喜鹊飞翔，姿态镇定、从容，两翼像树木摇动的叶子：麻雀敏感、慌忙，飞法类似蛙泳，身体总是朝前一耸一耸的，并随时可能转向。这便是小鸟和大鸟的区别。

他是个聪明透顶、喜欢琢磨事情的人。他还观察在田地里耕作的牛和骡子，牛是慢性子，任主人的鞭子再敲打也保持着不急不慢的秉性，骡子却是急性子，经常累得浑身汗水，劳瘁而命短。在这里他体会到了人生凡事要慢的哲理，事缓则圆。

他最后当了兵上了军校，也成了一名团级军官。因为羊，他明白了人生“知止”的大道理，学会了有节制地索取和享受。

多年后，仕途稳健的他，回到家乡在田野麦茬地里转悠时，他是否还记得作为他人生导师的羊？

再说乔老大的女儿秀英，平时话不多，却很有心劲。嫁到陕北地界，几年前和丈夫在延安城开了一家火锅店，丈夫五短身材，又黑又矬。丈夫招了一个花枝招展的女子，并任命为“大堂经理”，这女子与丈夫眉来眼去全然不把秀英放在眼里。丈夫借口秀英不生育，也明目张胆。有心劲的秀英想起父亲说过女人要像水，以柔克刚，要有水德。父亲说过人生遇到大水的时候，不要埋怨水，大水漫不过鸭子背，要想如何增长游水的本事。她憋着心劲熬小米粥吃，忍受着丈夫的背弃，在厨房里剥蒜剥葱忍气吞声。半年过去，小米粥养得秀英像换了个人一样，接连给丈夫生了一男一女。丈夫回心转意，辞退了大堂经理，和秀英过起了幸福的日子。

回娘家的秀英一次哭得伤心，乔老大问其故。秀英嘤嘤呜呜道：“大，以前你呵斥子孙时声音大，眼光灼灼，走路咚咚有声，喝酒酒量也大。现在说话声音低沉，走路扑扑踏踏，喝酒三杯就醉。我思量你身体已经大不如前，所以忍不住伤心。”

一次邻居大娘无意间说秀英的丈夫个子矮两个孩子个子肯定长不高，秀英听在耳里记在心里，晚上就给女儿按摩揉搓腿上的穴位、关节，给天天打篮球的儿子熬牛骨头汤。两个孩子比赛似的长高，十几岁就都超过了秀英的丈夫。

生意兴隆、日子丰润的秀英明白寒门生孝子的道理，经常教诲子女：一饭一粥，当思来之不易；一丝一缕，当思物力维艰。她教孩子画画，叫女孩画梅花，叫男孩画马。她说女孩要有梅的傲骨和高洁，男孩要有骏马的志向与野性。

反篇

殇

缗蛮黄鸟，止于丘隅。

——《诗经》

于止，知其所止，可以人而不如鸟乎？

——孔子

大民的一块地

大地博大而狭促。

在让礼村这样的农耕乡村，土地是人们的命根。游牧的人可以追逐水草而居，飘忽不定；做手艺的人可以择地而居，迁移无碍；而在让礼村种地的人却搬不动地，长在土里的庄稼行动不得。

大民的曾祖父一生都爱地，多年前曾经在村子东头荆棘窝里开辟出一块地，他一个人早出晚归，在这片地上默默折腾了半年，才把多年来纵横交错的藤条荆棘的老根挖干净，才把一坨坨的料姜石清理出去，他用手细细地捏碎土疙瘩，这片地，硬是变成了平平整整的一块地。

他背着手用步子量地，硬着腿往前迈一步，再迈一步，从南头走到地北头，从地北头走到南头，终于得出这块鸡蛋形土地的大小——三亩七分。曾祖父在三亩七分地里种高粱，高粱适合在硬地里长，迎风飒爽。眼看要收获了，曾祖父却死了。没福的曾祖父就埋在这片地里。

大民的祖父也爱地，土地改革时硬是要回了这片地，把地畔子砌得笔直，不让长一根杂草，种豌豆，点苞谷，也伺候着他父亲的坟。

村子的一棵老树上挂着一块生铁，村里开会就先敲生铁。一天，村长敲了生铁开会，说："要收地呀。村里成立了人民公社，把各家各户的土地都收了，三亩七分地当然也要收，所有土地都归集体。"祖父顶嘴说："这是我大开的荒地，是我家的地。"村长平时就跟祖父有气，趁着有人民公社撑腰就把祖父打了一耳光。率人进去先扒了三亩七分地的畔子，平了曾祖父的坟，分给三队了。

祖父自此心里吃了劲，不久就病了，先是眼睛黄，再是浑身黄，肚子胀得像鼓。大民的祖父在四队，村民选队长，祖父当选了，却咽了气。

清明节去祭奠，大民的父亲也只能在平地里烧纸。

有一年，村里要建砖瓦窑，村长选来选去选中三亩七分地，从此三亩七分地机器轰鸣，变得坑坑洼洼。制砖机器哒哒哒哒，像机枪一样。父亲心里有事，就开始经常喝酒，一个人喝，就着咸菜也能喝半晌，喝了就骂村长。

这样过了好多年，村里死了好几拨人了。这时候才有了大民，一天，已经八岁的他听村里人敲着生铁喊开会又要分地了。全村的地都分到每户手里，联产承包责任制。

一亩三分定天下。包产到户让人们分到了一亩三分地。不要小看这一亩三分地，就是这一小块地，他们就很满足，惬意，在那里精雕细刻，他们对土地的热爱令人感动。

大民的父亲给村上申请，先要回了那三亩七分地。父亲花钱雇推土机推平了因烧砖取土被挖得坑坑洼洼的地，父亲把大民祖父的坟也迁进去，和大民曾祖父的坟挨在一起，起了两个坟包。其余地照种不误。他说只有站在自家的这块土地上才实在，身上才有了胆气。

这样又过了好多年，村里有大事不用敲那块生铁了，生铁改换成了大喇叭。

一天，大喇叭里说村里要搞新农村建设，村里把人们集中在村东头，窑洞全部用铲车填埋。因为人们要搬到村外统一规划的地方盖房屋，村子将变成空城。后来，一孔孔窑洞被推土机推平变成了田地，村子里被诩为神树、长在窑畔的百年大槐树，也因为失去窑洞沟壑的反衬矮小了许多，被土深深地拥埋，气势全无。

填埋乔家的一孔窑洞时，院子里有一棵杏树，这树有一百年了，传了三代，就是一百年了，它还能活一百年。

推土机日夜轰鸣，大片的下地窑洞被填埋，大片的地被整理出来，村子的人全部集中在村东头，每家三分庄基地，盖房。三亩七分地里的两个坟也再次被平整了。

三年后，大喇叭发布说要统一征地了，省城的一家大的房产商瞅准了村子这整片平地，连耕地和闲地一起征，甚至连村东头大家三分地的院子也要拆迁，要在更远的路边另盖高楼房，村民统一安置，节约土地。因为村子的北边才开发出一片旅游景区，村子要弄一个超大的休闲观光村。

离城市这么远，怎么就征到村子里来了？村子的人不敢相信，那个晚上，村里人都在高兴，这地全部一征，他们终于不再是农民了，他们的子子孙孙永远不是农民了。每家都领到一大笔补偿费，筹划着如何使用这笔钱。

大民父亲却在喝闷酒，大民明白父亲的心思，以前人民公社时收了地，联产承包责任制时分了地，集中居住时又收了地，但地还在村里，地天天都能看见，现在地却要消失了，说不定做什么用场呢。

大民扶着喝醉了的父亲去看地，父亲摇摇晃晃，绊倒在地，就地磕头，不知是给祖父地里的坟磕头还是给这三亩七分地磕头。

没有办法的父亲和没有办法的村里人都住进了村口的高楼，他们带着大锅带着药锅，甚至带着自己的猪和鸡上了楼，但是，他们在高楼上总是睡不好，总觉得楼半夜在摇。他们在高楼里也上不了厕所，只有下楼来，到某一家的苹果地里才能利利索索地拉完屎。

他们每家都领到一笔钱，心里起初窃喜，慢慢却变成惶恐，这钱花完了怎么办，没有地了，今后靠什么吃什么？

他们一群群坐在高楼下的村口，看着出出入入的挖掘机，一个个如丧家之犬。

沉重的彩礼

村子自古很重礼性。

红白喜事最早的礼物是布匹，红黄蓝绿挂一院子，上边写着送礼人的大名。布匹一般长为丈二，曾有个别有心机之人悄悄裁下来一绺布自用，被人发现了，被人编了段子在村子里流传几十年，一辈子在村庄抬不起头，没有诚信就失去了威信，在村庄里连一根打气筒都借不来了。

全村有两个气筒，他给架子车打气时去借，被告知气筒早都坏了。村子上没有秘密，人是摆在秃子头颅上的虱子，人们互相熟知着各自的祖宗八代。

事就出在重礼的让礼村，村东头有个气派的院子，蓝砖、红门、阔大的大院子，乍一看是透着实力的“脸面儿”。可走进门，却发现墙没有刷白，窗没有玻璃，通往二层的楼梯没有扶手。细细一问，门是赊的，窗是赊的，楼板也是赊的。院主人就是过世的老梁——五年前，好不容易熬到儿媳过门，老梁却用一根麻绳，结束了自己的生命。

为给儿子娶媳妇，老梁借钱盖楼房、送彩礼，欠了一屁股这辈子还不完的债，直到搭上命。“喜事一办，毁于一旦。”乡亲们说起来，也只能摇头叹息。

老梁的悲剧虽极端，“天价彩礼”之痛却十分普遍。在周边，娶亲礼从六万六、八万八，一路飙涨，后来干脆按斤称人民币——“三斤三两”，约合14万元。没多久，“万紫千红一片绿”又风靡乡里：一万张5元、一千张100元和若干张50元，约合18万元。这还不算完，再加上一辆汽车和一栋楼，美其名曰“一动不动”，还要几十辆车组成的迎亲队。估算下来，一对新人从相亲到过门，开销得要50多万元。

一个农民靠种地、打工，不吃不喝，每年攒五万元，凑上这钱要整整十年。

多年前，老梁的儿子——小梁在外打工，认识了外县的小赵姑娘。恋爱不久，小赵有孕在身。春节，小梁回到老家，央求父母前去定亲。所谓定亲，其实主要是商量拿多少彩礼。第一趟去，老梁夫妇欢天喜地到外县，找了家上好的饭店，请小赵父母吃饭。酒过三巡，老梁大方地掏出2000元，当作见面礼。小赵的娘斜眼看了看，正色说道：“新房不盖好，闺女不能嫁。彩礼不能少了‘六万六’……”

老梁一听，犯了愁。盖新房，梁家连借钱带赊料，已经欠下七万多元，从哪再挤“六万六”？老梁身患哮喘，心里一紧，咳嗽就压不住了，他勉强挺直腰杆：“不怕，新房已经盖了一棚，第二棚很快盖完。”

探亲之行，不欢而散。

第二趟，老梁鼓起勇气，邀请了三个亲戚，提着礼物去跟对方“拉锯”。一见面，小赵的娘让座端茶，倒也热情，可嘴里只念叨困难：“一年前，她哥结婚，用完家里的钱。她弟比她小一岁，也要定亲。人家要六七万元的彩礼，俺咋办？”费了半天口舌，也没把彩礼降下来。

第三趟、第四趟、第五趟，五谈五败，老梁来了气：“这门亲成不了，不办了！”

老伴又是责怪女方，又是心疼儿子，一天到晚对着丈夫抹泪：“村里小子多，闺女少，错过这个闺女，儿子打光棍咋办？”

城市剩女，农村剩男。彩礼一路走高。媒婆王艳艳，说媒十多年。对彩礼的规矩，十里八乡没有比她熟的。“七八年前，定亲只要七八千，最多‘万里挑一’，也就是一万零一。三年前，彩礼像长了翅膀，变着花样儿飞涨。”王艳艳嘴快，细数历史，头头是道：2008年两万一千八（两家一起发），2009年六万八（既顺又发），2010年十万零一（十万里挑一）、十五万八（要我发）。礼金之外，还要买十万元以上的小轿车，新盖二层楼，不少还得在县城或市里买100平方米以上的房子。

在农村，整条街看不到几个女孩，村村如此。女青年外出打工，不少嫁到了外地，男女失衡。闺女金贵，彩礼不断加码。于是，男方外出打工挣的钱，全拿回村盖楼。楼盖好，娶了媳妇，再一起外出打工，把空房子扔在农村。偌大的二层楼，只有老人和小孩留守，一楼住人，二楼养鸡。

对近城区的农村小伙、经济条件好的家庭，女方要得较少；越偏、越穷的地方，规矩越多，女方要得越狠。在偏远乡镇，父母怕女儿嫁过去吃苦受穷，男方爹娘老的不考虑，弟兄俩的不考虑；除了彩礼，外带上轿礼、下轿礼、要“好”礼、改口费，以及牛羊肉、肘子、烟酒、果品。村里人调侃：嫁个闺女，够开一个小超市了。

在农村，面子看得比啥都重。相互攀比，推高彩礼。有一年春节，王艳艳保了两个媒。赶巧，俩小伙儿同村，俩闺女同村。第一家先定亲六万六，第二家后定亲八万八。头一家忽然觉得没面子：“一块长大的闺女，凭啥俺比她便宜?”要求追加彩礼。男方不同意，女方“任性”退亲。

不光女方要面子，男方也死撑面子。她还谈起一桩婚事：姑娘比小伙大六岁，着急结婚，明确表示不要彩礼。男孩父母坚决不同意，非要送六万六。是男方“不差钱儿”？并不是。男方贷款买房，借债送礼，塌了不少窟窿，之所以硬挺，就一个想法：娶媳妇是大事，不能让人家看不起。有些小伙的个人条件稍差，过了25岁找不到媳妇，爹娘都不好意思去别人家串门子、赴喜宴。为娶个媳妇，情愿勒紧裤腰带，多出彩礼。

因为拿不起彩礼，不少农村男青年长期单身，不少农民家庭因婚致贫、因婚返贫。

眼看肚子一天天大起来，小赵也着了急，请舅舅出面向父母说情。小赵爹娘商量，把彩礼降到五万元，不过有言在先，要100箱礼品送亲戚朋友，一箱也不能少。梁家拗不过，只得答应，把婚礼定在那年的“五一”。

快到“五一”，梁家的房子没有完工，左挪右借，没凑够彩礼。赵家放出话：“最多宽限一个月，盖不好房，拿不出钱，别想结婚。”老梁咬着牙，一边加快盖房进度，一边贷款付彩礼，还从商店赊了100箱礼品，装上小货车。

终于要办喜事了。梁家张灯结彩，准备娶亲。凌晨时分，突然接到赵家的电话：“孩子生了!”

“丢人现眼!”老梁闻听消息，气得跺脚，只得取消婚礼，匆匆把娘俩接回。

过了俩月，小赵的哥哥添了胖小子，叫她回娘家办喜事。让礼村离外县的娘家有三十多公里。小赵嫌路远，半开玩笑对公公说：“进门前，您还答应给俺买辆汽车哩。”老梁一听，头嗡地一下，没理儿媳，头也不回就走出了家门。

次日凌晨，他用一根麻绳，无声无息地结束了自己的生命。死的时候，不到60岁。

“他爷爷走后，日子过得艰难。儿子、儿媳妇到外地打工还账，到现在没还完。”老伴说，谁家不娶媳妇、不嫁闺女？那么多年立起来的老规矩，谁能挑头捅破?

杀 狗

村里确定要做成农业休闲观光区后，来了一拨又一拨人，有的开着机器搞建设，还说是要修街道，要盖别墅卖给城里人，有的开着私家车，拿着照相机拍来拍去，纯属采风旅游之类。村里人骨子里并不喜欢大量的游客，许多村民在院门口挂起“请勿打扰”的牌子。

初中毕业的大民头脑活泛，用红漆写一木牌“他二嫂子家”，这是一个农家乐，挨着建在高楼的边上，起了几间矮矮的临时的平房。为啥要建这个农家乐，一是大民去年在省城打工时见过大山脚下的农家乐。这些人在村里要吃要住，大民看准了这一点。

农家乐里，平房顶上有一只狗，院子有一只狗。地上的狗只负责晚上的治安，白天的事情它不管，白天的事情是平房顶上的狗的事情，它懒得吭声。

平地上的狗在院子溜达，只要有城里来的客人拿钞票在这狗眼前一晃，狗就明白了意思，冲出去在院子里追逐土鸡，它知道客人要买土鸡吃。等擒住一只鸡，坐在门口晒太阳的男人大民就对着房子喊：“总经理，客人要吃鸡，弄几个菜。”从厨房走出来一个茁壮的妇女答应着，并对这男人说：“磨点老豆腐，董事长!”这茁壮的妇女是大民一直不满意的媳妇，他一生讨厌媳妇嚼菜时牲口反刍一样的声音。

他媳妇却满意他：“看我家大民，挺个大肚子，多有派啊！东家请西家邀，整天喝得脸红通通的。现在的年轻人瘦精精的麻秆腿，瘪肚子，脸色黄蜡蜡的能叫帅?”

自古以来，村子几乎家家户户都养土狗，也叫柴狗，体形大，耳朵下弯，颜色多以黄、白、黑为主，它们的远祖也许是高原上的狼族，千百年来，它们已经成为村庄的守护者和村人的忠实伙伴，平日饲以残羹剩饭，性格温顺，秉性忠义，擅长看家、护院、护主和农闲时的狩猎。

人走屋拆，这是搬迁的规定，村里的人都要在规定的时间搬到村东头集中安置的楼房上。楼房一家一套，没有院子，他们不得不抛弃了自己笨重的农具，好在现在大多是机械化收割，农具基本上没有用场了。村里集中搬到楼房以后，狗们是不上楼的，它们在村里成群地转悠，它们弄不明白村庄发生了什么，它们在月夜对着天狂吠，对着虚空撕咬。

在县政府上班的平娃不忍心舍弃和自己儿时一起长大的黄狗，赶回来，把狗送到了城郊区附近的朋友家里，谁知他前脚走，黄狗便咬断了绳子，满嘴吐着白沫子跑回了村子。

个别的狗被主人偷偷带上了村头集中安置的楼房，在狭小的单元房空间里嘤嘤呜呜不敢拉屎不能撒尿，动不动就得挨上一脚，它们明显地感觉到主人已经有嫌弃之意了……

引起关注的是两起狗咬人的事件。

一次是开挖掘机的司机在镇上溜达，提着一袋子猪头肉，刚走到路口。被旁侧蹿出来的一白一黄两只大狗挡住，白狗一口咬住他右手提着的塑料袋，黄狗则一口咬住他的左脚踝。他一惊叫，扔了猪头肉，两条狗拖着塑料袋消失在背巷里。他低头一看，绒裤被咬出了大洞，脚踝上两个血窟窿。

另外一起是在村口，开发商的一个经理被三只大狗困住了，一跑就遭咬，他告诫自己不要慌，不要跑，虽然笨拙吓呆的他没有跑，但还是被咬破了拿手机的手。狗们也许知道，所有村庄的变化和引起村庄不安的消息，都是通过这只手上的手机传出传入的!

大白天的，野狗咬人，如何处置？并且，让人害怕的是，越来越多的狗游荡在村里。清一色的土狗，三只一群五只一伙，东边窜一下西边钻一会儿，焦急而惶恐，穷凶而无奈。

事实上，有些狗不是本村的狗，有人认出来是十里远的邻村的，邻村因为沿路被征用为垃圾填埋场，狗的主人们也遭到了拆迁，搬上了楼房，被遗弃的它们便成了流浪狗。它们一定是怀着复杂的情感离开了自己的村庄，却在另外的村庄报复人类。

没有人注意这些狗可能是附近其他村子的土狗，村庄的人都在心里想着搬迁后的日子。开发商主动组织志愿者打狗队，进行了两次大规模的集中抓狗运动，战果是五十多只土狗。

许多狗，到处找吃食时被打狗志愿队抓住或者打死，有的狗，被狗贩子用绳套套住，装进铁笼子里，送到很远的城市的酒店里。狗是土命，被勒死的狗放在地上一会儿就复活了，又被他们逮住。它们的结局是一样的：放了血，剥了皮，掏了肚，剁成块，下到火锅里了。于是，让礼村附近的镇上兴起了“狗肉潮”。大民家的菜谱上也多了几个狗肉的大菜。几个村庄有大大小小的上百只土狗，瞬间狗命飘零。

村里出现了许多杀狗人，杀狗的人是身上有杀气的人，他们谜一样。他总能让陌生的狗像依偎着主人一样在他脚边，偶尔伸出长长的舌头舔一下他的裤管。他甚至也用手抚摸着狗头，仿佛在为远行的孩子整理衣衫，可是，这温暖的场景隐藏着巨大的杀机：他扔掉烟蒂，用左手把狗头揽进怀里，一叶细长的刀子就送进了狗的脖子，狗哀叫着，脖子上像系着一条红布，逃离。他向狗招了招手，狗着了魔一样又爬了回来继续依偎在他的脚边，身体发抖，他抚摸狗如爱抚受伤的孩子，但这温情转瞬即逝，他的刀子，再一次戳进了它的脖子，没有丝毫的怜悯和犹豫……如此反复，狗死在爬向新主子的路上……

王盼家的狗叫“常随”，卧在老宅子里就是不走，也不出去寻食物，狗是最有灵性的动物，它知道搬迁的主人不能带它走，它也不愿离开守候了十多年的温暖的窝儿。再说，这里附近还长眠着它的老主人。狗窝其实是一个黑色的大水瓮倒着放，口对外埋了一少半，里边铺层麦秸烂被，就成了狗窝。这里以前住过一只白色的母狗，白狗出入黑瓮里，村里的大学生诗人顿生灵感，替主人给狗起名字叫“一缸雪”。“一缸雪”命不长，郁郁而终，也是长了狗宝的。再说“常随”，这狗性烈，拆屋子前的一天夜里，它忽然变得烦躁起来，用牙一个劲儿地咬那根不经常拴它的铁链。

拆屋子的队伍来了，十几个队员拿了备好的打狗棒和绳套准备把它堵在那个狭小的黑瓮窝里。常随恼怒了，狂吠不止，跃上去扑咬拆迁的人和机械，弄得铁链铮铮乱响，喉咙里呜呜哼着，偶尔低吠。打狗队的人远远地用木棍把它杵得伤痕累累，狗毛零落，爪子掉了，血流了一地，常随卧在地上，眼中含泪，喉咙里发出低沉的呜咽声。一位队员心软，拦住大家说“算了，撵走算了”。常随似乎知道抵抗是无用的，被解开铁链后便拖着尾巴一跛一跛地跑出去，到远一点的沟壑里。

拆迁完后好多天，在废墟上转悠的人，无意间发现常随在村落深处拆迁废墟中扒了一个窝，瘦了一圈，皮毛凌乱，正轻轻地呜咽。给东西也不吃，吆喝它也不起身。夜晚，它坐在废墟中，望着夜空，隔一会儿对着月亮发出一阵汪汪汪的叫声。

“常随”却命短。后来，这忠诚的狗就死在废墟中，至死也没有离开——狗生来就懂得爱与忠诚，而人类似乎需要用很长的时间来学习爱。

一年后，这个高原上许多大狗都失踪了。没有被抓住的狗们，悲伤地、绝望地离开了各自的村庄，游走在更远的地方，也许成了流浪狗，也许成了野狗，游走在很远的什么山沟里了……

人虫大战

一个众所周知的秘密是——村民家家都有一块小小的自留地，种着自家一年吃的蔬菜和粮食，这块地，村民不上任何化肥和除草剂，全用自家旱厕里的农家肥，自己吃的菜明显有点参差不齐，样子也不那么好看。其他的地，却用了大量的化肥和农药，那些形状规则、色泽饱满、没有虫眼的蔬菜被一车车运进城里，卖给城市人吃。电视新闻说一个地方的葱打了药，羊吃了葱叶子以后死了一片。

距离县城不远，闲下来的耿和每周要骑着摩托去给女儿一家送菜，一个月送一小袋面粉。当然，这些菜和面粉，也是他的自留地里种出来的。

他说冬天的西红柿就是假货。没有籽的外红内绿的空心西红柿算什么西红柿呢，那是温室里长出来的，还要用炉火烤，使用膨大剂、催熟药，再用药熏。让它们变得不合规矩地胖大，用保鲜剂和保青剂，比画得还好看。

他让女儿永远吃正当节令的菜，萝卜下来吃萝卜，白菜下来吃白菜，节令节令，节气就是命令啊。一年四季的菜，什么成熟你就吃什么，你都能吃到。只有野地里的菜，风吹日晒，被风吹绿，被太阳晒红，才是最有味道的。他说反季节的蔬菜水果肯定打了各种的农药。他笃信，每一棵菜里都预设了一个机关，人要坚定不移地服从节气的指挥。夏至那天，太阳一定最长，冬至那天，亮光一定最短。冬眠的虫子，到了惊蛰一定会醒来。人，用了种种方法，在冬天里抢先吃了只有夏天才长的菜，哪里是吃菜呢，分明是吃药啊。

人类使用农药，目的是杀虫。倒退四十年，村民接触过的农药种类只有六六六、敌敌畏，且很少大量使用。现在国家明文规定的食物中不能超标使用的农药就多达三千多项，这些都是所有人食物中可能会遇到的。在广袤的田地里，人类与“害虫”抗争了近一个世纪，用了三千多种药品，但是并没有控制住“害虫”的危害。

人虫之战，人注定要失败。昆虫已经在这个世界存在了五六亿年，虽然渺小，但生命力之强无与伦比。药越用越毒，虫越治越多。在村子，村民最切身的体会就是，他们打了那么多的农药，虫子照样泛滥。“人虫大战”并没有挫伤“害虫”的锐气，“害虫”在人类发明的各种农药的磨炼下，反而越战越勇。

农药会直接造成“害虫”迅速繁殖——昆虫在面对巨大的压力时，繁殖力会增加好几倍，只要有极少数的后代存活下来，它们就获得了抗药性，而且迅速死灰复燃。

大范围、高浓度、高强度地使用杀虫剂，虽暂时控制了虫害，却也误伤了许多“害虫”的天敌，破坏了自然生态平衡，直接危害到人。

除杀虫剂还有除草剂，除草剂一喷洒，节省了农民治荒除草的时间，田里却寸草不生，遗患无穷。这些农药到哪里去了？除了非常小的一部分发挥了杀虫的作用外，大部分进入了农作物、生态环境和人的身体，人畜中毒事故增加。

城市人骂村庄人为了赚钱不讲道德，其实，深层次的原因是——目前市场环境下，农产品的定价机制让农民无路可走，经过层层的批发、层层的压价，作为市场定价机制中最没有话语权的农民拿到的钱是最少的。在这样的情况下，农民只有增加产量，降低成本才能增加收入。如何增加产量？增加产量就需要增加化肥的用量，甚至使用增大剂。怎么降低成本？降低成本的办法就是用除草剂，省去部分人工把成本降到最低，这样，有害的农产品就被生产出来了。本质问题是农民正常生产出来的东西得不到市场的认可，也没有给予合理的价格，从而导致低质和低价恶性循环。

村庄和城市，互相不信任，处境可悲。你不吃我产的粮食，我不喝你产的牛奶。

农民朴实，施用剧毒农药也不避讳。戴着口罩，戴着手套的手捧着一个瓷罐，把苦瓜藤上的一个个苦瓜放进瓷罐里去浸，原来罐里盛着剧毒农药。浸完后，老农把罐放在田埂上，摘下口罩说，喷一次农药，再把苦瓜用农药浸一次，就不用再管事了，收获的苦瓜没有虫吃的痕迹，漂亮又能卖上好价格。

城市人夏秋去菜市买鸡毛菜，总是居高临下、自欺欺人问不休："打药水几天了？回家要泡水不？能吃吗？"资深菜农伶牙俐齿，巧舌如簧。抓起一把菜，俩手扒拉扒拉翻到中间，凑眼前："姑娘，在这菜市卖菜，不是三天浇水，两天长大。几十年了，个个信赖我。从不打药，回家洗洗就下锅，没问题。"旋即装袋，要不塞手心，要不放车篓，挤出满脸笑，拍拍胸脯，竖竖拇指晃悠晃悠："我福气好，孙子都上大学，就是凭良心，种的菜自家敢吃才能卖。假使打了犯法毒药，叫我家从小死到老。"扇扇扑来的唾沫星子，心里却思忖：虫子泛滥时，青菜一夜千疮万孔，不用药水行吗？药是三天两头打，打了隔天就卖，这样才漂亮，我卖得光溜溜！

让礼村马小平是村里最大的养鸡专业户，也是镇上的致富带头人。他在长100米宽13米的养鸡场里，密密麻麻地养了一万只小鸡，这些白羽鸡寿命只有四十多天，一生只有两次见到阳光。

这种鸡是世界上长得最快的鸡，基本上每只鸡在40天时能迅速长到5斤以上，为了保证鸡在养殖过程中不生病且快速增重，小平还给鸡喂抗生素和激素类违禁药物。

不管白天还是黑夜，养鸡场都灯火通明，让鸡多采食，采食量越大，长得越快，由于体重过快，心脏承受过大压力，常常有鸡站着站着就倒地死了。为了防止鸡死亡，小平给鸡早晚两次大量喂食抗生素和激素，为了防止耐药性，还经常更换药物。小平压根是不吃这些鸡的，一批一批鸡长大后，他就直接送到了城里的大餐厅。

你坑我我蒙你，都是受害者。

一个修冰箱的在给一个小酒店修冰箱时，发现了另外一个毛病，却没有告诉店主，为了30元的上门费。冰箱又坏了，他上门多挣了30元钱，并且半价从店主那里拿来一些酱肉，认为自己赚了，结果把全家送进了医院。原来冰箱里的熟食是坏的，店主让服务员用颜料遮挡腐味，便宜卖给其他人。

一个小孩玩劣质塑料玩具，得了白血病，他的父亲为了给他治病去城市修桥，给一个修桥的老板做豆腐渣工程，结果，桥修通了，黑心玩具商和受贿的质监局局长从桥上过，摔了下去。一个医生为了高昂的回扣，用劣质支架给病人手术，走法官的后门，没有承担责任，法官找到重点学校校长，儿子想进学校，校长以不听管教开除了农民工的儿子，为法官的儿子腾出名额。这个农民的儿子和父亲回到村庄种大棚菜，因为不懂科学和文化，配的农药总是超标，结果蔬菜污染，毒倒一批人，其中可能就有医生、法官、校长。

除草剂让土地寸草不生，杀虫剂将生物赶尽杀绝，取代昆虫授粉的是激素，而化肥彻底改变了土地的结构和酸碱度……

不知从什么时候开始，一些不祥的预兆在村里突然出现：莫名其妙的疾病不期而至，成群的鸡、羊、牛会突然倒在地上，村里出现了许多奇异的怪病症……乡下的农民叙说着家人的疾病，城里的医生面对病人的新病症手足无措。

春天来临，鸟儿稀少。夏天来临，蛙声寂寥。

农村的清晨曾经回荡着知更鸟、嘲鸫、鸽子、松鸦、鹪鹩的合唱，而现在，所有的小鸟都已经无声无息了，田野、树林和沼泽里只剩下无边的寂静……

拆迁引发的命案

在村子里，有两件事不能干：一是挖人祖坟，二是拆人房子。谁要敢动这两样，脾气再好的人，也会急红眼。村里发生了一件“天大的事”——村民张文用水果刀将村委会副主任王宝刺死。按照宗族辈分，王宝还称张文为“舅”。

为了节约土地，有开发商在村东头路边另盖起高楼要将村民统一安置，因为村子的北边才开发出一片旅游景区，村子要弄一个超大的休闲观光村。尽管村东头施工机械日夜轰鸣，但村里仍有住户的旧房子，炊烟依旧。村里，生活垃圾和建筑垃圾遍地、没有门窗的旧房子七零八落。与此形成鲜明对比的是，村口集中安置的土地上，已有高层建筑封顶。

命案源于那场持续了将近一年的拆迁，媒体报道此事件时称其为“强拆”。

76岁的村民张玉记说，张刺死王是一个悲剧，根源在于拆迁矛盾。两个人都是拆迁的受害者，杀人不是偶然的。

张文自小家里很穷，少言寡语、性格内向。村里人说，张文性格内向可能和他少年时代的一次遭遇有关。那也是很多村里人知道的一件事情，大约在20世纪60年代末，当时才十七八岁的张文和村里同龄的两个伙伴去邻村偷摘瓜果，结果被发现后遭一顿暴打。那次挨打后，三人的大脑都不同程度受了伤。后来，张文的父母带着儿子四处求医，病情才得到控制。而另外两个伙伴至今是村里人都知道的“精神病人”，一人几年前已去世。

村人说从未听说张文和被刺杀的王宝之间有啥私人恩怨。在拆迁以前，村里人大都相处得很和睦。邻里之间也少有口舌纷争。前些年邻里见面经常按辈分称呼，张王两家至少不存在世仇。而在当天的命案现场，王还称呼张为“舅”。

在张文儿子印象里，父亲胆子特小，不爱说话，和邻居之间几乎都没红过脸，说白了，他是一个怕事的人。父母是1976年结的婚，自家最早的三间房子修建于80年代，当时家里很穷，舍不得花钱叫工匠，父亲和母亲就既当大工又当小工才盖好了房子。儿子长大后，靠种苹果宽裕起来的张文又在原先的基础上加盖了几间，看着满院子的房子，内向的张文曾经乐呵呵地对儿子说，好日子要开始了。

然而，张文心中憧憬的“平静的好日子”却被一张拆迁通告打破了。拆迁改造来得太突然，事前没有任何招呼，村干部开始给每家每户发放一本名为《城改宣传手册》的蓝皮印刷册子。册子内容分为三部分：致村民的一封信、让礼村改造拆迁补偿安置实施方案、让礼村改造拆迁补偿安置奖励办法。宣传手册后面盖有三枚印章，分别为镇政府、村委会和一家置业公司。村里也多了一些排着队、着统一制服的陌生男子，在村里走来走去。

几个月期间，为了表达对拆迁的不满，村民曾经组织了几次“堵路”，想引起相关部门的关注。张文也参与了堵路，主要觉得自己的新房子就这样被拆了太可惜，不公平。

张家与拆迁队的第一次冲突发生在一个晚上。当时家人都睡觉了，突然有三四个手持棍棒的陌生人破门而入。这些人进门后一通乱砸。威胁张家尽快搬走，否则没完没了。事后张文的儿子打110报警，却始终没有结果。此后一段时间内拆迁队经常通过砸门、扔砖头、门口放炮等手段对他家进行骚扰。

张文为此开始变得暴躁和不安。一次村民相聚谈到拆迁补偿的事，张文突然对众人说："除非他们给我赔一百万，否则别想拆我的房子。"有人觉得张文的话太离谱，就试探着问他，你要这么多钱干啥？张说："做慈善，给你们大家分。"望着张文远去的背影，有村民议论说："怎么尽说疯话。"

张文和拆迁队的直接冲突发生在不久后的一天，拆迁队用挖掘机对张家的房子进行了局部破坏，张文冲出去要和对方拼命，被邻居拦住。当时也打了110报警，但事情不了了之。

实在不忍心看着父母成天担惊受怕，张文的儿子一咬牙就和开发商签了安置协议，拿到了一笔补偿款。回家后他给父亲说："爸，你把我打一顿也成。"

张文从此不再主动和儿子说话。和其他人话也更少了，有时还冒出一两句不着边际的狠话。虽然说此话，但是儿子却能感觉到父亲失去土地后语气也变得不自信了，声音发虚。

事发后，村里人都认为，拆迁方的强硬和粗暴让张文受了刺激。在让礼村，因为房子和拆迁队发生冲突的并非只有张家。

60岁的王慧珍半夜听到动静，起身披了件外衣出去查看，谁知门外站了十几个她不认识的陌生青年男子。她意识到这些人是冲着房子来的，于是准备回屋打电话报警。结果不容她转身关门，几个小伙就冲过来将她架进了一辆面包车。

约十分钟后，面包车把她扔在了距离村子大约一公里外的路边。当时，她只穿着秋裤，鞋子也不知什么时候被挤掉了。她哭着光着脚往村里走。等回到家里时，发现房子的门窗已经被挖坏了。

村民王立至今无法理解。那一天中午，他80多岁的父亲和几个邻居在家里打麻将，拆迁队的人冲进来让赶快腾房子。王老汉态度很坚决："我的房子凭啥你们说腾我就腾。"拆迁队的人掀翻了麻将桌，双方撕打在了一起，包括父亲在内的五个人被打倒在地。事后，王立和家人将五个伤者送到医院救治，等他从医院返回村里时，房子的门窗全部被毁坏，已经无法住人了。

村里尚有少部分人换住在以前的下地窑洞里。填埋乔家的一孔窑洞时，院子里有一棵杏树，85岁的乔太婆抱着树哭，她说这老杏树结出的杏子才有味道。当初她拒绝拆迁的主要原因是舍不得冬暖夏凉的窑洞，儿孙也认为拆迁政策不透明，赔偿数额太低。看到村里不时发生拆迁冲突，她让儿子带着媳妇孙子去外面租住，自己一个人在窑洞坚守。

她哭着说，树要死了她却活着。这树有一百年了，传了三代，就是一百年，它还能活一百年。

推土机日夜轰鸣，大片的下地窑洞被填埋， 以前村子的窑洞，近年划分给村民三分庄基地上的房屋全部铲平了，土地被整理出来，村子人被全部安置在高楼上。

张文有一次听说村人要去县城信访，就嚷着自己也要去"告状"。临出发前众人考虑到他情绪不稳定，最终没有让他跟着。

一天上午，正在家看电视的村委会胡主任接到电话，电话里有人呼吸急促地对他说："赶紧来，出大事了，张文把王宝戳了！"胡主任一边给张文的儿子打电话，一边抓起外套披上就往村委会赶。在村委会房子里，他看到地上有一摊血迹，张文一脸痛苦地坐在地上。几分钟后，现场的村干部接了一个电话，挂完电话只看着胡主任说了一句："医院说人不行了！"张文儿子赶到村委会时父亲已经被警察带上了一辆制式警车。他问发生啥事情了，父亲只说了一句话，说自己腿被打断了。

据说事发前一天的上午，张文还去过一次村委会。当时村副主任王宝在办公室，见张文进来，彼此还发了根香烟。发完烟后，张文从怀里掏出一把明晃晃的水果刀，说自己准备把开发商和害人精都杀了。至于害人精是谁，张文没有说。张文离开时，王宝还对同办公室的人说："张文今天咋看着神神的，不过杀不杀人与咱有啥关系！"

如今，王亡，张被抓，目击者三缄其口。

关于刺杀那一幕情景，听来的叙述是：这天上午张文赶到村委会时，办公室里坐着六个人。张进门后直接质问村副主任王宝："你咋叫人把村就这样给拆了？"王宝否认村子拆迁和自己有关。言语不合，张上前直接抓起王的领口，掏出水果刀朝王就是一刀……

法院一审判处张文故意杀人罪成立，死刑、剥夺政治权利终身，并附带民事赔偿。

那把水果刀，长约15厘米，刀把子用白胶带缠着，平时就放在张文家里的电视机旁，主要是切苹果时用的。

传 销

看到一只在田野上空徒劳盘旋的鹞子，村里人就想起田野往昔的繁荣。

村里的人，多少不等地拿到了十几万、几十万拆迁赔偿款，没有了地，却有了以前从来没有看见过的这么多钱。

让礼村的人晕了头，他们家家开始拆拆补补，装修房子，置买家具。以前的中堂变成了电视背景墙，他们把最神圣、最敬畏的东西变成了娱乐墙，他们把书房变成了麻将房。

家中没有中堂，男人不愿在家；家中没有书房，赌博吃喝猖獗；家里没有祠堂，老人无人赡养……

好些人家为了分土地补偿款吵架打架，村里的青壮年们已经不种地了，他们抛弃了粗笨的农具，有的悄悄到城里去找小姐，甚至60岁的老头子也去找。更多的在家闲荡，无所事事。乔小冒到外面打工，没有挣到钱却不知在哪里沾上了毒品，有了瘾，被家里人锁在家中，毒瘾发了，控制不住，从二楼跳下来，腿摔断了……

农民没有地怎么办？不种地如何行？起初他们感觉终于盼来了不干活的幸福生活，后来，却越来越惶恐了。

他们发现：钱再多，像太阳下的雪一样，见回太阳消一圈。

得让手上剩下的钱生钱！这似乎成了所有人的心底话。

村东头有两杆并列在一起的电线杆，这可不是寻常之物，不能等闲视之。这是村庄的“互联网”和“信息台”，人们在上边能找到各种东西——办假证的、招工招聘的、教透视扑克的、寻走失老人的……那是另外一种隐秘的社会。

上边不仅有问题，也有呼应。

多少村里的年轻小伙儿和姑娘抄了上边的电话，走向了外边的世界。

拿到25万赔偿款后，村西头河道里住的老张和儿子儿媳弄僵了，离家另过。老张略懂文墨，早早死了老婆，在河道里的菜农里也算个人精，有了钱，他就直接住到远离村庄、靠近县城的郊区赁房单过了。

这一年的初夏，老张回村了，竟然穿着厚厚的西服，戴着礼帽，他直接从县城租了一辆出租车回来，在村委会盖个章子，村里人都说他发了一笔财。他对围上来搭讪的乡亲们说：“以前我手里没有钱，和你们胡吹乱侃一整天都无所谓，可眼下不行了，我正在操纵上千万的资金，很可能过一阵子会上亿。那你算算，每分钟，闲下来和你们聊天，是什么概念?”

不久，县上新闻说抓了一批传销组织，老张在里边是个不大不小的骨干，因为受骗者多，被判了刑。他参与的“1040阳光工程”，后来才知道是传销，自己也被套进去17万。

传销跟盗墓一样，也分南派和北派。北派是黑社会、暴力流，控制人身自由，没收一切通信工具和证件，打地铺、吃大锅饭，条件恶劣，信也得信，不信就打得你信，忽悠不来下线就自己掏钱。而南派一般不玩限制人身自由那一套，以技术洗脑为主，赚大钱与成功学齐飞，晓之以理动之以情，重要的事情重复300遍，让你心甘情愿把亲戚朋友忽悠来。最典型的就是“1040阳光工程”，南派洗脑，都有一整套相似流程，他们是解读能力最强的一群人，能把一切普通事物赋予特殊含义。他们热衷于带下线参观世博园。带头大哥首先会告诉你，世博园占地面积1040平方米，这么巧合，问你怕不怕？然后再跟你挨个解释，园内雕塑中暗藏的深意。在自然馆附近，大哥说，前面的大桥代表着你是领头人，后面三座小桥代表着你要发展三个下线，小桥下面一共27个洞，代表着你的下线又发展了下线。到了花卉雕塑附近，大哥会说，这里有600个磨盘，代表着你入行后要完成600个任务，前面的高跟鞋代表完成即成功，因为“只有成功的女人才穿高跟鞋”……

现在的社会，说假话不脸红，说真话脸红。他们花言巧语地让人心甘情愿掏出六万八，然后滋养一个能赚回1040万的富翁梦。传销在城市成了过街老鼠，却利用农民群众思想单纯、急于致富等心理，改头换面进入到农村，常常组织老年人做一些集体活动，美其名曰为健康、为理财。老年人判断能力较弱。很多骗子以合法注册的公司、企业为依托，打着响应国家政策的旗号，通过媒体、组织开会、发放传单等多种途径进行宣传，获取老年人的信任。

为了逃出传销窝，一个29岁的孕妇从郊区的四楼民房跳下，全身骨折，孩子也没有保住。附近村子前咀子的刘某陷入传销组织，他随后将自己的父母骗到省城，强迫二老一同入伙。父亲因为一直拒绝、对抗，洗脑者们将其连日殴打，直接将老人打残废了。

在这类案例中，许多老年人没有子女在身边照顾，子女缺乏与父母的沟通，甚至不闻不问，而不法分子恰好借助这一心理。嘘寒问暖、电话问候、上门拜访、带老人旅游、送吃送喝是犯罪分子的常用套路，特别是向身患疾病的老年人宣传“健康管理”“体检”“疗养”等内容，以此为诱饵，收取高额会费、促使其购买产品等以进行非法集资及传销犯罪活动。这样一来，老年人往往经不住感情攻势，容易上当受骗。

还有一种新型传销叫资本运作，又叫商务运作，打着某公司现在众筹的旗号，让农民上网搜公司名称。交2.5万元入会费，十个月后即可得30万元，十倍的返利。因为多数农民认为只要网上能搜到的就假不了，传销公司又把国家支持的众筹政策拿来，称每天都有无数的2.5万汇入同一个银行账户，银行肯定会知道，为什么不管？就是因为这是与银行合作的正规众筹。制度规定，公民中18岁以下的不能入会，60岁以上的不能入会，在校大学生不能入会。一个人只能发展三个下线，每个下线能提成3000元，三个下线再发展九个下线的下线，第三层发展满27人后，就可以领到30万分红出局。传销组织称如果你的三级下线发展完后就为公司筹得100万资金，你拿30万分红是理所应当的。

即使前面说得再好农民可能也不会为其所动，这时传销人员会说："你放心就行了，要是到时候钱返不回来就算我的，这点儿钱在我这儿不算什么。"这时农民多少都会有些动摇，想试试，就会进入传销组织设好的局里面研究真假，特别是那些手头有点资金又想给自己的孩子多积累些财富的村民，就会在传销组织的轮番洗脑下迷失方向。事后认清是传销后有些本性善良的人会自认倒霉，有些不甘心自己血汗钱被骗的人又会去骗自己的亲朋好友，最后落得有家不能回……

返回来再说老张。出狱以后，老张才知道钱这么不禁花，不挣钱，再多的钱也禁不住折腾。

他给监狱长商量说，能不能不出来，就在里边到死。

他说，现在，外边的人的脑子都复杂了，还是监狱里简单，就是吃饭、干活、等死。

溺 死

溺水的人，很多时候是站立在水中的，好像在水里垂直爬一个隐形的楼梯，很清醒正常的样子，而不是平躺在水里。

被溺死的是杨强四岁的女儿，杨强是这个村庄走出去的大专生，毕业后分到县城的一个粮站，在校谈的女朋友李芝是河南虞城人。

“我要回去，跟着我叔卖钢卷尺。”毕业时，李芝就对杨强说。全国80%以上的钢卷尺都是虞城产的，当时，钢卷尺作坊在她的老家如雨后春笋。杨强是独子，远离不了家乡，就死缠硬磨地把李芝带回老家县城找工作。

对此人生最初的选择，李芝一直有遗憾，她经常感叹自己当时如果心一硬回去了，现在就已经发了。虞城一把尺，量遍全世界。这些情况杨强在和李芝交往中也知道，河南虞城年产钢卷尺15亿只，中国人人手一只还多，总长度可绕地球190圈。

在县城里，杨强生了女儿米粒，一家还挤在粮站分配的两间小房子里，李芝还在超市打临时工，都没有闲暇照顾女儿。米粒必须得由奶奶照看。

杨强的母亲不得不来到县城里，不识字，两眼一抹黑。在这个对于她来说还很陌生的县城里，她不熟悉一切，她不知道东南西北，她不知道医院在哪里、超市在哪里。人来人往的县城，没有一张是母亲熟悉的面孔。城市在她眼里，到处都是毛病，你看你住那么高，抬起脑壳一看吓死人，夜里睡觉都不踏实；一眼看过去，到处都是屋；街上车子打架，走条路都提心吊胆。她一辈子生活在村庄里，打开大门就对着田垄和山冈，撒满了稻子、瓜菜，花草树木，鸡鸭牛羊，往东一望是王家，往西一望是孙家，喊一嗓子就有人答应，这种敞亮和温情是城市里拿钱都买不到的。

让一位闲不住的农民进城，不再面朝黄土背朝天，就好像学生被拿走了作业本，厨师被拿走了炒勺，一位时刻准备上战场的战士没有了枪。

她念念不忘自己那还生长在村庄的几十棵枣树，还没来得及割下来的梭草。每当下雨的时候，她就念叨起自己田地里开着紫色小花的苜蓿是不是又疯长起来？或者自己从树林里拾回的干柴，是否已经放进了遮风挡雨的柴窑里。在城里的夜里，她始终认为自己生活在别处，似睡非睡，清醒不已。早上五点多就睡不着了，那是她在村庄生活时早起给牛添料拌草的时间；而在城里，她醒来就那样无助地躺在床上煎熬着，甚至不愿出自己的房门去上厕所，她担心影响一家人的休息。

每天，母亲就坐在二楼的那个钢筋水泥的“匣子”窗跟前，看着儿子儿媳去上班，又看着他们匆匆忙忙、满脸焦虑地下班来。无助，无奈，没熟人，不识路，不会用煤气灶。

进了城里这段时间，母亲经常性地从县城跑回家里去，跑回到已经半人高的荒草堆里去，故乡的庭院里已经没有了牛羊，窑洞里已经没有了粮囤，门前的土地已经荒芜，已经成了野草肆虐的世界。

最终，无法适应县城生活的母亲想了一个两全之策——自己带着断了奶的孙女回村里过活。

没有土地后，杨强的父亲也进城务工了，在一家货场看门，几个月回不来一次。空荡荡的故乡庭院里，就剩下了母亲，怕寂寞的母亲又在附近村上亲戚家捉了一只半大的土狗，养了若干只鸡、若干只兔子。

狗是忠诚的伙伴，在夜色深沉的乡村之夜，稍有风吹草动，它就狂吠不止，给屋子里的婆孙二人壮胆气。母亲养的兔子和鸡，用来换了一些零花钱，可以买个油盐酱醋、针线布头之类的，最主要的是给院落里平添了一些生气。

母亲在老屋里翻腾出一大堆熟悉的农具，晾晒在院子的阳光下，她会经常出神地摩挲着农具油光光的把柄，那些农具上浸润着她的汗水……

米粒过了三岁，在县城里也是该上幼儿园的年龄了，杨强的母亲就说娃还小，到幼儿园也是受罪，不如在村里再待一年。杨强知道那是母亲舍不得伺候了这么多年的土地。

母亲曾是全村公认的最能吃苦、最会种田的女人。母亲始终以自己最坚强的方式生活着。她给牛割草的时候，还不忘把山上的柴胡和黄芪挖出来，小心翼翼地装在自己兜里，回来放在窗台上反复地晾晒，等积多了再带到集市上换钱。她在放羊的时候，还不忘在硷畔上打酸枣，她一颗颗地把酸枣捡到随身携带的口袋里。她是一位普通得不能再普通的劳动者，像自己脚下的大地一样质朴、沉实，像田野里的麦穗一样离不开让礼村的空气和野风。

村子曾经的手工操作的砖瓦窑，也废弃掉了，生出一人深的蒿草，以前，村人所用的砖都是从这里一块块烧出来的，烧时饮了水的就是青砖，没有饮水的就是红砖。一下暴雨，村里的水四面八方地汇集过来，废弃砖瓦窑的一个个大土坑里，成了一片片发光的镜子一样的水潭。

夏末的一场大雨过后，太阳照得一个个小水潭波光粼粼的，四岁的米粒拿着脸盆和塑料瓢，在水潭边沿舀水玩，小水潭之间是泡软的虚土……

溺水的人是静静站在水里死去的。人不一定会大喊大叫惊慌失措，没有踢腿的动作，头在水外，嘴巴有时在水外，有时在水里，一上一下好像在冒泡，看起来可能只是抬头看天空。等到奶奶找到米粒，村里的老人七手八脚用老办法把溺水的孩子驮在牛背上吐水，已经无济于事了。

葬埋完四岁的米粒，杨强对母亲心生怨恨——是母亲硬要留守乡村，让自己搭上了女儿。

一直沉默异常的李芝，竟然打了杨强母亲一个沉闷的耳光，然后，这个失去女儿的女人，一件衣服也没有拿，就痴痴呆呆地径直坐长途车回河南了，发誓再也不会回来……

老幼相守

失去土地的村民们怀着复杂的感情戏说：“土地流转亩千元，远比种麦能来钱。到手票子赛白银，管它地里成啥神！”

越来越多的年轻人以各种方式走出去了，聪明的考取了大学再也不回归，有力气的选择到城里打工，年老的人也寻关系到城市里觅到一些看门的活路，大片的土地被废弃了，因为在土地上躬耕一年也换不回成本。大部分的地被以各种项目的名义征用，村民有每亩千元的流转费，也懒得管到底用来做什么。

每一个农民离开土地的背后都有一本心酸账。他们挤在城市，农村渐远。他们在城市里打工，无力抚养孩子，大多送回来，整个让礼村一下子多了近百个小孩子。这些青壮年决绝地放下自己的孩子远走他乡，他们对孩子的思念和牵挂，该是如何的一种纠结。孩子们只能以自己的想象和记忆，一次次勾勒父母亲的形象，获取一种虚拟的父爱母爱。

这些孩子九成都是剖腹产。剖腹产现在很普遍，抛弃自然生产成了一种风气。一个亲戚下月生小孩，让阴阳先生国栋给选个剖腹产的时间。将要做母亲的她认为剖腹产的小孩更聪明，理由是由于剖腹产的小孩头部没有受到过挤压，不会出现脑部缺血、损伤等情况。阴阳先生国栋对此甚为忧虑，凡因这个问题来找他的，一概拒绝。

他说，瓜熟蒂落，造物主让孩子哪一天几点几分来到世界，是有它的合理性的，你不道法自然，抗拒行事，违背自然，这能好吗？许多人把老子尊为圣人，把“道法自然”用毛笔写成书法挂在墙上，但都是为了装点门面，待到行动起来却是背反自然的。孩子出生时经受的艰难和挤压，是对他最初始的考验和磨砺，不经此，他诞生于世的过程是有缺失的，不完整的。在中国，娇惯孩子毁坏后代，是从孩子最初和世界见面时就开始了。“婴儿何时出生，老人何时离世都是天机，现在让我背逆天机来决定一个生命的诞生时间，我就犯了天条，背了大罪，所以我绝不能干。”

镇卫生院的医生也证实了这一点，他在医书中这样写道：“剖腹产男婴免疫力更低，多有小儿多动症，且环境适应能力和协调能力差。由于剖腹产的婴儿没有经过产道的挤压与刺激，免疫系统和肺部发育受到一定的影响，后天就更容易患呼吸系统的疾病。”

但是，一大批被剖腹产的孩子，过早地从另外一个渠道来到这个世界里，成为不可扭转的事实。

村子少了以前的生气，再也找不到在南墙下晒太阳的一群群老人，找不见成群在大场里生龙活虎对打摔跤的少年，只有少部分离不开土地的人和老弱病残，在田地里孤寂地劳作，大规模的劳作在这里已经成为一种记忆，没有了和土地热火朝天的交流、亲近。

大量青壮年男女为了生计，纷纷外出打工。有的男方外出打工挣钱，女方在家带孩子照顾老人，长期的夫妻分居，难以维系夫妻感情。婚姻变得更加不堪一击，经不起外界的冲击，所以婚外情现象越来越多。夫妻一方长期外出打工不归，对家庭、孩子不管不问引起另一方不满而提出离婚，这类案件占农村离婚案件的一半，也是农村近年离婚案件大增的最主要原因。

老幼相守的村子，人们谈不上有什么希望所寄。老一辈，即使无可奈何，也是习惯了自己的故土；幼一辈，不过是暂时寄托在这里罢了，待到十五六岁，也就开始“东南飞”了。外出的人，有的寄希望于回家养老，所以

老幼相守的鄉村

越來越多的年輕人以各种方式走出去了。戊戌歲鐵林於西蜀

稀稀落落的老者们坐在路边或者自家的门口，无所事事，一待半晌，没有人急着要干什么，只是等着日落、天黑，一天结束、一生结束。

一般都利用多年的积蓄，盖个房子在村子里。还有一部分，尤其是80后的一代，已经连回家养老的念头都没有了，利用几代人的积蓄，在县城甚至在自己的镇上，买了套小小的住房，有的还只是可以住三十年的廉租房。

村里的老人越来越多，越来越羸弱。稀稀落落的老者们坐在路边或者自家的门口，无所事事，一待半晌，没有人急着要干什么，只是等着日落、天黑，一天结束、一生结束。

一位老人得了老年痴呆症，颤巍巍的他对竭力搀扶他的老伴糊里糊涂地说："今天没有昨天好。"他并不在意老伴的脸色。他继续说："昨天有个老太太，陪我聊了好久的天。"

几年后，一位城市的摄影家走进村子，看夕阳中的村庄。夕阳如蛋柿，正西一圆，他颤抖的手频频按下快门，他的心却揪在一起。

一个镜头是：一个智障的小孩被铁链铐着脚，链子很长，大概是年迈的爷爷奶奶怕他走失，又希望他能尽量地走到更远的范围，因此铁链子可以从自家拉到很远的村口。吃饭时间一到，那边慢慢收回铁链。

一个镜头是：落寞的村道上，一个带着小狗儿的男人，佝偻着腰，他与狗的关系不像主人与宠物，倒像是一对伴侣或者知己。他的视线一直没有离开狗，动不动就低下身来，动动它的腿，摸摸它的嘴，撬开狗嘴朝里看看，似乎这狗正在大病复原中，需要悉心照料。摄影家想，有一天老人倒在床上，是不是也能幸运、及时地被人这样体贴地照抚。

另外一个镜头是：一个光着屁股的小男孩在自顾自地疯跑。他的父母大概在外工作，祖母还得照顾襁褓中更小的弟妹，无暇照顾他。祖父，或许因劳成疾或酗酒过度而早逝了几年。光屁股男孩远处的背景是：一个小女孩由祖母牵着走在官道上，两人却都闷闷不乐，人生道路上，一者已近终点，一者方才起跑，儿子儿媳外出谋生，孙女留给祖母抚养，没有老伴的晚年，没有同伴和父母的童年，如何欢颜？

空心村

多年前，村里几百户人家，每到农忙，田野里人喊马嘶，犬吠鸡鸣，生机勃勃。

有一年村子正和拆迁队对抗，一边志在必得，一边寸土不让。双方僵持中，有几次拆迁大队的车辆冲向村子，想抓两个带头弄事的人，可根本进不了村，村子上至七十多岁的白发老翁，下至十来岁的孩童，手持铁锨、镢头、铁叉，横在路口。

让礼村自古心齐，众人一心，一致对外，拆迁队束手无策。市里这时候作出批示：拆迁要尊重村民意愿，条件不成熟不可强拆。

可是后来村里出现分化，全村几百户人家，一批一批陆续搬进村东头悬在半空的楼阁了。第一批先是村干部，对于这些人的率先搬走大体有两种说法：一说当领导的觉悟高，顺应趋势，带头执行上级旨示。另一说是村里几十年没有一本明白账，公家的章子和钱就装在他们自己的口袋里，捞足了，几辈子不种地也行了，更不愁今后交不起物业费。第二批百分之九十是年轻人，这些年轻人的“倒戈”使得村庄四分五裂乱了套。老子习惯住窑洞和厦子房，进出方便，农具、家畜有地方放；儿子却喜欢新楼的干净、亮堂，也想过过城里人的日子。老子很固执：“你们经事少，咱农家丢啥也不能丢地啊。”儿子不耐烦：“脑瓜咋像榆木疙瘩呢，啥时代了，有钱啥买不来？”老子打儿子，儿子的胳膊铁棍一样摇撼不动，老子还在长吁短叹喝闷酒。

村民陆续搬走，集中居住在新村子东头的高楼上以后，老村子里便渐渐荒芜，伤了元气，成了空心村。越来越多的乡村人口放弃自己得心应手的土地，浩浩荡荡地涌进城市，以无限靠近中心城市为标准。

往村子深处走，老窑洞旁边早年加盖的一些厦房，这曾煊赫的厦房变得低矮斑驳，落寞冷清。有一户土墙上用粉笔写着的“夜梦不祥，写在西墙，阳光一照，化为吉祥”，字迹尚可辨认。土窑不住人，就坍塌得快，许多窑洞坍塌如坟场。

窑背上的那个曾经充满神秘的芦苇壕，已经不再郁郁葱葱，变得很浅薄，一眼就看穿了。以前，这里是村庄的神秘所在，芦苇壕深不见底，传说里边有一个筛子大的蛤蟆，成了精，阴天时就呱哇呱哇叫，很瘆人。

村西头的沟壑里以前有菜地和蓊蓊郁郁的林木，最近几年却被挖得面目全非，据说是生意人承包了大片土地，开来挖土机将这里挖掘得只剩几棵孤零零的树了。就这样，几年过去了，仍是这般光秃秃的模样。村民说生意人在县城已经铺垫了关系，圈这块地，其实是腾挪国家的扶持资金。

资本下乡，投资现代农业本是一件好事，但有一些资本在进入农村、流转大量土地之后却抛弃农业，非法牟利。一般来说不外乎两个方面：一是圈地，获得未来土地的增值；二是套取国家优惠政策，国家对农业领域有很多的优惠政策和补偿措施，如果土地规模较大的话，将会是一笔不小的资金。

县上在清理整顿趴在账上的沉睡资金时，一笔70万元的现代农业扶持资金，成了县相关部门棘手的山芋。前些年，省城一家生态农业发展有限公司与该县达成协议，打算在该县流转土地300多亩，拟投资1.2亿元，打造生态农业观赏体验中心项目，并举行了声势不小的项目奠基仪式。为了扶持该项目尽快落地，相关部门争取来配套扶持资金70万元。

奠基仪式举行了，土地也流转出来了，甚至水电、围墙和办公楼等都建起来了，项目却迟迟不见动静。不仅如此，相关部门发现，甚至连这家农业公司的负责人也联系不上了。由于项目没有实质进展，70万元的扶持资金也只能躺在相关部门的账上了……

村庄的人已经没有了大狗，有的只是一些新媳妇养的小小的宠物狗，这些狗，很少发出看家护院的叫声，个个猥琐如畸形，像它们的主人一样畏光，有的还穿着衣服，这是以前不曾见到的情状。早上，媳妇们出来遛狗，见了面人给人是不打招呼的，却亲热地呼唤狗的名字：贝贝、丫头……

再往村西沟畔走，竟然出现一个个大小不等的“天坑”。其实，从那年9月起，让礼村周围的三个村庄陆续地表塌陷。所谓天坑，当然不是天上砸下来的，不过是村庄下面被掏空后，大自然给予的一个百孔千疮的警示。

有了天坑的沟壑，村子寂似旷古墓园。

镇上曾派人统计，坍塌点共50多处，总面积超90亩。这些大而深的天坑，造成水窖干涸、田地塌陷、房屋倾倒。三个村庄均处于煤炭和石膏矿的采空区。村西河道的鱼塘一夜干涸，以前依靠山势而建的房屋坍塌扭曲……数十个天坑，成了村民驱之不散的梦魇。在这样的乡土之上，安身立命都成了奢望。

这世间，能量总是守恒的。大损失背后，必然对应着大得利。起码，矿主是既得利益者，商家无利不起早。该给这些天坑算笔账了。自15年前村里第一家小煤矿投产以来，在村庄附近不大的范围内又多了几个无证小矿，县里睁一只眼闭一只眼，天坑带来短期效益，财政账目好看了，倒霉的却是剩下的村民与家园。

且不谈修复、不谈赔偿，仅仅是把地貌恢复到原来的模样，这恐怕就是个财政不可承受之重的浩大工程。

何苦来哉?

科技越进步，地球能源耗损得就越快。为了满足永无止境的物欲，人们一再透支后代的资源。有朝一日，残酷的生态环境必然成为人类不得不面对的现实，届时，克勤克俭将不再是传下来的教诲，而是人人生存必备的本事。

这个村庄的生命已经到了老年，失去了生命力和活力，荒凉、颓败、疲惫，就像一个被遗忘在高原沟壑中的一粒羊屎蛋，千疮百孔，冰冷而没有生气。

一位身穿厚夹克的老人——在农村里，很少有老人穿夹克衫的。他拉着一个架子车，沿途捡拾几年前田地里的弃置物，玉米根、黄豆的根茎、果树剪下的枝丫，都被他当成宝贝，整个田野被他捡得一干二净。他默默地干着自己的活计，旁若无人，一位并不贫困的老人，干吗顶着太阳捡拾这些不耐烧的柴火？或许他在怀念多年前人声鼎沸的劳作，也许是他在人生的暮年懂得了惜福，珍视大地供给人类的一切。

一个斜土坡上，一位老人颤颤巍巍开着一个三轮车在田地里拉玉米秆，他说：“六个儿女，四儿两女，都在城里漂着。村里走得没有人了，车是儿子买下的，出去打工几年了，不开就锈成铁疙瘩了。我71岁了，我不开谁开，你看看他们哪个能开得了？”老汉也不发动车，松开闸，三轮车就滑着往下走了，越来越快。

偶尔有小车开进村庄来收古董，老汉说没有古董了，都搜刮多少遍了，老坟都挖干净了。以前人瓜，给几个钱就卖了。现在古董少了，人也精了，有个啥东西也不在村里卖了，不好哄弄，来了也是白费油啊。

天地荒芜了！家园荒芜了！院子荒芜了！院子里的草其实没有死，它大概用五年时间长满曾瓷实的院子。它蛰伏在土里，一直在土里窥听着地面上的脚步声。一年又一年，人的脚步声在院子里走来走去，时缓时疾，时轻时沉。终于有一天，再也听不见了。草根试探性地拱破地皮，发一个芽，确信没有人来铲它踩它，便招呼着一个个从土里钻出来。

草开始从墙缝里向房顶长。屋顶的木梁上，几只蛀虫正在悄悄干着一件大事情——它们计划用不到一百年的时间，世世代代把这根木梁蛀空。

垃圾场

60岁的张娃如今流落在城市捡垃圾，此前，他和同村的一伙人在高速路边举个牌子给外地的卡车带路，手机通信发达起来后他们都失了业。

如今，他的工作就是扫垃圾，捡拾垃圾，再将垃圾运到附近环卫所的垃圾台。一天十个小时，通常，一把扫帚、一个撮箕、一身变色的橘黄色工作服，一辆三轮车。三轮车前的塑料袋里装着干粮和一个大桶的果粒橙塑料瓶，里边装满免费的茶水。

他面前这条叫朱雀的路，先前与他没有一毛钱的关系，现在，他留在了城市，这路就与他有了关系——这条路上所有的垃圾都归他管。城市的路人，都很匆忙，一脸焦虑。但是与他似乎也没有任何关系。

张娃走在城市的夏日里，头顶上像悬着一盘炭火，实在受不住时，他就在地铁的地下通道里磨叽一刻钟，附近有空调的商场是不能进的。他知道自己身上有一种味道，戴着美瞳的时髦女孩，会不经意地剜他一眼，他能感到一道嫌弃的蓝光。

张娃还看到城市的每个树坑里都有呕吐物，从这些呕吐物里能看到昨夜的放纵、狂欢和今晨的寂寞、沮丧。他哲人一样总结出自己发现的规律：行道树的所有树坑里，都不干净，都永远干净不了，它们是城市的肚脐眼，擅长藏污纳垢。

天天与垃圾打交道的张娃对垃圾最有研究，他总结出垃圾的规律来——逢过年过节时，小区和街道的垃圾桶里就塞得满满的，全是像模像样的铁盒子、木盒子、纸盒子，他挨个提溜出来打开看，这些盒子里边一般还有小盒子，小盒子里还有更小的盒子，多而无当。

一次中秋节过后，他竟然在垃圾桶里发现了一盒完整的被扔弃的月饼，一个很大的木盒子，玲珑精致，里边有许多格子，有月饼和金属的刀叉，甚至一瓶红酒。他取出了内容，把一大堆无用的包装又气哼哼地扔进垃圾车里拉走……

他走在街道上，眼睛总是潜意识地瞄着行人手中的塑料袋，他害怕他们走着走着就势一扔。城市人，总是无所顾忌地随意扔掉一个个塑料袋、一个个塑料的瓶子。

塑料袋在城市生活中太普遍了，以致人们不会停下来思考究竟使用了多少。张娃常常思忖：为何就不用纸袋子呢？他还常常温馨地回忆起小时候大人用草纸包装食物和茶叶的镜头来。

令张娃万万没有想到的是——他翻捡的垃圾，竟然宿命般地被运到他的很远的乡村里掩埋……

让礼村的北部是一个叫前咀子的小村，和让礼村的西头沟壑相连，一条河从前咀子向南流过让礼村，以前，那细瘦的河水尚清亮，被村西头的人截流下来种水地。自从邻村前咀子不大不小的沟被卖作垃圾填埋场，流到村西头的水就变成难闻的黄褐色液体了。

城市是一个制造物质、堆积物质、消耗物质的地方。从某种意义来说，城市本身就是一堆垃圾！不可置疑的是，垃圾成为城市发展中的棘手问题：城市处理生活垃圾的方法除露天堆放外，还有焚烧和填埋，焚烧工艺使垃圾体积缩小，但烧掉了可回收的资源还释放出有毒的气体；垃圾填埋后渗透液则严重威胁了地下水。城市人深知填埋无异于掩耳盗铃，自欺欺人。于是，制造了垃圾的城市人，却要把垃圾远远地拉到村里，填埋到远远的沟壑里。

县城里，数十万人的生活垃圾，都在让礼村上游的前咀子垃圾沟填埋场处理。一个巨大的天然沟壑被各种垃圾一层层填充，两层垃圾中间隔着一层黄土，垃圾车源源不断地从城市的各个角落而来，在这里发泄般地倾倒，垃圾车沿途渗漏的液体几十里外都能让人作呕，相关部门不得不定期清洗道路。沿途十几平方公里的村民常年呼吸着酸臭的空气，饭碗上永远赶不走绿头苍蝇。村民们生理和心理都长时间受着影响，他们坚持不懈地给政府索要着补偿。在一层层垃圾上居住的人忧虑地说，虽然政府每年都要投入巨资在垃圾处理上，但问题是他们已经不能在此生活，怪病越来越多。

城市垃圾越来越多，垃圾场不堪负担；更严重的是这一层层的垃圾常年挤压、发酵后产生的渗透液，危及地下水；更不用说生活垃圾中的塑料将在垃圾层中保留几个世纪……前咀子垃圾沟填埋场在设计之初预计可使用50年，随着城区范围的扩大、人口的增加，产品的过度包装和一次性用品的广泛使用加重了问题的严重程度，垃圾量大幅增多，导致填埋场的使用寿命大大缩短，几年就宣告埋不下了。

张娃每捡拾一个塑料瓶扔进手中的尼龙袋，心里便是一阵战栗，都要在心里骂一声狗日的！他知道，这塑料瓶子将被运往自己家乡的垃圾场，直接掩埋，家乡的土地要把它消化上万年。

不远的环城路的一段路上，还有张娃的一个老乡乔鸣放，乔鸣放在这里也管着一条路，但不是垃圾，是路上停下来的车。

他贿赂了管事的人，给自己分到这条路段。城市的所有路段上都停满了车，但是这条路段上的车都是好车，停放开走的时间也短，能一茬一茬地收费，并且车主一般不和他计较一元两元的停车费，但是眼睛也从来没有正眼看过他。

一天，乔鸣放亲眼看见呼啸而过的一辆拉土车撞倒了一个年轻人。城市天天在大开挖，城市就像一个大工地，每个城市人走出家门时都不敢肯定今天城市里撞倒的不是自己。

没有人知道拉土车撞倒的是个天才，年轻的他在思考着一个很深的问题。一个人长时间地把脑子用在一个地方，就像一把砍刀砍进树根里，一下子很难拔出来，所以，没有及时拔出来的他就被撞倒了。但是反过来说，快捷的城市不鼓励人思考深刻的问题。

碰到一起下班的时候，张娃和乔鸣放也经常会在附近的环城公园的石凳子上坐一坐，聊天，看城市。

这城市像一组艰涩的滑轮，吱吱呀呀缺少润滑，所有的车和人都很别扭，吱吱呀呀地缺少润滑。大部分人脸上都带着焦虑和疲惫，都躁躁的。大凡是不能容于城市但又是生活所不可或缺的，城市人就把它们搬到郊区或者更远的乡村去了，垃圾填埋场、危险品处理基地、训练场、厂矿、仓库……

他们照例要说说城市的这些垃圾和故乡的那个填埋场，要说说填埋场附近水源污染越来越严重了，村子谁家的娃儿得了骨髓上的怪病，还没有送到大医院查清病因，人就没有了，谁家的姑娘得了紫癜性血液病，满身紫色的斑点，全家人不敢在附近住了，搬到郊区置房打工去了……

往往这时，乔鸣放就要从口袋里摸出一个土埙吹奏起来，声音呜咽如女鬼哭号。张娃就用秦腔哀哀地唱道："你挖完了我的树，你拿走了我粮食，你哄走了我女子，你还把垃圾埋我家……"

一个噩梦结束

这一夜不消停，村西沟里的林涛如怒，滚滚如万马下山，老妇夜哭。

几声枪响突然打破了村庄的寂静，村西头刘碎民在持枪连续枪击村里四位臧姓村民后，自杀在妻子坟前。

刘碎民为什么要枪杀他人，他的枪又是从哪里来的？持枪闯入两户村民家的时候，刘碎民在妻儿非正常死亡的阴影里，已经整整生活了三年。尽管这两户村民与他的仇恨没有直接的因果链，尽管面对的是十岁孩子童稚的脸，他持枪的手没有犹豫。被枪射伤的三个大人和一个孩子、两个家庭无法愈合的伤痛，记录了一桩个人仇恨非正常宣泄所带来的社会创伤。

屋内传来的“砰砰”两声闷响，让几十米外正在菜地拔草的张玉玲下意识地冲向屋内。刚到房门处，迎面正撞见从屋里急匆匆走出来的刘碎民，手里握着一把枪。张玉玲当时还纳闷，他拿个玩具枪干什么？此时，刘碎民已经把黑洞洞的枪口对准了张玉玲。

是真枪！张玉玲清晰地描述着那支枪：一尺左右长，两个黑色钢管，刘已经把枪栓拉开，准备往里面装子弹……一阵厮打后，张玉玲跑出院子大喊：“救命啊，要杀人了……”而持枪的刘碎民在追了一小段距离后，慌忙逃向村子另一头。这时张玉玲急忙拐回家，一进屋就被眼前的情景惊呆了：地上到处都是血，丈夫臧立斌和儿子臧浩倒在血泊中。

从臧立斌家跑出来的刘碎民迎面正巧遇见村民臧祝学的妻子王亚亚，刘碎民再次举枪准备向其射击时，发现枪内并没有装子弹，于是刘碎民用枪把将王亚亚打倒在地后，又匆忙向前方逃跑，同时将三颗子弹装进枪膛。

当村民魏福章、刘鹏和臧旺龙三人并排走在村东一小卖店附近时，迎面遇见了正在逃跑的刘碎民。正当三人要和刘寒暄时，刘突然转到臧旺龙身边，一声枪响后，血从臧旺龙头上流了下来。

魏福章回忆说，当时他样子很凶。一切都很突然，就几秒钟的事，等意识到发生了什么，他已经向前跑出去很远了。随后又从远处传来一声枪响……

几声枪响打破了山村的寂静，不少村民纷纷走出家门。当晚，臧家先后共有三人中枪，且伤势严重，而刘碎民死在了妻子的坟前。

三年前，从城市来的开发商要在村东头盖楼房，把村里人集中安置。为了抢工程中的土方工程，刘家和臧家两个大家族曾经大打出手。

50岁的刘碎民也是村里的强人，成家后有一双儿女，两口子都很勤快。刘给村里人的印象是性格比较内向，但是为人却讲义气。然而当工程队进村后，刘碎民就变了，他在思谋着土方的事情。

此间，刘碎民的妻子和13岁的儿子在家中突然被臧宏斌（臧立斌的弟弟）用石头打死。刘碎民的堂兄刘华回忆说："当时我们也很难过，一家四口突然没了两个人。后来，凶手被执行了死刑，事情也慢慢过去了。"

刘碎民对他的儿子平日里十分喜爱。刘碎民从结婚后全家四口一直住在一间半大的平房里。如果不是妻子和儿子突然被害，刘已经准备在秋季将平房拆了，重建一个新房，以便拆迁时获得更多的赔偿款。

时间长了，貌似这件事和伤痛都渐渐被淡忘了。刘和臧立斌家平时关系也不错，两家没事还会聚在一起喝点儿酒，玩儿会麻将……却没有想到三年中他早有了复仇计划。或许从妻儿被害那时起，他心里就已经有所计划了，等一切安排好后，就对臧家实施报复。根据刘这些年来的一些行为，包括刘家人在内，大家都趋同于这种猜测。

这年开春，刘碎民突然将自家的拉土车卖给一位村民，之后，刘又将自己的一间半房卖给另一村民。卖完房子的刘碎民在镇上租了一处房子，对于臧家人，刘却表现得格外主动，好像已经将仇恨忘掉。其实，他先卖拉土车再卖房子，已开始逐步实施报仇计划，钱则留给了嫁到外村的女儿。

虽然只有小学文化，当地村民认为刘碎民得到枪并非难事。以前他家里有猎枪，在对枪支的研究方面，他在村里被公认为天才，不管什么型号的猎枪，他摆弄几下就会用。早在十年前，因为村西头家家住在沟壑里，有的还承包有荒山，几乎每户村民都有自己的土枪、猎枪，自己做枪砂，刘碎民也不例外。后来，政府对枪支的管理变严了，猎枪被全都收缴。

刘碎民用的那支枪是他自己改装的，原来是发令枪。有一尺左右长，两个黑色钢管枪口是并排焊接上去的，里面装的是猎枪弹壳，弹壳里装着许多细小的枪砂。这种子弹的威力比较大，特别是近距离射击。

在病房里，臧家三位伤者伤势都很重。臧立斌右耳有一个直径几厘米的大洞，臧旺龙左眼球已经被摘除，伤势最重的是十岁的臧浩，头部刚刚做了开颅手术，从中取出50多粒枪砂。“那么大一颗子弹，把我儿子的头摁在凳子上，对着头部就是一枪，太残忍了。孩子醒后一个劲地说，叔叔为什么要杀我?”父亲每次说到此处都是咬牙切齿。

在这村庄形成的千百年里，人们充分地享受着农村的空气、阳光、田地、静谧和尊严，一代又一代。春、夏、秋、冬，灿烂纯净的阳光中，村庄静谧，农人安泰。这一天，突然的枪声让村庄陷入噩梦。

也是这一天，让礼村的还没有外出打工的老迈者正在忙着为刘碎民——一个选择用枪结束噩梦的人办理丧事。

半年后，他的坟地上长出许多花椒树，花椒长了几颗果实，暗红色的，里边是黑色的核，仿佛正盛开着无数只眼睛，一如死不瞑目的悬望。

两棵背井离乡的树

让礼村每户人家门口都有一棵树，这是这户人家的威严。这树是否蓬勃、威势也似乎暗示着这户人的现状和走向。

村庄早先有两棵稀罕的龙爪槐，它们的特点在树冠上，冠上的枝干密集，弯曲如龙爪，枝叶却细碎，也不丰腴。有风吹来，也不摆摆腰肢，就那么呆若木鸡，只有密集、干硬的枝干，遇到风才会发出金属一样嗡嗡的颤响。

这龙爪槐生长极慢，甚至不长，所以木质坚硬如铁，用手也难掐出一个印子。树呆立在一孔窑洞前，左右各一，有碗口粗细，枝干褪掉了皮，发枯白的颜色。窑洞的主人在两棵树上各钉上一个铁环，一个拴牛，一个拴骡子。只有在实在闲得无聊时，这牛才会用舌头舔舔它。

它们实在长得慢，岁月从它们密集枝干的罅缝里涌过去，树下的少年变成了胡须茂密的壮年人，变成须发稀疏落寞的老年人，而它们却永远保持着这副旧模样。下地的男人们，在树身上磕掉锄头上的土或抹掉布鞋边上的泥巴，他们还要骂骂咧咧地说：这丑东西！女人们也不恭敬，她们把洗了衣的脏水一盆盆地泼在树根上。

这个黄土高原褶皱里的偏远小村，这树，这村子，这些人，就这样在各自漫长的生命中消磨着各自的日子。

多年前，震动村子的一次喧嚣是在夏季的中午，人们正在收割，雨后的烈阳炙烤着土地，麦田里密不透风，热气蒸人，人们弯下腰正在收割，麦秆在阳光下铮铮的声响和自己血管里的喘息声被放大，真静啊！真热啊！

这时，八辆大型卡车、四辆伸着长脖子的大吊车轰隆隆地开进村子，沿途挂断了许多人家的树枝，树的枝叶遗了一路。村子里的人们既兴奋又惊惶，劳作的他们纷纷直起腰，巨型机器轰隆隆的响声搅得他们心慌。

这些机器的目标是那两棵龙爪槐，他们在两棵龙爪槐前围成一圈，拿着工具大声争论和商议着，然后开始画线挖土。

在夏日的潮热空气中，两棵龙爪槐主干静默不语，叶片惊恐喧哗。

这些人用石灰在树的周围圆圆地画了一个圈，把这块土整个挖下来，深度两米。第一棵树被整个吊起来时，树像被惊恼了一样挣扎着一震，根部的土在空中抛撒下来，只剩下一把挣断的根须，在亮亮的夏日中午的阳光里很怪异很陌生。第二棵树根部的土则全部被细麻绳一层层缠裹住，它起先像一个喝醉的壮汉摇摇晃晃，遂被直直吊起，不情愿般，绳索铮铮吃劲，根须与紧抓百年的泥土舍离。翠绿的叶子也死在壮年，散落一地。

村民们从晒麦场聚拢过来，蹲在两个大坑周围。他们得到的消息是：这两棵树是品种稀少的龙爪槐，省城的一个公园用一台27英寸黑白电视换走了这两棵树。电视放在村长家里。

以前骂过龙爪槐的男人们张大嘴一遍遍地说：真是稀罕的树种啊。女人们也一遍遍地说：就是。村里的狗们也兴奋了，它们疯了一样地跑圈圈，红着眼睛，其中两只狗窜过来，对着挖得带劲的人屁股上就是一口。

正在被五花大绑装进大车厢的树在村人眼中有些陌生。他们一生中都没有想着某一日能进到省城去，而这些一声不吭的丑树却忽然去了，它们将享受贵宾的待遇，以庞大煊赫的车队装载，到一个风景优美的公园，受城市人的瞻仰和参观。

城市里一般不长树，长到一定个头的树都是“外来户”。因为树木在城市里难以长大，树长在城市里就一生都缺少水。城市是不蓄水的，一下雨，水找不到土壤，就汇集起来顺着下水道流走了。城市的雨水再多，也与树无关；城市的雨水再多，这城市也干巴巴地缺水，显得冰冷干燥，火气很大。一座城市里缺少了水，就显得愣头愣脑的，没有灵气。“叶落归根”对城市的树来说当然也是一种奢望，水泥把树和土地隔开了，城市的树掉了叶子，也腐烂不到树根的泥土里，会被清扫干净，树和落叶就像可怜的母子，眼睁睁地就被分离了。

树在城市，注定一生将过得伤痕累累。在车水马龙的路边，磕磕碰碰是难免的事情，人们由于各种用途会在它们身上钉上钉子，绑上绳子，搭上梯子，贴上传单，挂上广告，冒失的司机、瞌睡的司机会直接撞上去……树上有多少疤痕，便有多少次磨难，车撞凹了多少，树的痛就有多深。

站在高原旷野的树，身后有靠山，脚下有沃土，风越摇撼树根越深，而城市里的树，因为水泥和钢筋的阻隔缺少了泥土，一有大风和大雨，树就踉踉跄跄站不稳，甚至被连根拔起。被拔起根的树，你可以看到，它在城市不仅没靠山也没有多大的根基！

树是城市的客人，树要在别人家里度过一生，惊惊惶惶地很不习惯。它们一般拘束地站在马路边，马路是一个城市的拉链，拉开合上，合上又拉开，树不由得就战战兢兢，因为马路一旦开挖拓宽，它们可能就要面临厄运——被移走或者直接被砍伐。

城里的人把站在田野里的大树、老树、品种珍贵的树一股脑地移栽进城市里，企图把社会上所有好的资源都集中到城市中来。但是，城市里的树永远比人少，它们是成不了林的，城市的森林是钢筋水泥的森林。

城市里讨厌一切有长势的东西，非得将其阉割，遏制住阳性。城市一律是阳痿的！坚挺的只有钢筋水泥的楼房，冰冷势利地戳在空中。城市的人类会定期剪短疯长的草坪里的草，砍掉张扬的树的主干，只象征性地留一些听话柔顺的偏枝。

两棵树在城市实在也不算什么，多两棵少两棵城市不会感觉到，村庄里的人却感觉到了。他们空落落的心情一日甚于一日，树被挖走的地方是两个硕大的土坑，雨水流积进去，像村庄翻开、化脓的伤口。

村庄奇怪的事情多了起来：先是一个少年和几头猪先后被淹死在这树坑里，因为这里在阴雨天气里积了一汪泥水。另外就是，村里整日不吭声的王晓晓在村长家看电视砸了电视机。再就是，村里娶的几个媳妇忽然全跑了，像提前商量好的，几个跑了媳妇的后生，整日神经兮兮地在村庄里胡闹，见狗打狗，见鸡抓鸡。

村里的四川婆看了说，这是村庄的两棵神树，它们被挖走，村子便失了灵气，因为被深挖的两个大坑泄了村庄的气，坏了风水。必须找那两棵树以前的树根，培养成小树，填了大坑，栽在先前的位置上……村长叫来人，一一照办。

如今，两棵小树已两人高了，有人还在附近修了小神龛，绑了红绸子。

人挪活树挪死，树是最忠贞的，一旦被挪便要得一次大病。两棵龙爪槐在城市也传来消息，没有带走土的那棵去了以后就死了，连土带根挖走的单独活下来了，病恹恹、惊惶惶地站在一个公园里。

这是逃离农村的两棵树的必然宿命！

功利急促的城市人，在忙忙碌碌的一生中，有没有闲暇定睛观望过这一棵从村庄挖来的树？

在许多年后的某些零散的日子里，这个村庄走出的零散的年轻人们，曾经零散地去省会城市的公园里找那棵树，皆无消息。

村庄里更多的树也是这样被带进水泥的森林里，失去了踪影，村庄的一些年轻人，走进城市，也同样被命运抛向四方……

若干年后，他们中或许有人执意要回到村庄，此时他们已经腰身佝偻，毛发稀疏斑白。他们在城市中已经耗尽了时间和体力，有的至死也没能埋入村庄那些向阳的沟壑——能慰安他们魂灵的地方。

陪读的父亲

五年前，当儿子胜利考上省城的大学时，这个瘦弱、文静的儿子，简直成了刘佩栓最大的骄傲。他坚信儿子用不了多久就会“出人头地”。因此，为了帮儿子凑出大学需要的学费和生活费，他卖掉了家里值钱的东西，又和儿子一起来到省城，在49岁那年，变成了一名农民工。

刚到省城的时候，他就买了个本子。他在上面记录电话号码、记录借钱还钱的账目，也会写下一些准备跟儿子“谈人生”的内容：

> 我儿，如今你也上了大学，虽说那个大学也不是什么好的大学，可你考上了，有些孩子他想考也没有考上。
>
> 学校不在好坏，而是要靠自己的努力。好好学习，前途是光明的。
>
> 大家都觉得上了大学肯定有出息，有前途。
>
> ……

小小的本子已经泛黄了，黑色的封皮也卷了起来。刘佩栓并不知道，这一年，全国高校展开了第四次大规模扩招，共有320万名考生进入大学——这一数字几乎是二十年前国家扩招前的三倍。他只是为自己的儿子自豪，毕竟，这是村西头河道里第一个考上大学的娃。

农民刘佩栓的生活就这样转了个弯。每天，他不再下地劳动，而是在省城里和其他工友一起，坐在马路牙子上，举着“找工作”的纸牌，等着有需要的人找到自己。

他的工作也每天不同，有时候是帮建筑工地运沙土，有时候是在居民楼里帮人铺地板。当然，更多的时候，他会整天整天地等着，却没有人找自己干活。另一些时候，这个爱写字的中年人喜欢坐在饭馆里，喝着人家的免费茶水看电视，或者从路边捡些别人丢掉的报纸，了解“国家大事”。

即使在城里过得艰辛，骄傲依旧显而易见地贯穿着刘佩栓的生活。等活儿时，其他工人都低着头满腹心事，一脸坎坷，刘佩栓却笑呵呵的，没有一点儿愁苦的感觉。

“我打工主要是为了供儿子上大学。”他大着嗓门说道。他穿着军大衣，脸在冬天的寒风里被冻得发红，用最低的成本维持生活，却依旧骄傲、乐观。因为儿子成就了他的尊严。在光明的前途到来之前，父亲能够忍受很多事情。

他的工作都是纯粹的体力活。有时，他需要甩开膀子，用铁锹一下下地把沙土铲到比自己高的卡车拖斗里；有时，他需要站在拆迁的废墟上，一榔头一榔头地把一间房屋慢慢砸成瓦砾。而这些让他腰酸背痛的活计，能给他带来每天50元的收入。这就是儿子胜利的学费、生活费的来源。

到了晚上，他又要和其他九名工友合住在城中村的一间房子里，外墙裸露着红色的砖块，屋里则是一张几乎和地板同样大小的大通铺。十个人就这样并排躺在上面，枕着砖头，盖着五颜六色却同样灰扑扑的被子。

这房子省钱，一个月大家摊下来才二三十块钱。省下来的钱，他都留给了儿子。可即使这样也不够，他常常需要借钱。

“借点还点，还点借点。”他一边在本子上写一边说，“等还钱的时候，我再把它们划掉。”在本子发黄的纸页上，那些被划掉的账目，就显眼地穿插在他关于人生的感悟文字中间，占据了大量的篇幅。可他依旧是乐观的。

当他终于凑够了儿子一个月的生活费时，他就会打电话让儿子骑车过来。儿子会推着自行车，和父亲一起走在城中村简陋的街道上，父亲絮絮地嘱咐儿子，“学习资料太贵了，别买太多”。对父亲而言，两元钱的公交车都显得有些奢侈，所以他不常去学校看儿子，而宁可在路边的“话吧”里花几毛钱打个电话，和住在同一个城市的儿子说上几句。

他对来取钱的儿子说话时脸上带着止不住的自豪神气：“不能再回去种地，也不能像我一样在这里打工、吃苦。”

“这里一共是200，一个月够不够?”他一边说，一边从兜里掏出了换好的两张整钱。想了想，他又把兜里剩下的零钱全部塞到了儿子手里：“一共是220，够不够?”

“给我200就够了。”儿子胜利说着，又把零钱塞回了父亲的手里。

“我花不了多少钱，一天四五块，一个月最多150……”父亲说，“你在学校别吃得太差，当然……也别吃得太好了。”

在学校里，胜利也常常觉得别人的生活不可思议。他告诉父亲，班上一位来自温州的女生，因为不适应西安的水，干脆从超市搬回来两箱矿泉水，一箱用来喝，一箱用来洗头发。

“你能想象吗?”他语调夸张地讲着，就像在描述一个神话故事。当同学拿矿泉水洗头的时候，他却琢磨着把那些空瓶子捡来卖钱。

空闲时间，他都在学校的运动场上、天台上逛来逛去，询问喝完水的同学“瓶子还要不要了”。他甚至还时不时地凑到宿舍边的垃圾桶里翻来翻去，从里面找出一些能卖的东西。慢慢地，班上的同学也会把喝完的瓶子直接拿过来，放在宿舍阳台一角的纸箱里。

“一般十个啤酒瓶能挣五块钱，矿泉水瓶便宜一些。”他说。捡瓶子的时候，有人会投来异样的眼神，而胜利就在心里假装没看见。

同宿舍的其他五位室友有五部手机、三台电脑，还有MP3——在来到大学之前，胜利连见都没见过这些东西。

每次坐汽车回家的时候，刘佩栓都会从城里抱回来些东西，比如成箱的方便面，或者大袋的糖果。久而久之，胜利的母亲在家里开起了全村第一个小商店，把这些城里抱回来的东西拆着卖给邻居们，挣点小钱。他甚至直接用儿子的名字命名商店，并且把“胜利商店”几个大字印在了商店的招牌上。

当商店的经营渐入佳境的时候，胜利大学毕业的时间也慢慢临近了。这让父亲几乎有一种马上要“解放”的感觉——四年的时间，一边出卖劳力，一边四处借钱，他觉得自己已经被累得“一点儿力气都没有了”。

“现在像毛主席说的那样，你像燕子一样要起飞了。”他对儿子说，“咱们农村人没有后门，亲戚朋友也没有当官的。”

随着毕业的时间越来越近，找工作的形势也变得越来越严峻了。这年年初，胜利第一次参加了人才招聘会。在人山人海的招聘现场，他穿着灰色的运动服，挨个走近每一个摊位，看一看，又转身慢慢走开。两个小时内，他没有递出一份简历，甚至根本没有讲出一句话。

曾经“热门”的通信专业也不像传说中那么好找工作了。“实在找不到工作，人家给300块也行啊，先给人家干着。”他轻轻地说，“哪怕人家不给钱呢，先给人家干着也可以。”

可没过多久，他又焦虑了起来，万一真找不到工作，那生活费咋办，住宿费咋办？还要跟家里拿钱的话，说不过去。他撑大了眼睛，仿佛要忍住眼眶里的泪水，感觉给父亲没办法交代。

一直在村里留守的母亲开始担心，儿子毕业了拿着行李再回村里劳动。“咋办啊，我的天，咱村里人都会笑的，说你白念了。”刘佩栓却依旧是乐观的。他始终觉得，无论如何，“大学生”总是一个光鲜的身份，不可能面临没饭吃的问题。随着胜利毕业时间的临近，他开始越来越细致地编织自己的梦想，并且换掉了已经写满的笔记本，在一个新的黑色本子上写道：

> 胜利，父亲一定要在60岁前后，一定要和你妈，我们全家到北京去，到时候，我们大家都有钱，到北京一定好好玩几天。现在我们大家，胜利你要好好工作，你妈好好管家务，我好好挣钱，争取有那么一天。

他并不知道，胜利此时已经做好了最坏的打算。“导购啊、服务员啊、保安啊都行，只要别人能要我。现实就是这样，找不到工作就要接受它。”

最终，他的美丽梦想还是破灭了。儿子胜利在毕业后找了一份去青海的工作，试用期每个月拿600元的工资，在野外帮当地的单位铺通信光缆。老刘算了算，这收入还没有自己在西安打工挣得多。

“我本来想着，大学生毕业了，工作肯定会在办公室里，而且有空调……”老刘嗫嚅地说着。

很难再在这位父亲的脸上找到先前那种骄傲的神色了，但他却没有太多时间用来哀伤，儿子上大学欠下来的钱还有两万元没有还清。在儿子出发去青海之后，他一个人还要孤零零地留在这座城市里，打工赚钱。

在那个黑色的小本子上，他写下自己的姓名和详细地址。他总担心自己万一突然出了什么意外，“谁知道我是谁?”

他开始时不时地后悔，自己为什么让儿子选了这样的专业，又后悔，也许当年根本不应该让儿子读书。邻居们甚至时不时对他讲："当年不让娃上学，给他买个三轮车，现在也发了！"

儿子胜利成了夫妻俩心头一根拔不掉的刺。他们把招牌上儿子的名字偷偷抹掉，把"胜利商店"改成了简单的"商店"两个字。

这个曾经是全家最大骄傲的儿子，如今成了父母最大的心病。老刘担忧儿子找不到工作便迟迟不能结婚，更何况，因为高考结束后迁走了户口，他原有的九分耕地已经被收回。也就是说，胜利已经没有办法再回到农村种地了。

连他那个中学毕业、在深圳打工的女儿，一个月也能挣三四千元啊——足足是儿子的几倍。

以后孙子、孙女，还会让他们上大学吗？有人问他。

"我看读书是没用的，是不是？"他叹了口气说。曾经笼罩在他面颊上那种骄傲的神色不见了，这位55岁的农民盯着屋顶的墙角，皱着眉头，很久没说一句话。

在刘佩栓心里，他感觉自己已经老了，他时常会很自然地想到死亡。

他在笔记本上写道：

> 我不可能再活50岁，最多再活20年吧。20年是多么的快啊，在我30岁以前，总觉得人生的路是漫长的，曲折的，可我现在才觉得人生的路是曲折的，但不是漫长的，而是飞快的。

耿和进城

“我女儿装修新房子时竟然把厨房砸了改成酒吧了！我问难道在家不做饭吗？两口子并排躺着都看手机，却用微信交流今天吃啥饭！”让礼村的权威人物耿和竟然变得婆婆妈妈了，去县城住了半年，他就回了村。

他不像富顺，富顺已经慢慢适应了城市。

耿和孝顺的女儿晴晴曾带他去了自己新开的公司，他透过一面面玻璃看忙忙碌碌的员工，他们基本不交流，但是统一都低着头，不是盯着电脑，就是盯着手机。

“你们平时不讨论工作吗？”他纳闷地问女儿。

女儿回答：“他们都是在电脑上、手机上交流。”

耿和说：“都在一个大办公室，有啥大声喊一声不就得了吗？隔着一个桌子也要用电脑和手机交谈吗？真是脱了裤子放屁！”

耿和继而感慨地说：“大家都在玩微信，谁还有心思工作？”

他沮丧地替女儿算账：一年365天，除过双休、公假，再加上病假、事假、年休假，干活的时间也就那么多。一天几个小时工作时间又被微信切成碎片，你说还有多少时间在干活，还有多少心思在干活？

他说："微信能管管吗？"女儿苦笑了一下说："现在的员工，尤其是管理层，开会玩微信，你和他谈话也玩微信，你实在忍不住说他几句，他会告诉你，老板，我这是在处理公务呢。"

"处理公务你不会打电话？用微信来回沟通，一件屁大的事能折腾半小时，电话几分钟就说清楚了。"耿和终于忍无可忍了。

对于城市人来说，微信以及可能替代微信的社交工具，操控了人性，势不可当。耿和发现在办公室、地铁上、公交车上，甚至过马路的人群中，到处都是"低头族"。大家似乎须臾离不开手机。

儿子也在同一个城市工作，经常来姐姐这里，来了就是抱着手机玩，头也不抬。耿和说："你都结婚了，是个大人了，还天天沉迷于微信，我就不知道你脑子里装的都是什么，知识来自百度，信息来自道听途说，观点人云亦云，思维混乱，这样下去如何了得？"

儿子不屑："大家都这样啊。"

儿子对工作不太满意，牢骚满腹，也说不出来自己到底想要一个什么职业。女朋友谈了几个，也因各种原因分手了。

他告诫儿子说："你尚年轻，现在的任务就是拼命学习、增值，等你当了父亲，性格被磨砺得沉稳下来，做事有了章法和顾忌，在单位才有机会。这个人生的空档期是你结婚育子的时机，应该好好利用，不要顾此失彼。"

他还规劝儿子："不管你学什么专业，找工作一定要找个你喜欢的，这样每天早晨到晚上你都是高兴的，再找个喜欢的人在一起，这样晚上到早晨又是开心的。"

第二个看不惯的就是女儿装修的新房子里竟然没有厨房——她把厨房砸掉，设计成一个吧台。他吃惊地问："你的厨房呢？你们难道不做饭吗？不做饭没有烟火气的家还叫家吗？"

休息日里他发现女儿和女婿压根不做饭，全部用电话叫外卖。吃完饭，快餐的塑料盒子、塑料袋一大堆，提下去扔在垃圾桶里……

女儿一回来，耿和就变得婆婆妈妈，有点儿讨好地屁股半坐在女儿身边的沙发上，谆谆教导说：一个家庭里不做饭，没有烟火气怎么能行呢？

女儿经常应酬到很晚，他从才学会的微信里看到女儿深夜大吃二喝的照片，经常还醉醺醺的。女儿总说是要陪客户。

他指着《千金方》说："过子时不睡觉，肝血不足，会造成心脏供血不足，郁结，易怒，头痛头晕，眼红，眼痛，耳鸣，耳聋，月经不调，便秘。肝气升发不足，人会目倦神疲，腰膝酸软，晕眩，失眠，惊悸……"他往往没有说完，女儿就已经歪在沙发上睡着了。

女儿伏案加班，他像女儿小时候一样忧心忡忡地纠正她的坐姿。

他说人体的精神，不是被脑力劳动所消耗掉的，而是被错误的姿势消耗掉的。眼睛也需要靠阳气来温煦，仅仅是眼睛疲劳，不能导致近视，真正导致近视的，是眼睛在缺少阳气温煦的情况下过度疲劳。他教给女儿按压后溪穴。坐在桌子旁，把双手后溪穴的这个部位放在桌子沿上，用腕关节带动双手，轻松地来回滚动，受用无穷。但是女儿不屑一顾，他也就泄气了。

他说40年前初行医的时候，颈椎病是老年病，但现在不是了，二三十岁的颈椎病患者到处都是，他甚至见过患颈椎病的小学生。原因很简单：伏案久了，压力大了，所以颈椎病提前光临了，老早就腰也弯了，背也驼了，眼睛也花了，脾气也糟了，未老先衰，没有足够的阳刚之气。这是当今多数人面临的一个严重的问题。

他离开城市时，给女儿留了一封信，告诫女儿要做到两点：一是要放下手机，二是要静坐安心。

他在信中说：

长期伏案首先压抑了督脉，督脉总督一身的阳气，压抑了督脉也就是压抑了全身的阳气，于是，久而久之，整个脊柱就弯了，人的精神也没了。

像你这个年龄的时候，我也是一个不很快活的人，有太多的执着和计较，所以老是生气，老是与人斗。后来经历多了，胡子也长了，四周看看，一个个都老去了，死去了，我才终于看淡了。

人心就是一面镜子，湖面静才能照见山水的倒影，风一吹，就什么也看不到了。古人讲“习静”。习于安静确实是生活于扰攘尘世中的人所不易做到的，要“习静”首先要放下手机，坐下来，静下来。

乔家耿和曾是村里的“名医”。从城市回来的耿和现在却轻松了，村里人得了病，很少让他把脉了，也很少有人抓中药煎了。大多数人都是坐在他的诊室里，直接打两瓶点滴，药柜子里的中药无人问津，落了一层土。

富顺臆想的火灾

村东头的富顺也进了城。

富顺57岁时，儿子争气，大学毕业后留在省城，考取了政府的公务员，干得风生水起，他和老伴被接到省城过日子，看孙子，享福去了。

房子不错，总共30层，儿子买的是七楼，三室一厅两卫，最下边两层是商场。富顺是村庄里爱看书爱琢磨事情的人。这几年儿子争气，他的腰杆在人前挺得直些，也喜欢独自喝几杯小酒。

刚来时富顺习惯不了城市，他在单元房子的厕所里拉不下屎，总要寻摸到外边很远地方的公园或者果园里拉屎。

深夜里，他躺在咯吱咯吱的软床上，一动也不敢动，他想：城里人的房子太小，楼太高，想一想上上下下有多少人正睡在别人的中间，他们都悬空压在别人的头顶，真是搞笑。想到这里，在黑暗中他无声地咧嘴笑了一下。

清早，他小心翼翼地坐在马桶沿子上，琢磨：城里人早上都日急三慌地坐在别人头上拉屎呢，然后咚咚朝下跑，一个正踩着另一个的头顶呢。

孙子大约五岁，有一天他问了爷爷个问题："为什么家家每个窗户都要安装防盗窗？"

富顺说："因为每个窗户都有可能溜进来小偷。"他自以为回答得幽默且漂亮，不料，孙子又问了爷爷一个问题："要是着火了，怎么办呢？"

“要是着火了，怎么办呢？”爷爷一时不能作答。

后来，富顺已经被这个问题如此反复折磨了好多个通宵，却始终没有找到解决的办法。

他的家位于七楼，书房、副卧室、厨房都有一个超过两平方米的大窗户，外面一律安装着一个外凸型的不锈钢栅栏罩子。主卧室也有一个大窗户，外面是阳台，阳台外也是一整溜儿同样的不锈钢栅栏罩子。

刚刚入住房子那会儿，窗户与阳台尚未安装这样的防盗窗，某一晚，差点儿进了小偷。小偷是沿着六楼窗外那一条窄窄的雨棚梁摸过来的，他已经站在楼下邻居的防盗窗顶上，在那儿留下了一串赫然的脚印，他的脑袋、上半身肯定出现在他家的窗口了，但没有爬进来。小偷最后到对门邻居家行窃了，因为他们家装修了，只是还没来得及安装防盗窗。那一晚小偷入室偷窃之后，小区住户都不敢怠慢，纷纷安装了防盗窗。安装好了固定式的防盗窗，每个房间都像是逼仄的鸟笼子。

“要是着火了，怎么办呢？”

爷爷富顺仔细一想，这幢房子下就是购物中心的南大门，购物中心主要是经营服装鞋帽箱包和床上用品的，占地面积近万平方米，分两层，摊位有一千余个，万一发生火灾，那将不堪设想。南大门虽然与购物中心并不是一个完全的整体，可毕竟唇齿相依，不能独善其身。一旦起火，上面的单元房正好首当其冲！现在房子过度装修，里面有的是木材与易燃材料，这些木材与易燃材料中间，就星罗棋布地穿梭着电线，是电线都会老化漏电，而与电线连接的杂七杂八的电灯、开关插座、电器，都有可能起火，尤其是每家每户都安装着好几个空调，它们经常就是火灾的罪魁祸首！还有，家家户户都有好几根液化气皮管呢，皮管漏气了，不但起火，还要爆炸呢！

酿成大祸的火灾通常都是在深夜里发生的，大家昏然入睡，即便有所警觉，也是措手不及。楼梯当然是首选的逃生通道，如楼上起火，我们得赶紧往楼下逃窜；若是底下起火，往楼下逃窜的通道被滚滚浓烟封堵，那只有往八楼逃窜了。

根据已有的经验可知，火灾发生后，防盗门可以承受半小时，换言之，它可以抵挡外面的火势半小时，预留给人们用以逃生。单元房里所谓其他的逃生通道就是窗户与阳台，而窗户与阳台都被固定式的防盗窗给封锁了。那么，这半小时，除了祈祷消防员们尽快把大火扑灭，还有什么办法呢？事实上，消防员们在报警电话接通半小时以内都难以赶到火灾现场。

富顺数过了，他们家的防盗窗安装时打入墙体的膨胀螺栓有九颗。九颗膨胀螺栓上的螺母，如果有扳手在手，理论上不到五分钟就能全部拆除，然后，推掉防盗窗，人翻出窗户，可以轻易站到六楼邻居的防盗窗顶部，然后可以尝试着下蹲，抓住他们家的不锈钢晾衣架下挂，爬到防盗窗下面的雨棚梁上，接着就可以毫不费劲地沿着雨棚梁安全逃生。

可是有一个问题——那九颗膨胀螺栓，并非不锈钢的材质，它们都是铁的，螺母与螺栓早已经完全锈掉，互相生长为一体，要拆开它们，根本是痴心妄想。

怎么办呢？后来，爷爷富顺还假想过预备一把钢锯，在万一发生火灾的时候连续锯断两根不锈钢钢管，扳开一个能够容许身体穿过的大口子；又曾假想过拥有一把巨大而锋利的钳子，咔嚓、咔嚓，剪断两根不锈钢钢管，也能扳开一个能够容许身体穿过的大口子。但是，进一步设身处地假设，他发现，即便脱身，接着下到六楼雨棚梁的过程无疑带有太大的风险系数，因为我们毕竟没有经过长期的锻炼和预先的演习，在那样慌乱的情况下，像笃定的体操运动员或杂技演员那样脱身，谈何容易……

差不多几年来，富顺一直被一场假想的火灾反复折磨，而他始终没有找到解决的办法。他唯一能做的就是每晚就寝之前反复检查自己家里所有的液化气开关是否关闭，所有充电器、外插式电器、电源插头是否已经拔离插座。

与此同时，他异常忧郁地想到，自己的邻居，楼上楼下，他们的房间，在理论上任何时候都有起火的可能，而楼下的美发中心、商铺，它们起火的可能性更大些，至于靠得那么近的那座巨大的购物中心，简直就是标准的大型柴房，它们起火的概率非常非常大……

怎么办呢？没有任何办法。他只好重复几次告诉自己：万一不幸发生火灾，首先要争取在第一时间夺门逃下楼，实在来不及，逃下去一层，敲开六楼的两家邻居。他们两家虽然也都安了防盗窗，但是他们的窗户下面有雨棚梁……但是，他又清楚地知道，万一真的不幸发生火灾，其实连能够闯出大门的可能性都微乎其微。那么，在消防员们赶到火灾现场之前，除了迅速抽出一两床棉被，拿它浸湿了去塞住门缝尽量不让浓烟透进来，他还能做些什么？

在半梦半醒之间，他的脑海里翻滚着近年来本城几场火灾惨剧的新闻报道以及来自知情者翔实的场景描述：那家出租的通天房底楼的店铺起火后，火势迅速蔓延，浓烟上攻，火苗上蹿，通天式楼梯根本不可能逃生，反而是像火势加速器，因此每一层的每一个房间都堵了人。等到消防大队赶到，那间通天房二楼房间里的人已经被烧焦了，因为外面安装了固定式防盗窗。三楼四楼五楼，没有防盗窗，所以有人跳楼，跳楼者不是当场死亡就是重伤，不敢跳楼或来不及跳楼的，无一幸免，不是被烧焦就是让浓烟给熏死了。

一天凌晨，当他脑海里像过电影一样闪过几年前的镜头，他差点儿激动得从被窝里跳出来！他的灵感来自几年前，房子在建造完工后，他和儿子第一趟来看框架结构的房子，每一层每个单元的客厅之间都是相通的，因为建筑工人要往来穿梭，他们在背靠背的两个单元中间那堵隔墙上留了个好大的豁口，那豁口起码大于一扇门的面积。富顺当时还上去试着穿走过豁口呢，发现那堵隔墙的墙体是用一种空心水泥砖砌成的。从地上捡一块，掂一掂，敲一敲，明显感到很劣质。

如果有一把重磅铁锤子，岂不是就可以穿越到隔壁单元去了？

是的，绝对没错！由简单的力学原理可知，两个单元房之间的这堵水泥砖墙的净厚度一般为二十几公分，仅仅用重磅铁锤子可能还砸不倒，如果加上一支铁錾子，先配合铁锤子铲除墙上的那层大约为两公分厚度的水泥沙灰，露出豆腐渣一样的劣质空心砖，用力砸上一锤子，这隔墙就得被砸穿啰。

还用得着忧心忡忡吗？万一他家楼下或者对门或者楼上着了火，一家人失去了通过楼梯逃生的最佳时机，那他会迅速穿墙而过，因为这么做，太容易了。只需要事先预备一支铁錾子、一把重磅铁锤子。

大可不必忧心忡忡了。退一百步，他的一单元不行了，二单元也不行了，那么，故伎重演，再砸两堵隔墙，直接穿越到三单元去。再退一百步，三单元也不行了，我们再砸两堵隔墙，直接穿越到隔壁的通天房去，那总该最后脱险了吧？

那天一大早，富顺就去了五金市场，为了防止儿子说他有强迫症甚至心理变态，他就偷偷地买，偷偷地把铁錾子、铁锤子藏在储物间的门背后。

当天晚上，疲惫的他终于睡安稳了……

没有死在土炕上的孤老

平安夜有路人报警，城市的立交桥桥洞里有人自燃了。等警察到达的时候，人已面目全非，早死了。警方调查后得知，是一无名氏拾荒者，女性，大约60岁。是在桥洞里点燃废纸箱取暖而被熏烧死的。

卖火柴的小女孩还在延续着美丽的童话，一个老人就这样悄然无声地离开了这个世界。而她的尸体，无人认领。

也许，只有死者知道自己的名字，自己卑微曲折的一生。无论贵贱，每个坟墓其实都是一本厚书，都是一个烦琐的故事，刨开后你会发现你得用一生去读，因为坟墓的主人和你一样用了一生。

桥洞里，散落在一边的一个半废旧的小学生作业本，大概是她的日记，根据其只言片语的记录，我们或可断断续续地勾勒出老人悲惨的一生：

她曾经年轻过，身材俊俏，凤眼有神，算村里的“一枝花”，十里八乡的人都知道，提亲的人能踏烂她家的门槛，可她就是看不上。乡上演戏、看电影，小伙子们有心思，都是围着场子中央的她吹口哨，挤来挤去，但挤不到她的心。

只有一个男人在她心里，这个人，就是同村的小伙儿潘海子。小时候本是天天在一起疯玩的伙伴，等在县城中学上学且长出了胡须，潘海子就与她隔膜起来，很清高，走在乡间土路上，对她连正眼都不瞧一下，似乎她是与他无关的人。她却打定主意非潘海子不嫁。

对越自卫反击战的枪声响起，潘海子一腔热血要参军当兵保家卫国。精忠报国，没啥说，政府支持，父母也要同意，上了战场，三年杳无音信。

村里也已经实行了家庭联产承包责任制，她自己深爱的人音讯全无，却被命运强逼着嫁给了自己不喜爱的人，甚至是憎恨的人。她被父母嫁给了村里的跛子。跛子的弟弟在省城做生意，很有钱，所以跛子也有钱。

最终，潘海子还是活着回来了，没有缺胳膊缺腿，抱着战友的骨灰盒，大哭一场，整整三天没有吃饭。性格本来就内向的他后来又去了前线埋战友的地方，他要给班长守一辈子陵墓，他说这里躺着他的班长，在战争中，本来死的该是自己。

那跛子男人吃喝嫖赌，好逸恶劳，一说二骂三打。她最著名的是“咒男人”的故事，善良的她曾用最恶毒的咒语咒着男人，其实也在咒骂着自己的命运，虚构着自己的梦吧。她曾经在挨了打后咬牙切齿地唱道：

我前腿进门公公死，后腿进门婆婆亡；小叔子放羊滚坡死，小姑子担水滚大江；一家大小都死净，我原就转来寻我的郎。

然而，人没有被咒死，她仍旧天天挨打受罪。

当她50岁的时候，大她十几岁的跛子终于死了。她到了城市，在一个饭店做洗碗工。租住在一个小小的民房里。

在城市辉煌灯火的烘托中，在这里，她再也看不见浓稠如墨的纯粹的乡村之夜了。命运之舟把她裹挟到湍急的水流中，身不由己。饭店老板介绍了一个男人，倒是对她有意，只是她觉得老了老了，还谈什么感情。这个男人是退休老师，有房子，儿女在国外。她几天翻来覆去睡不着，答应男人可以处处。男人很高兴，像迎接新娘一样把她迎进房子。处了几天，她老觉得房子有眼睛，原来男人装了监控。他说结婚可以，他的财产已经公证。那自己不是一无所有死皮赖脸免费陪人么，她一听火了，都说知识分子精，简直精成猴了。

人心深似海。她摔门而去，却无家可回。她在车站迷糊了一晚。这个水泥和钢铁分割开的城市，撩拨的是人的欲望，喷薄的是人的欲望，被欲望裹挟的人们，急吼吼的，步履匆匆。

后来，她到家政公司做家政，跟保姆差不多。有一个老头，70多岁了，独身一人，有四个儿子，都不愿意赡养，就每家出钱找家政。中介领着她去了，收了半年的工资，说是给她先保管着，每月来领。老头70多岁，躺在床上，臭气熏天。她想想自己也有父母，赶紧烧水擦洗，老头感激地拉着她的手抚摸着，像个孩子。每个晚上，老头都要她睡在旁边陪他。她一离开，就哭哭啼啼，别人还以为她欺负了老头。这样磕磕碰碰处了三个月，在她的精心照料下，老头能下地了，精神也好多了。一天，他把四个儿子叫来庄严宣布，要娶她。老头的儿子儿媳骂一个老保姆还想结婚上位分家产，马上令她滚出去，并扔了几张人民币。她没有去拾，扭头出门，只听到老头子放声大哭，死了娘一样。

出门却不知道去哪里。12月的北方城市很冷，晚上她跑到车站去睡，被保安驱逐出去，有人让她去养老院、救助站，她都不知道门朝哪儿开。护城河边，她靠拾荒度日。

平安夜到了。外边是凛冽的北风，还飘着雪花，她找来树枝和纸箱点燃，迷迷糊糊睡着了。她看到圣诞老人向她走来，微笑着；她的父母，她的

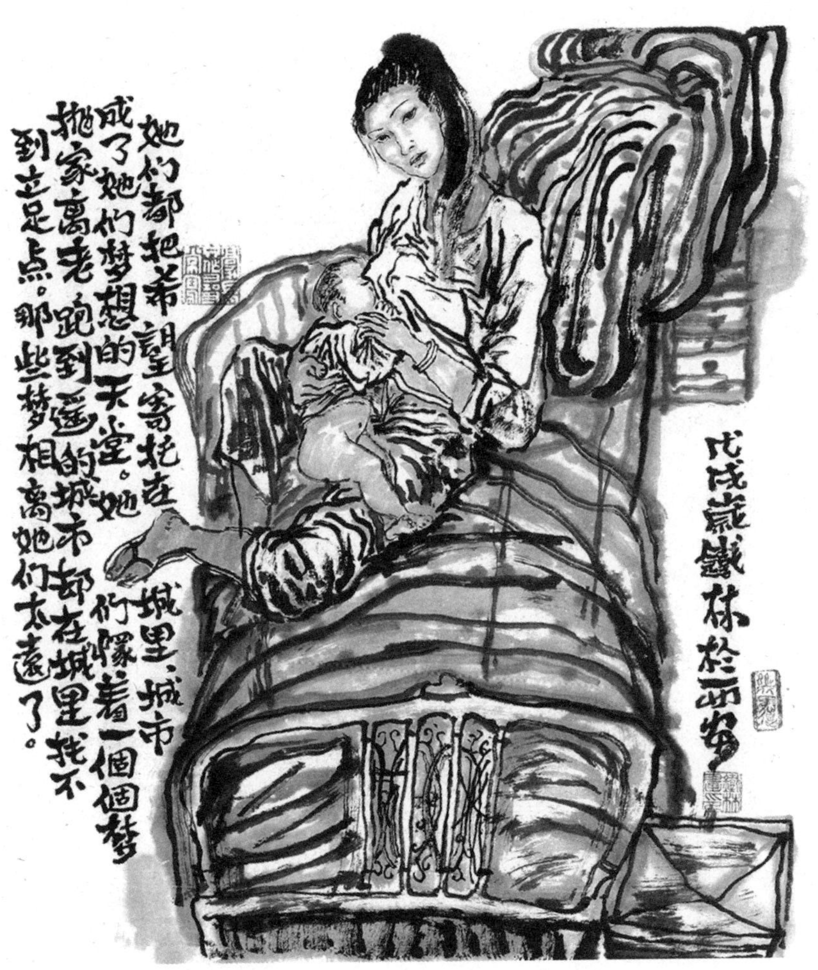
她们都把希望寄托在城里、城市
成了她们梦想的天堂。她们憬着一個個梦
抛家离老跑到遥远的城市却在城里找不
到立足点。那些梦相离她们太远了。
戊戌歲鐵林於西安

让礼村走出的女人们，她们怀着一个个美丽的梦，抛家离老，跑到遥远的城市，却在城市里找不到立足之地。那些梦想离她们太远了，不管她们有多努力，都始终够不着。

潘海子向她走来……

火在燃烧，烟也很大，她没有感到。或许她太累了，或许她真想睡过去，飘着雪花的天堂多么美丽。

平安夜，一场火，掩盖了一切，也没有人知道一位“燃烧”的老人，因一把火取暖没有了性命。她多么想稳妥心安地躺在家乡的一面土炕上死去。

这个孤寂而死的老人，是让礼村走出的女人吗？是附近邻村走出去的女人吗？或许，就是让礼村走出去的女人桐花？

没有人知道。

让礼村走出的女人们，她们怀着一个个美丽的梦，抛家离老，跑到遥远的城市，却在城市里找不到立足之地。那些梦想离她们太远了，不管她们有多努力，都始终够不着。

城市菜地

村子陆续走出去的人，进入城市几十年后，骨子里却依然是个顽固透顶的农民。黄色的土地，绿色的庄稼，脚踏土地的实在劳作，永远是他们心中的最爱和柔软处。

刘海洋是村里最早的大学生，高考改变了自己的一生。他在很远的一个城市的铝厂当党委书记，工人上万，他成为村里年轻人学习的榜样。

每年过年，这个孝子都要从很远的城市赶回来，看望父母，到乡下走亲戚。退休后他发现自己忽然一无所有了，以前围着自己转的人都慢慢疏远了，门前冷落。就是自己提携起来的几个干部，来看他也是匆匆忙忙，心不在焉。他回顾总结一生，便觉出了仕途功名的虚空，自己算村子里走出来的优秀的基因，拼搏了一生，就达到了这么一个高度——这就是一个农村孩子的人生最大值。他忽然想到在老家，年迈的父母在自留地里常年侍弄一块菜地，才是最实在的一件事情。

他回家乡后发现，有好几家亲戚的农地被征了，老屋被拆了，在指定地点造起了漂亮的两层楼房，水泥路横贯其间。房子的左右前后，总还是留下了一些零零碎碎的白地。

他曾经指着一小块空白地对亲戚说："这地可以种葱韭、大蒜、黄瓜、青菜，足够一家人吃的了。"亲戚回答说："是呀，我很想种呢。可村里干部不让种，说是要统一规划。家家户户种同样的草，种同样的花，美化环境。”

他无言以对。心里头就是想不明白，房子已经按照统一的图纸建造了，高低大小甚至连屋顶的瓦片和外墙的颜色都一模一样了，为什么家门口那十几个平方米的空地还一定要统一美化？难道美的形态只有统一和对称？须知蔬菜瓜果种类繁多，形态各异，有的开花有的不开花；南瓜花黄，豌豆花白。不同的季节，应根据不同的爱好选择不同品种在各自的家门口种植啊，参差之美怎么就不是美了呢？再说，祖祖辈辈的农民，“被”上了楼，难道要扛着笨重的农具上楼，连一棵白菜一根小葱也要跟着上楼，阳台上的花盆才是它们最后的栖居之地？

他回到城市后，就在自己居住的小区附近寻觅菜地。

窗外果菜葱郁，檐上鸟语花香。越来越多的都市人，抬头看钢筋水泥建筑时，心中常萦绕着一个简单的“田园梦”。一是吃个放心。在市场上蔬菜农药残存普遍超标的今天，城市居民自己找地种菜，是为了自保性命。地是自己找的，蔬菜种子是农村的亲戚朋友给的，农药不施或少施。如此这般，对自家地里的菜从种子基因到生长历史都一清二楚，可以大胆地往嘴巴里送。不像从市场上买来的东西，一边咀嚼，一边又满腹狐疑。二是找个寄托。这几年，城市人口急剧膨胀，那些新增加的人口，没有一个是外星人，全都是从农村出去的。大凡原先生活在乡村、后来才到城市定居的人，城市生活的兴奋剂对他们来说并非永久有效。几年、几十年一过，思乡情绪日浓，尤其是对他们曾经侍弄过的土地，有一种说不出的怀旧和依恋。在城市化加快提速、在乡村日益荒芜的时日，哪怕是耕种几平方米的土地，也可以在某种程度上寄托自己内心深处的一番乡愁。

退休赋闲的刘海洋转悠了一个月，统计出家附近菜地无论大小，有三处。

一个就在自己小区的院子里，大伙儿正在培育一个“开心农场”。生活在这里的二百多户居民，分别住在小区20世纪90年代建成的六栋多层单元房里，楼下是三块小叶黄杨围起的绿化带。“最边上种的是地雷花，撒种子就能活。中间是月季、波斯菊、杜鹃。还有几盆凤仙花，就是小孩子说的指甲花。”居民老王对于他的栽种技术很有信心。“一半种花一半种菜，菜都是有机无公害的，花都是顺应季节花期的，我也就是退休了给自己找个事儿，消遣点时光。”

大伙儿和老王的规划差不多，除了一些点缀环境的花朵，大多是方方正正的菜地，这边两行韭菜，那边几株洋姜，黄瓜挂在架上，南瓜蔓在地上，西红柿和苦瓜的地盘里还立着两株“大个子”无花果，果实也已经挂满了枝头。

社区工作人员易女士说：“这个院子没有物业公司，以前给绿化带里种植物容易，维护难。好在这个院子里居住的老年人比较多，邻里之间关系都很和睦。大伙看着闲置的土地就给它种花、种菜，美化环境的同时，当作一种娱乐或者运动。家委会也只是进行引导，并不反对。”

第二块菜地是刘海洋站在楼顶发现的，菜地附近有个小公园，平时在公园锻炼却没有发现。在外边看，公园东北角的铁丝网围墙外有一块菜地。那地被征用又被闲置已经好几年了，最近才被几十位聪明的市民用非武装割据的方式割而据之，彼此之间用砖头、石块、小竹棒为“界碑”分而割之，所占“领地”多则半亩，少则一两分。大蒜、青菜、油菜、豌豆、韭菜和蚕豆，阳光之下一片绿，一片令人欣喜、羡慕、诱人的绿！

第三块菜地在稍远处，从单元房西边卫生间的窗户看出去，小区的西边有一条小河，河把土地分开，这边一块，那边一块，同时也把生活分成两种，河这边一种，河那边一种。狭长的河洲都用来种菜，像绿色的织带一样。菜地太大了，要把它围起来，费人工、费材料，只能让它敞开在天空下，头顶一天的云。河岸是它的一扇篱笆，山是它的另一扇篱笆。

刘海洋发现这片菜地就像发现了新大陆，早晚站在卫生间的窗前，看种菜人在地里忙碌，翻地，播种，搭架，除草，施肥，他隔着长街，隔着一条河，隔着风和雨，和种菜人一起，经历一些温温火火的日子，参与另一种生活。窗成了一面镜子，照出一片菜地的丰歉、种菜人寻常的朝朝暮暮。

刘海洋也是菜地里的常客，闲了就去，不喊别人。其实之前也曾喊过几回，理由经过一根电话线之后变得无可挑剔，后来才知道，理由都是假的，不喜欢菜地才是真的，在城市里土生土长的人，有几个会像他一样惦记一片菜地呢？从那以后，他就一个人去，点一根烟，慢慢地走，边走边看，从这一畦到那一畦，黄瓜开花了，偷偷绕过巴掌大的叶子，高举在阳光中，泼辣辣的黄，做好了准备招蜂惹蝶。苦瓜开始显山露水，沟沟壑壑都在膨胀，一刻不停地忙着扩充自己的地盘。芹菜拱出来，挤眉弄眼，芽尖上的泥土还没来得及抖落干净。白菜的身子一天比一天肿大，不起眼的白菜，也学会了用夸张的比例来表现自己的憨态可掬。这些花朵、叶子、瓜果上，都挂着不同的节令。

有时候能碰到种菜人，他会停下脚步，递一根烟过去，问问收成。大多时候，他就付了钱，拎着在菜市场上买不到的、水灵灵的新鲜蔬菜回家了。

这片菜地，仿佛成了他家的菜园，事实上，它也是整座小城的菜园，菜熟时，种菜人把菜摘了装进篮子、蛇皮袋、竹笼子，用农用三轮车运过河，这些菜就通过主妇们的手，进入家家户户的锅碗瓢盆，养活了一座城市的胃。

刘海洋和土地隔绝了半辈子，农事渐成模糊记忆，但是他从头到脚却一直散发着泥土的气息。如今，把一片城市菜地当成风景看了。

有一次，他接老母亲来看病，住了两个月医院老太太急疯了。晚上散步，他孩子一样神秘地告诉母亲附近有一块菜地。于是娘俩一路散步过去，菜地里各种瓜菜，没有一样是闲着的，拔节的拔节，长个的长个，散发着不同质地的清香。蚂蚁和蚯蚓在地里爬，虫子时不时地叫几声。

母亲指指点点："这个菜栽得好，你看苗嫩葱葱的，以后肯定结得多。这块不行，要赶紧松土，放肥，还不搞就迟了。你看这人不能懒，人一懒，地也懒了。"从这一头到那一头，母亲几乎没停过嘴巴，脸上的表情随着菜秧子的长势时起时伏，阴晴不定。

母亲种了一辈子的菜，她不需要凭着刚出土的菜苗去虚构一根爬在藤上的黄瓜，或者一把长在苗上的四季豆，这些东西都定格在她的经验里。

一根藤蔓爬到沟里来了，母亲把它牵回架子上，一条虫子在叶子上爬，母亲把它捉下来，母亲在不自觉中就把这些事做了。这个傍晚，母亲显得很高兴，大概是没有想到，城市里还有这样一处地方。

不过，母亲并没有因为一片菜地而改变对城市的看法，刘海洋也没想到母亲会牵挂着这片城市里的菜地。每次他回家去，母亲总会去自家菜园里摘些菜给儿子带走，每次摘菜的时候便会问一声："河边那块菜地还好吧？"过了几年，母亲再一次问他："河边那块菜地还好吧？"他说"好着哩"。

事实上，这时候那块菜地已经被推平，几条街道纵横穿过，一些商品房从上面拔地而起，菜地以另一种形式变得高耸幽深，生活不再分河而治，统一了版图，河这边和那边都变成了同一种生活……

一个民办教师去打工

在这片黄土地上，有人不断地进入土地，有人出外不回，有人带子出走求学……人，就越来越少了。终于，村子的小学被撤掉了。

那些年，尽管贫穷，村民并没有选择外出打工，而是过着简单的生活，全力供孩子读书，并时常向他们灌输教育改变命运的思想。家长就经常对孩子说："我们是农民家庭，学习是你到外面开阔视野的唯一机会。"这些走出去的大学生，他们成了"知识改变命运"的鲜活案例，促使后人争相效仿。如此一来，对教育的重视，也就形成了一种良性循环。

现在，好端端的村中心小学撤掉了，人们把小孩带出村庄，在县里、在市里、在省城里的学校借读，这里没有条件再转学的就失学了。平均每一天，几乎每过一个小时，全国就要消失四所农村学校，乡村的小学被"撤校并点"，学生大多数进入县镇初中和县镇小学。

做了21年的代课教师后，惠顺城被辞退了。

几年前，惠顺城的父亲中风偏瘫，为给父亲看病他至今仍背着外债。债还没还清，如今又被划出了代课老师的队伍，他的希望彻底破灭了！

但更大的打击接踵而至。今年女儿以超出本科录取线20多分的成绩被广州一所大学录取，但他因无钱供女儿上学最后放弃了，孩子为此两天没有吃饭，而他自己也心如刀割："我当了21年的教师，盼望着每个孩子都能考上大学，用知识改变命运，但自己的孩子考上了大学，却上不起学！"孩子被迫弃学让他懊悔不已！眼下，女儿正在继续复读，准备考花费最少的师范类院校。他想着利用这个机会给女儿多少挣些学费。

这是他生平第一次到省城。从民办教师到代课老师他整整干了21年，工资从每月40多元涨到200多元。“当老师，我把家当穷了，人也熬老了！”他说。他今年42岁，但眼角皱纹密集、两鬓花白，看上去像个小老头！

早上七时，走了一夜的火车缓缓进站。

惠顺城揉揉惺忪的睡眼，提着破旧的皮包，走出车站大门。他拿出一块干馍馍，边走边啃。

火车站的广场早晨比较清冷，有十几个提着大包小包的人聚集在火车站进站口，惠顺城赶紧凑了上去。这些从新疆返回的摘棉工看了看眼前这位老实巴交的中年男子，疑惑地说：“老哥，你没有出过门吧？火车站有什么活儿干啊！”惠顺城原想跟他们打听些信息，同时也希望能找到活干，一个小时后他失望了。

下午，他感觉又累又饿，在一家店铺买了一袋方便面，加上剩下的一块干馍馍，喝着好心老板给他的一杯热水，凑合着吃了午餐。

1985年，惠顺城高考落榜后在本村小学当起了民办老师。对于当年的农村青年来说，能当上民办老师不仅受人尊敬，还意味着有可能转正，吃上公家饭。

惠顺城爱写，他的一篇论文当时在全县小学教师中引起了不小的震动。论文中他认为：现行的体制教育只是灌输知识，家长和孩子都很迷茫，家长是失职的，不知道要把孩子培养成什么样的人，孩子也不知道自己要成为什么样的人，无论学校、家长还是社会，在教育问题上都现实而功利，很少有人从生命的深度和角度来看一个孩子。家长期盼孩子考上最好的小学、最好的中学、最好的大学，填报志愿时也是迷茫的，孩子的一生要靠这张志愿来决定了。走上社会，所学非所用，大学、研究生都浪费了，浪费社会的资源和孩子的生命，即使找到好的工作，没有方向和信仰，也解决不了灵魂深处的空虚和恐惧。而这是教育应该解决的问题。

他的另外一个观点是：教育的方向不应是统一的标准化的，应因材施教。古时的教育因材施教，经过蒙学就会知道孩子是不是学习这块料，有的当子路，有的当屠夫、贩夫，有的学医学工，有的习武当兵，人生定位各得其所，人心安宁，社会和谐，不会纠结别人发财升官。

2000年前后，全国所有1984年年底以前参加工作的民办教师最后一批转正，惠顺城1985年参加工作，自然错过了千载难逢的良机。从此，生活再没有多少转机，但他没有离开小学，继续当代课老师，期待着有奇迹出现。那年8月，县上所有代课老师和尚未分配的师范院校的学生参加中小学教师招考，惠顺城以七分之差再次错过机会，虽然目前还没有接到明确的清退文件，但他已被口头告知，再也不能回学校上课了。

如今，这位曾经富有探索精神的代课老师终究离开了自己深深热爱并坚守了20余年的讲台。

“从心底里说，我很喜欢教师这份职业，站在讲台上感觉心里踏实！”他喃喃地说。在县城，和惠顺城一样的代课老师是一个庞大的群体，他们都在农村偏僻的小学执教多年。因为执着和喜欢，惠顺城作为一名代课老师在小学语文教学上做出了让同行刮目的成绩。这次他来省城打工，除了揣着100多元钱外，提包里还装着他高等教育自学考试汉语言文学专业的大专文凭和七八本荣誉证书。

当天，惠顺城没有找到工作。晚上他在长途汽车站待了一宿。

第二天早上，惠顺城买了一份报纸，抄下了十多条比较适合自己的用工信息。为了省钱，惠顺城一路打听着步行到滨河路一家化肥厂去应聘配送工。但对方打量了他一番后说："你年龄太大了，我们这里的活你干不动!"下午，惠顺城又来到秦安路一家公司，工作人员给了他一张表格，当他在年龄一栏填上"42"岁时，对方在他脸上看了好一阵，他感到浑身不自在。最后，在对方不信任的眼神下，惠顺城选择默默地离开。这一天，惠顺城去了五六家用人单位，几乎没有一家愿意用他。"很简单，我除了过去代课的经历，没有一技之长，这20年，要是我不当老师，学上一门技术，也能把家给养活了!"路上，他一边闷闷地说着，一边用舌头舔着干裂的嘴唇。

下午六时许，惠顺城说，他得赶到一个老乡的住处去，天一黑他就摸不着东南西北了!

第三天上午，他的口袋里只剩下25.85元钱，他不敢坐车，不敢打电话。下午，他直奔西站一家货运公司。装卸货物的是清一色的年轻人，五六个人包一车，一吨十元，装卸完毕平分报酬。惠顺城根本不是这些小伙子的对手，老板出于同情按一半工资接纳了他。他一咬牙，扛起一个百十来斤的蛇皮袋，四五个来回之后，他大汗淋漓，两腿发软，三个小时后货卸完了，他瘫在地上不动了！这次，惠顺城挣了12元，这是他三天来在省城打工挣到的第一笔钱。"这活儿我干不了，会要命的!"他寻思着再作打算。

休息的片刻，惠顺城给城里打工的一个老乡打了个电话，对方问："老家给你来电话了，问找到活了没有。""你就说找到了，先试着干干!"他放下电话，一脸茫然。

"其实，我们这些代课老师，除了热爱这个职业，一个主要的因素是希望有一天能够转正!"在他的印象中，在农村，有门路的公办老师待上几年都会挤破头往县城或条件好的学校跑。几十年在农村一直待着不动的大都是代课老师。大家谁都不敢讲条件，“把课代好，能对得起孩子和乡亲，希望有一天能够转正！”惠顺城在村小学21年几乎没有挪过地方，尽管他发表过不少学术论文，教学成绩也很突出，但他只有一次在全乡被评为模范教师。“代课老师没有资格参加县、市先进教师等方面的评选，仅仅限制在学校和乡镇范围内！”惠顺城认为，当初最后一批民办教师转正后，政策上就应该下决心彻底清退，或许，好多人趁早还有其他奔头，“我们被彻底耽误了，到了万事缠身的中年，却被清退！”

村里干部说，由于乡里实在找不到老师来这里上课，按照上级的意思就把这个学校撤了，把学生合并到其他学校。但村民们坚决不同意，因为到其他学校去上学，孩子们要走一个半小时，甚至于有的学校要走三至四个小时。

惠顺城终于找到一份粉刷墙壁的活，在省城里艰难地生存下来……

半年后，惠顺城给一所实验中学粉刷新校舍时，一不小心成了“网红”：开学第一天，大家在教室后边的黑板上发现了一段劝学留言，落款是“农民工致所有莘莘学子”。内容充满正能量：“阳光照亮世界，知识照亮人生”“每个人心里都有一片海，自己不扬帆，没有人能帮你起航”……省城的媒体刊发了以《“劝学留言”为何震撼心灵》为题的报道，文章中说“尽管寥寥数语，字迹潦草，却被该校师生当作开学最好的班会主题”。

又过了半年，这位出走的教师给家里发短信：“不堕落，也不会回去。”

三个闯社会的年轻人

这世界如此地荒诞、奇妙，默默一隅的让礼村竟然与惊动省城的一件恶性绑架事件牵扯在了一起。

光天化日之下，邓女士带着22岁的女儿兰兰去东大街附近某酒店参加朋友的婚礼。快到酒店时，邓女士要下车办点事情，让女儿先把红色宝马车停到酒店附近，之后见面。此后，邓女士却再也打不通女儿的电话，邓女士感觉有些不对劲，因为平时兰兰是个手机控。这么长时间不接电话真的很反常，半个小时后，再次跟女儿通电话时，发现已经关机。

邓女士报过案后电话响了，电话里女儿惊恐万分："妈妈，我被绑架了，救我！"紧接着就是一名男子恶狠狠的声音："你女儿在我手上，快准备500万元现金，不能报警！"邓女士说："我没有那么多钱啊，500万现金我现在一下子凑不到啊，最多给你50万。""不行，至少给我弄100万。"男子说完挂断了电话。事情比较严重，案件立即移交给刑警队。此时的专案组通过大量的分析和研判，已经大致锁定宝马车的范围。当日下午，红色宝马车出现在抓捕民警的视线范围内，跟踪一段后，宝马车突然停靠在路边，男子下车后准备去一家商店买水，此时民警迅速抓住战机，果断出手，一举将犯罪嫌疑人抓获，并成功解救了被困在汽车后备厢里的兰兰。

绑架案件成功告破。据办案民警介绍，犯罪嫌疑人胆敢大白天在繁华街头绑架人质，类似恶性案件，省会城市近年来并不多见。审讯得知，犯罪嫌疑人王小仓，25岁，让礼村人，因家里经济条件不好，在省城打工失业，手头拮据，为了弄钱，遂在大街上将独自驾驶宝马车的兰兰绑架，并向其家人索要赎金500万元。王小仓对犯罪事实供认不讳。

据说少年时王小仓有一次曾随母亲赶集卖菜，一个地痞城管与母亲发生口角后将母亲推倒，并收缴了竹笼、秆秤扬长而去。目睹这一切后，王小仓立刻从腿上拔出短匕，追出百米抱住城管就是一刀。几个平日耀武扬威的城管，硬是被一个小孩子的凶狠吓住。

后来，从看守所回村的王小仓成了“孩子王”，经常无所事事、四处游荡。后来，因不甘在村里消磨一生，王小仓下了广东，许多年都没有回村……凭着他的武力，多年后，在城市混迹多年的他竟然干下这一桩罕见的事情。

土地，是农耕村庄的基础生存条件，村人依赖土地实现自己的食物保障和心理安全。不过世间总有力量来打破这种状况，给那些蘑菇样的人纷纷装上一双滑轮，让他们拔出深陷于故土的根须去四处流浪。他们开始怀疑土地，质疑土地，抛弃土地……不少农村青少年的人生轨迹便是：过早辍学—打工—结婚生子—打工，由此循环下去，形成了贫困的代际传递，成了“农民工二代”，有的为了生计甚至在城市犯了罪。他们在报复社会，是报复他们感觉不公平的出生环境，还是报复繁华的城市？

王小仓的结拜兄弟孙玉多年前在南方干起了“钓鱼”的营生，被警方多次处理。“钓鱼”，即假征婚骗取钱财的营生，受害事主均为工薪阶层的男士，被骗金额数千元不等。警方初步调查，婚骗女首先会将事主带至某咖啡厅，高额消费。一杯价值不到十元的红酒消费金额高达数百元。每次消费均在千元以上，结账后婚骗女与咖啡厅会即时分赃……

多年后，孙玉回到让礼村，黑白颠倒，晚上喝酒打牌，白天睡觉。

让礼村是人类永远的故乡，厚重和辽阔，包容和隐忍……

你遗弃了村庄土地的辽阔和厚重，必然在城市中得到狭隘和浅薄……

一起走出让礼村的张峰在城市扎根六年多且娶妻生子，儿子在附近上小学一年级，交了高额的借读费，这一直是张峰沉甸甸的负担。26岁的他面相老成，总是心事重重，皱着眉头。为了把儿子下学期的借读费赚出来，他和媳妇打两份工。凌晨起他就摸黑在附近火车站的车皮上装卸货物，媳妇在附近的超市收银，晚上两人又在附近的广场边撑个麻辣烫的小摊子。

一天夜间，在夜市售卖完麻辣串，张峰拖着疲惫的身体推三轮车回家。车子上有几个沉重的铁炉子，锅碗瓢盆见缝插针塞得满满当当，自己也是累得迷迷糊糊，一不留神，三轮车一个侧滑，把路边停靠的一辆黑色奥迪轿车剐了。张峰的脑子嗡地一下，刹那间，他似乎蒙了，又似乎脑际闪过了许多镜头。他蹲下来，心疼地用手抚摩着车身一尺长的划痕，脸上的肌肉全部纠结起来——他知道大半年又白干了。

夜色漆黑，车主不在现场，张峰朝着附近喊了几声："谁的车？谁的车？"心想着理赔，车上又没留电话，这可怎么办？他也想着溜走了事，没有几个人看见，再说谁让你把车长时间停在道路边呢？

因为找不到车主，张峰决定不能就这样一直在现场等，但是他记下了车牌，通过警方查到车主联系方式，第二天一早联系上车主并和对方见面。奥迪车主终于现身了，张峰拿出1000元赔偿，车主却拒绝了，说自己的车有全额保险，花不了几个钱的。了解了张峰的生活状况，车主还表示愿意给他提供一份较好的工作。

为划伤奥迪纠结几天的张峰，放松、释然、委屈、感动，百感交集的他，当场流下了泪水……

逃脱的麦子

临走时，麦绒虽然泪水迷蒙了眼睛，但她还是记得去麦瓮里抓了两把麦子，放进一个塑料袋子里，这是两把今年的新麦。

麦绒的娘死得早，她替父亲拉扯着弟弟。如今麦绒17岁，弟弟7岁。弟弟3岁时，他们就没有了娘。

作为稼穑为生的农家女，麦绒天生爱种东西，基因里似乎带有播种的愿望和本能，只要能发芽能开花能结果，种什么都行。她一直觉得，把一粒种子埋进土里，像埋进一个秘密，更像栽植了一个希望，后边的日子便有了希冀，只需静静地等待种子在土里暗暗地萌芽，真好。

她曾经在一片高粱地里娘的坟堆上悄悄地种了一棵倭瓜，为了防止老鸦刨吃了瓜种子，在上边苫盖了一个纸箱子。等瓜秧破土，细心的她取掉箱子，在秧子上盖着一团绒绒的干草，秧子既可以透风晒太阳又能避免被牛羊吃掉。秋天里，她的倭瓜成熟了。金红色的倭瓜通体透亮，她和弟弟用一根木棍抬了回来。放在窑里一个冬天也没有吃，到了除夕，端放在娘的照片前当供品。

她爱弟弟，她觉得自己既像姐又像娘，她代替娘的职责。一想起憨憨的弟弟早早没了娘她就泪水涟涟的。她拉扯着弟弟一起弄猪草时，采集了蒲公英的茎，这种茎甜丝丝的，能吃，她舍不得吃，全让没有娘的弟弟吃了；她摘了草莓样的野果，舍不得吃，让没有娘的弟弟吃了。结果憨憨的弟弟中毒性痢疾，几天几夜不醒，她父亲一夜间急白了头。弟弟醒来时，父亲打了她一巴掌，然后泄了劲，睡了三天才醒来。她知道父亲心里是吃劲的，要靠弟弟传宗接代呢，父亲爱弟弟，她也爱弟弟，她挨打了不委屈。

如今，17岁的她要去城市一家酒家当门迎，她要走了，弟弟还没有醒来，她把手伸进被窝里，摸摸弟弟瘦瘦的身体，她叫："弟弟，姐姐要走了。"她叫的声音颤颤的，弟弟没有醒。她看见弟弟蜷着一侧睡觉的姿势忽然很心疼，拂挲着弟弟瘦瘦的脖颈，眼泪再也包不住，忽地流了出来。站在一边的父亲沉着脸说，走吧。父亲送她一直到镇上搭汽车。

村里的男孩子、女孩子早就开始外出打工了，基本上没有人守在家里种地。村子里的人要出远门，做父母的一般会用红纸裹一包灶上的泥土塞在箱子底下。假如水土不服，老是想家时，可以把红纸包裹的东西煮一点汤喝。但是，麦绒拿的却是两大把小麦。父亲便说："也好，这些麦子都是你种出来的，想家了，就闻闻麦子吧。"

麦绒和酒店的姐妹下了班都住在酒家，她们把酒家当成自己的家。有的睡折叠床，有的睡桌子，有的睡在拼起的椅子上。她们的酒家在城市属于中档的，对面也开了一家酒家，明显地就比麦绒家的门面大，生意好。麦绒是这样的人，她心里很内疚很着急，她觉得酒家生意不好是因为自己没有把客人迎进来。她觉得女老板人真好，真不容易，自己对不起老板。

老板是个好人，她对麦绒说，"你门迎当得很好。"麦绒的眼睛一下子就湿了。从此，她更努力。遇到客人在门口稍加犹豫、进不进两可时，腼腆的麦绒会陡然生出一股勇气，堆着笑把客人迎进来，接力棒似的交给其他服务员，她的任务就算完成了。

对面酒店除吃饭还有住宿，麦绒经常打烊时看见一群群穿着暴露的女人

麦絨的娘死的早她替父親
拉扯着弟弟。如今麦絨十七歲
弟弟七歲。弟弟三歲時她們
就沒有了娘。戊戌鐵林於西安
鐵林畫印

她的梦中，已经消失的村庄的人们坐在地畔子上，眼光雄雄地说："看，还是我们依靠土地把稳吧！希腊人都上街排队领取救济了。"说完，满脸的皱纹核桃一样灿烂地绽开了。

三五个结伴进入，到半夜或者天亮时才离开。已经发育得人高马大的麦绒想，村里外出打工的女子，就有给家里盖了楼房、买了运货的汽车的，村里人都说，一个女人家，哪会挣那么多钱，除非那女子挣了不干净的钱。

麦绒低下头避免看那个酒店的门口，希望出出入入的女子中没有村里的人。麦绒就是这样善良的女孩子。

隔着一层门上的玻璃，麦绒看见门外新砌了两个绿化带，用木头栏杆围成的，里边是两片油油湿润的新土。麦绒看见土和地就很亲切，她打算种麦子。在农村，这个时节，麦子已经出土了。以前，村里人是舍不得浪费手帕大的一块地的。

从家里出来时麦绒特意带了两把新麦，一次夜深打烊时，麦绒就悄悄地把麦子撒进了土里，虽然有点偷偷摸摸，但是她撒得却很均匀。毕了还不忘用脚把土拂挲平。夜深了，这条街道不是繁华的正街，偶尔一辆汽车车灯闪过，也看不清这个女孩子在深秋的夜里做什么。

麦子种进绿化带里，同时也种进了麦绒的心田。每天站门迎时，麦绒就充满希望地看着绿化带，想着自己的麦子。

过了几天，一场濛濛秋雨如膏如饴般滋润着已经板结的土地，麦绒心里满溢着憧憬和恬淡的心意。一天，麦绒打开门，麦子发芽了，很均匀的嫩黄，她没有喊，这是她的秘密。一对老人散步时老太太发现了麦子，惊呼："麦苗!"老太太高兴得像个小孩儿。老头子肯定地说："就是麦苗，挺好看的。"这对老人好像对麦子有感情，站着看了半天说了半天，说麦苗比花好看。

还有一天，一对年轻的夫妇领着四五岁的小男孩儿，男的对小孩儿说："你认准了，这就是麦子。你吃的面包、面条都是麦子做的。"男孩儿似乎对麦苗儿心不在焉。麦绒心里很有乐趣，也很满足。

眼看着，麦苗一节节长大了。麦绒却有了心事，她留意到街道办的人来转悠了几次，她盼望着一场大雪掩埋了这麦苗。等到来年春分时节，麦子快快起身结穗。

后来，雪没有来，麦苗却被街道办负责绿化的人拔掉了。他们边拔边嬉笑着说，城里咋能种麦子呢？

在玻璃门里，麦绒的眼里噙着泪花，看着她的麦子被拔掉。她想，这群拔麦子的人，难道就不吃麦子？说不定他们自己的上一辈是从种麦子的乡下来城里的呢。

春意甚浓了，但是北方还春寒料峭，一阵暖人心意的春风刚刚吹过，却又来了一阵冷雨。麦绒病了几天，躺着小诊所的床上，她发着烧，却看到城市的电视新闻上说，在城西的一个大型开发区里，大片的耕地被圈起来，几年都没有得到有效利用，被默默荒废着，附近的居民便自带着工具在那里下了种子，他们种了麦子、油菜、萝卜、西红柿，连成了片。电视台记者是按照一条新奇好玩的都市趣闻播报的。后续的报道说，相关部门看到新闻后已经采取积极态度，用推土机把那片地铲平，掩埋了。

这天梦中，麦绒又看见了自己那把逃出村庄的麦子……

她的梦中，已经消失的村庄的人们坐在地畔子上，眼光雄雄地说：“看，还是我们依靠土地把稳吧！希腊人都上街排队领取救济了。”说完，满脸的皱纹核桃一样灿烂地绽开了。

世事沧海桑田，而大地上的让礼村，总是永恒，缄默不语，容纳一切，悲欣交集，休养生息……

合篇

归

悲歌可以当泣，远望可以当归。

——《乐府诗集》

草木共生

草是农民自古最恨的东西。

十几年没除草的果园会是什么样子？人能想到的是：杂草丛生，草比树高，果树凋敝，人根本走不进去，但是刘老汉的果园可能会出乎你的意料。园主叫刘兴健。

他的果园12年不用除草剂也不割草。各种草和果树在这片“小森林”里和谐相处，野草绿意盎然不杂乱，高度仅及膝。细看土壤，很久没施肥，却黝黑肥沃又松软，果树也欣欣向荣。

其实城市里的人追根溯源都是农民，只是有的人走出去早，有的人走出去晚，但是，现在只剩很少的人还在守着土地。刘兴健是土生土长的让礼村农民，天生爱土地爱种地。其实，这块田地不是他家的。那几年，他家那片地据说在征用范围内，他实在拗不过家人，最后只好同意在地里种上香椿树苗，以期获得更多赔偿。如今，香椿苗已长成香椿树了，征地的事却再无下文。其间，无地可种，他正恼得要发火，孙子出生了。孩子满月不久，儿子和儿媳妇就外出打工，看管孙子成了他的主业，这一管就是三四年，可他仍念念不忘种地的事。邻居家做生意，13亩坡地在村西头，长期长着些苹果树，看他那样爱种地，就让他无偿去耕种。这是一块在让礼村再熟悉不过的田地，如今，种地的人少了，地头的路没人修了，水渠也垮得没个形状，机械来不了。

说是块苹果树地，其实更像草地，一荒多年的地里，那草可都成精了。

夏季时，半亩地里的蒿草能长到一人来高，各种杂草夹杂其间，塞得满满当当，密不透风。荒草里矗立着数百棵苹果树，每年秋天，竟棵棵树都果实繁累，颜色鲜妍，让人心生怜爱。

种了一辈子地，刘兴健以前也是一点儿也见不得地里长草。他按照一般的方法种植果树，施肥、除草，果园除了果树少有别的生物。自打接管这块地后，面对野蛮生长的杂草，他尝试了各种除草剂，虽省工省时，但弊多利少，后患无穷。

除过大剂量的除草剂，他选择在最热的三伏天，对野草展开了一场特殊的拼杀。他用磨得锋利的镰刀，一小块一小块割掉地上部分。然后把草摊开，让炽热的太阳暴晒。到傍晚，他抹掉脸上最后一滴汗水，悠然地坐在地畔上，点起一根旱烟，顺势将晒蔫的干草点燃。青烟袅袅，火蛇跳舞。就这样，宛如一个理发师在给土地理去乱发，让其一下子豁亮起来。

豁亮起来的田地上，老刘用一柄锃亮的铁锨，开始深刨地下那些看不见的草根。草根被一截截斩碎，晒成干柴。

让老刘失望的是，如此一番折腾后果园状况却变得很糟，土地硬硬的、黄黄的，板结了，几乎没有蚯蚓。当年的苹果树反而长得不旺盛了，枝头的苹果也稀稀拉拉无精打采。老刘百思不得其解。

这时候，老刘的老伴得了乳腺癌，他把地丢下，省城跑着给老婆看病，自家的积蓄全部花出去了，却没有留住老伴的命。有人说，西医是头痛医头脚痛医脚，用那么大剂量的药物杀了癌细胞，把好细胞也一起杀死了。让你女人慢慢养着身体说不定现在还活着呢。

向大地索取得越多，大地的反扑就会越严重。过度使用农药注定是一条昂贵且越来越贵的农业发展之路，付出的成本不仅仅是现金，更是丰富的生态和人类的健康。土地如果失去了制造植物所需养分的能力，就要额外补充各种各样的化肥和农药下去，成本反而增加。让草在这片土地上自然生长，并加以引导，却可以把农民最恨的东西转变成最有利的东西。

老刘恍然大悟，草是农民最恨的东西，但是你喷除草剂，会对土地造成巨大的伤害。不只是草死掉，里头所有的生物都会死掉，这块地也就等于死掉了。连草都活不了，还能种出什么好的东西？不可能的。

于是，他开始向有机耕作转型。种上一料黄豆。可没等豆荚鼓胀起来，他竟然一铁锨一铁锨深翻田地，将全部豆秆深埋进地里。说这是为给荒了多年的地壮壮肥力。

移草的辛苦还是其次，主要是家人的反对和邻居旁人的眼光。“你这里面，都可以藏老虎了！”草留这么长，他的丈人来看了以后说：“你想怎样，要放着荒了？”他儿子也看不过去，一个人跑去把园子里的草割光。

就这样，刘兴健顶着巨大的压力，才将他的“草木共生”坚持了下去，几年之后，果园土壤里的腐殖质越来越多，土壤又黑又松。

这时的果园闻起来的味道是香的，土也有香气。

刘兴健的“草木共生”理念，主张与杂草化敌为友，保留果园里自然生长的草，不割，也不打药，只用“碾压”的方式对其进行控制。进园工作前，牲口拉着石磙子在园里绕一圈，把草都压平。刚开始的阶段要忍耐让草长得长一点儿，大概要到腰部，压下去才会倒。草长得越长、质地越软，就可以压得更贴近地面。压平以后，伏倒的草就慢慢腐烂，成为最好的土壤有机质来源。

压几年以后，草就长不高了，就像人一样，老了就长不高。

他说：“留草的好处非常多，可以保湿、吸热控温，制造有机质。下大雨时，泥土和肥料不会流失。如果没有草，不管施什么肥到土里，百分之七八十可能都会流失掉，尤其是在这块山坡地。”

有人问：“若不除草，你施的肥不就都被草消化掉了？”

刘兴健却笑着说：“草有长脚吗？它吃多少，就会反馈多少。”

草的选择也是重要的。有些草不易压倒，或是会干扰工作，就不适合留。所以刚开始做草木共生，要辛苦个两三年，把某些种类的草移除掉，比如牛筋草、大花咸丰草和藤蔓类等。

观察草的变化，可以看到大自然生态的演替，一年河东一年河西，每年的草相都不一样。这年的温度、湿度适合哪一种草，它就会特别旺盛。

有人问："这么多草不会引来害虫吗？"

老刘像专家一样，说："我们换个思路治理会怎样？没有农药、除草剂，燕子、麻雀、蜻蜓、青蛙、蟾蜍、蛇、刺猬都回来了，它们也要吃东西啊，害虫就是它们的美味佳肴；也不用太担心虫会来吃树上的东西，虫有草可以吃，它也懒得上树。生态平衡建立起来后，益虫益鸟多了，虫们想成灾都没有了机会。

以前到处是老鼠洞，老鼠靠草籽和草秆为生，过着安逸富足的日子。我们拔掉蒿草和灌木，毁掉老鼠洞，以为把老鼠都埋进地里了。后来却发现，地里到处又是老鼠洞，它们已经先于人类开始了忙碌的秋收。这些没有草籽可食的老鼠，只能上树吃苹果。

老刘的说法得到农业专家的认可。专家指出，所谓不除草论，换句话说就是杂草有用论，杂草并不是毫无意义的存在。草根深扎到土壤中，使土壤变得疏松，根系死亡后又增加了土壤腐殖质，促进了微生物的繁殖，肥沃了土壤，繁殖了蚯蚓和鼹鼠，杂草成为土壤生存不可缺少的有机体。一切植物都有发生的原因和发展的过程，每一种植物都有它的作用，一切的植物都朝着促进地表土壤肥沃的方向发展。若土壤中没有微生物，地上不长杂草，地球表面也就不可能形成肥沃的土壤。多样性的作物混种增加了作物抗虫害等风险的能力，多样性的生物群落是稳定的。不用农药，恢复生态平衡，只要草类多元，就什么虫都来，都会互相制衡，这就是生物链的强大威力。

老刘说："就一层窗户纸，不是专家讲，咱就是捅不破！"

多年后的今天，这13亩地被老刘调教得服服帖帖，温顺乖巧。老刘半蹲在果园里，他面前是一块刚用铁锨翻开的果树下的土地，泛着黑色的光亮，很蓬松的土质和香味。旁边是一畦畦栽种整齐的菜地。在生态果园里他还种菜，他全面停止使用农药、除草剂、化肥、农膜、添加剂的实验基地上，短短几年，让黄瓜、西红柿、芹菜、茄子、大葱等蔬菜接近常规产量，回到以前的味道。

菜畦里红的是辣椒，绿的是青菜，紫的是甘蓝，黄的是豆荚。老刘像个画师，点染着这块神奇的土地，让其焕发出无穷无尽的生命力。

“我种菜不为卖钱，基本上全送给亲戚邻里吃，只为让他们吃个放心。”老刘直了直腰，自豪地补充道。

“庄稼人种不好地让人笑话。地里的活儿一天干不完，第二天接着干，总有忙完的时候。这是为农的本分呐！”老刘朗声道。

不能维持一只兔子生活的田野一定是贫瘠无比的。曾经有首歌唱道：

> 我们的家乡，在希望的田野上，炊烟在新建的土房上飘荡，小河在美丽的村庄旁流淌……我们世世代代在这田野上奋斗，为它幸福为它增光。

可眼下，很多的田野已被农药和除草剂压抑地喘不过气来。

人们在田地里看到兔子和鹧鸪消失的时候，不觉得它们是禽兽，它们是大自然的一部分。它们是最简单的土生土长的动物，与大自然同色彩、同性质，和树叶、和土地是最亲密的联盟。要除掉杂草，不如让杂草生长更有意义，有效地利用杂草，这似乎是农民应走的道路。

刘兴健，这位用双手调教土地的人，分明让人们看到了希望的田野，闻到了希望的味道……

村庄冥想者

村子东头走出的张平遥是省城里文化部门的厅级官员，也是一辈子能折腾的人，少年时他曾发誓一定要出人头地。退休前后一场大病，却变了个人一样忽然就安静下来，辞掉城市的一切实的虚的名誉和职务，双耳不闻窗外事。

他带着老婆宿命般地回到村子，在镇上开了一个小铺子让老婆去打点，自己独住小院，种着自己的二亩田地，养一头牛，一群鸡，淡泊地静享自己最后的岁月。

“该上岸了！”之前他总是做一个梦，一个身着灰袍子的中年和尚站在岸边，这样对他说着，声音不大，却充满悲悯。少年时，他和伙伴们在村西沟的水坝里游泳，心强气盛的他们打赌要游到对岸，返回时浑身力气用尽，腿脚抽筋，却不愿靠近岸边。这时，路过的出家人曾经这样劝过他。

一生中，灰袍僧人悲悯的声音让他学会了节制和适时地收手。“该上岸了！”会适时地响在他的耳边。

大千世界，愚者看树叶，智者刨树根……

他首先想通了时间。在生病的某一天，他突然省悟到自己迄今所做的全是微不足道的事情。他想到生命的短暂，从此一定要万分珍惜光阴，用剩余的生命做自己认为最有价值的事情。后来他又发现，生命太宝贵了，无论用它来做什么都有点儿可惜。

“人一生太仓促了，我们生在产房中，死在太平间，中间是病人。城市的时间太快了，几十年快得像坐过山车，等被甩出来时我已经两鬓斑白啦，我没有时间想事情，我还有许多东西没有琢磨透。大禹圣者，乃惜寸阴；至于众人，当惜分阴。我们陷入具体的生活、具体的日子，酒色财气，为钱忙，为钱亡，酒色财气加手机——不能思考大问题。”他深有感触地说，“宇宙，从空间上，无边无涯；从时间上，无始无终。我们看到的星星，只是亿万年前发出的光，我们看到的城市在地球上就是那么一点，楼房就是那么一点点，奔劳在里边的我们更是一点点点，但是我们却怀揣心事，忧心忡忡。”

他紧接着想通的是自己的仕途。“在这个村子，我算聪明的人了，在城市里我也算勤奋的人了，在单位我也算口碑好运气好的人了，我拼搏了一辈子，才到了现在的位置，这就是一个村里人在这个城市的极限。”他这样说。

他用一个高校体育特长生举例说明人生的偶然性和不可控性。这是一位一心要通过长跑出人头地的年轻人。他看见长跑竞赛的前十名的照片挂在了长安街上，不幸的是自己这一年是第十一名。第二年年轻人跑了第四名，人家组织方只公布了前三名；第三年年轻人跑了第六，公布了前五名；第四年跑了第三，只公布了第一名；第五年跑了第一，媒体却只发了一张赛事的照片……这就是人生，像一个博大广阔的海洋，在深的浪里埋藏着无数的偶然和必然，丰富又荒诞，不可控，不确定。

回归后，他经常行走在村庄的沟沟畔畔——这些他孩童时跑上溜下藏猫猫的地方，似乎在丈量，又像是在寻找。更多的时候，他会靠在一截土墙或者麦秸积上，晒着暖阳，眯着眼睛，神游万里。他也吹从省城带回来的埙，这土做成的乐器，发的是土声地韵，一点曲调，循环往复，忽而高亢着爆发出来，却又狠狠地压住了；低沉很久，却又从更远的一声呜咽再起。

日月经天，江河行地，四时代谢，万物死生的现象，都使他抱头苦思。

他像人类远古的智者，对着满天的星辰、起伏的潮汐、窑火中的火光、大地的泥土沉思。

此时，天地屏息。远处，是大片的玉米地，更远处是连绵的的黄色丘原，原与太阳平行，中间是死一样的静寂。这个经历了一切的城市的拼搏者，终于参悟出许多东西，宿命般回归泥土的母体，成为一个冥想者。

冥想者知道了万物有周期，于是开始有了一种长久的耐心，他像其他耕者一样把种子埋在土里，有的是时间等待它发芽、开花、结果，他们也不乱跑，从播种到收割，有一年的闲时间。

他走入另外一个隐秘的世界，冥想着天地间的玄机和大奥秘……

他连续多年研究种子生长的规律，冥想种子的生命节奏。根据对槐树多年来开花日子的观察，他能推测出某一年农业季节来得要较晚一些；根据花期的延迟，他建议村人选择适宜的播种日期，免得种子下地后受到低温的损失。他把这叫“物候”。

经常有学生开车来看望、请教他，他告诉他们，《诗经》就产生在我们脚下这片土地上。《诗经》的作者其实不是我们这样的知识分子，他们都是来自民间的人，都是在这里种庄稼的人。《诗经》里描写的都是农业背景下一种淡淡的东西，是典型的农业美学产生的作品，是彻底的农业审美。如其中的名篇《黍离》，其实我们课堂上讲的并不是亡国诗，而是一个人经过糜子地时的忧愁心情——有一天，他经过糜子地，看到糜子在发芽，联想到自己，内心充满哀伤与忧愁；又一天，他又经过糜子地，看到糜子在结穗，再联想到自己，内心充满忧伤与哀愁；又一天，他看见玉米已经成熟，心里依然非常忧伤与孤独。

昔日的文化官员，现在俨然一位冥想者，他对前来请教的研究生们说，这种农业时代的静美与乡愁，是一种悠长的情感，一种正在消失的农业社会审美规范和美学……随着工商业社会的来临，人在土地里那种深厚的经验，那种悠远朴素的情感，正在慢慢淡去。许多悠远的情感不会出现了，现在的人都静不下心来表现和体验这些淡淡的、很慢的东西了。

在这种节奏里，他谦卑得像土地一样，除过眼镜外一律村庄人打扮，回归到土地里生长，寻觅以前那朴素、平实、悠远的情感。

他说万物都有生命，心中皆有数。他说丝瓜也能考虑问题，也能行动，它能让无法承担重量的瓜停止生长，它能给处在有利地形的大瓜找到承担重量的地方，它能让悬挂的瓜平身躺下。

他曾经长时间静观院子里一株丝瓜的成长：一株丝瓜爬出了篱笆，爬上了院墙，能在一夜之间悄悄长出半尺，越过土墙，他竖了一个细竹竿供丝瓜继续攀缘。开了花后，这株丝瓜上就有了三朵黄花，不几天黄花变成了小小的绿色的小瓜，瓜秧顶端最初的一个小瓜迅速长大，竟然把瓜秧坠下来一点，他很担心。第二天，他却发现顶端的瓜得到命令一样停止了生长，长在瓜秧下端的两个瓜后来者居上，开始疯长，不几天就长大了，稳住了整个瓜秧的平衡。过了几日，他又有了新的担忧——下端这两个瓜快速长大后也把瓜秧拉扯得摇摇欲坠了。就在他的担忧之际，令人惊奇的一幕出现了——不知什么时间，两个瓜把自己抬高了两寸，平放在了紧邻的一截矮墙上！

他说，所有的瓜中倭瓜最擅长伏藏。从夏天开花结果始，就一直隐藏在浓密肥大的叶子丛中，圆不圆、扁不扁的，一副貌不惊人、窝窝囊囊的样子，其实它时刻寻找着“逃跑”的机会，不想让你俘获它。它在叶子最浓密的地方，一动不动，一直潜伏着，悄悄地长大……当冬天来临时，万物枯萎，它也藏到头了，就索性不藏了，以硕大的身躯吓你一跳。

他还说，雨中的洋芋花会微笑。微笑的同时也坐下了果实。

依靠土地和种植生活的人，他有足够的时间冥想。

他说，人生下来就是一股能量，你成长、衰老的过程就是能量消解的过程，老到足够的年龄，没有了能量，便终将匍匐于地。来自泥土，最终回归博大的泥土。

村里的正在上大学的小伙赞同说：“您说得对，就像绞水的辘轳，被绳子紧紧缠住时就有势能，当一圈圈被桶拉开，势能消解，就散劲了，安歇了。”

他说，人一生都在埋种子。有的种子马上发芽，有的种子多年后猛地发芽，有的种子一辈子都没有发芽。万事万物皆有因果。种豆得豆，种瓜得瓜，啥秆秆发啥芽芽，啥蔓蔓结啥瓜。

村里的正在上大学的小伙解读说，这是在强调辩证唯物主义里事物发展的内因呢。科学证明，一个人的发展成长中，后期教育的影响只占两成。并且，教育的实质和目的是找到方向，没有方向不如不教育。

他说，以貌取人是有道理的，一个人的心理是挂在面相上的。前半辈子长成什么样子是遗传的，后半辈子靠自己修，是变化的，心底良善的人会越长越慈眉善目，仪表堂堂，心底龌龊的人即使以前是俊男美女，后半辈子也会越长越难看，都是自己修的。

村里的正在上大学的小伙解读说，这是在讲影响一个事物变化的外因，甚至是比“相由心生”更深刻的意思。

他还感叹：“人一辈子是终极公平的。吃多少饭，有多少财，喝多少酒，娶几房老婆，都有个定数。现在多少人狂吃烂喝，把命里八十年的东西十年就吃完了，吃完了他的命中定数，他的病就来了，他的命就不长了。多少官员，聚敛财富，他的命中其实没有这么多财富，他却要占有这么多，德不配位，于是夜夜睡不着觉吓死了，或者身陷囹圄成为阶下囚了。又有多少人贪心女色，沉迷风月，可有几个长寿的呢，因为他们命中就没有那么多啊。”

村里的正在上大学的小伙解读说：“您说得太对了，你看《红楼梦》《金瓶梅》等古籍中，西门庆等人，要么淫死，要么出家当和尚啦！”

寻瓦的人

一个让礼村走出的人，已经是省城建筑学院艺术系的教授，十多年却在偏乡僻壤间行走，寻瓦，收瓦，花上大把的时间和钱，希冀瓦能唤起自己对儿时生活的记忆。

积攒了好多年，教授利用收来的瓦在城市里开了几家茶楼，叫“瓦库”，是创新，也是守旧。主要的材料和物件是从民间寻找来的老砖、旧瓦、老木头以及过去人们使用的旧瓦罐。不宏大，不时尚，不夺目，不张扬，平静中透着安详。青灰色本来就是谦虚的颜色。泥墙黛瓦，瓦是旧瓦，茶是新茶。

他一双妙手，将瓦和瓦魂安置在城市的心脏深处，人一进来看到瓦就变得安静了，就变得本真了。一片瓦上有时间，有目光，有泥土涅槃的全部过程，它能通天接地，可以呼吸。

瓦舍，有瓦解，也有瓦合。

一对痴男怨女，难以决策爱还是不爱，纠缠多年，苦不堪言。男女相约，在宁静的环境里，不再纠结，主意拿定，一拍两散。即是瓦解。两个生意经，争得面红耳赤，入得茶馆，欲作谈判。进来茶不对味，酒不知己，唯有看瓦，看着看着，心窍大开，吵变成了笑，继而握手言和。此即瓦合。

事实是，瓦越来越少了！教授多年来一直在乡村游走，寻瓦。

在城市里，在钢筋混凝土的森林中，更难得见到瓦。即使在很偏僻的农村。瓦作为庞大农耕文明的建筑面貌承载者，也已被瓷砖、不锈钢、预制板所代替了。

农村有偏方治疗小孩的腮腺炎，捉一只癞蛤蟆在瓦上焙干，捣碎，拌香油涂抹。大人寻寻觅觅，找不来一片瓦，最后终于在后墙边挖出一片缺了一角的埋了多年的瓦。

瓦松也叫瓦玉、瓦莲花、向天草。是一种药品，药性为“酸、苦、寒”，富商巨贾的公馆、别墅上是不长瓦松的，现代都市的高楼大厦上也是不长瓦松的，只有乡村的老瓦屋上长瓦松。老屋子房顶瓦垄间没有土壤，只有烈日、暴雨、寒风、酷暑，然而，这些小生灵却不知在什么时候、因什么缘故就长到房顶上了。有一年，村里的老中医先生开出的处方中就有一味瓦松，可大小药铺里买不着，偌大一个省城也几乎寻觅不到。

教授的记忆中，夕阳缓缓地滑过窗棂，照在那些遥远村庄的瓦房上。瓦，是最慢的事物，从第一片瓦上了屋顶，瓦就一直保持了它的形态，已经有两千年的时光。后面有了机瓦、陶瓦、琉璃瓦、石棉瓦、钢板瓦，各种材质的瓦很快又被下一个新材料替代，但是漫长的瓦史上只有土瓦的生命最长久。

他忽然明白了，自己喜欢乡村喜欢瓦，其实是因为它在一定程度上的“不变”，而这种“不变”正呼应了人内心深处关于永恒的隐秘的期待……

人居屋顶下，鸟宿屋瓦中，瓦之上是苍穹。

阳光落在瓦上，被一节节隔断，似乎有了瓦的节律。

雨落瓦屋，无论雨大雨小，皆如音乐，清脆。顺着瓦垄流动，声如花儿饮露，湍急率性，瑟瑟清音，温情而绵远，在门前砸出一溜儿水坑。

教授的父亲年轻时日子苦焦，一直住草屋，雨落房坡，声响有时沉闷，有时凄厉，有时像啜泣，有时像叹息。草屋上每晚有蛇窸窣爬动，大人说蛇是养老屋子的。教授的父亲曾经羡慕过别人高大的瓦屋，瓦顶上有过风脊，脊上有灰的鸟兽。瓦，有平顺安稳之意。大瓦房，听上去便是一种富足。那覆瓦的房屋，曾经是无数穷人的梦。掂起一片旧瓦，甚至能嗅到旧日的气

訪禮村圖
老屋子房頂瓦壟
間茁壯生長着的瓦
松，藍色熒光的針
葉，堅挺地指向藍天
戊戌歲鐵林為「拂曉
大地」插圖。

他忽然明白了，自己喜欢乡村喜欢瓦，其实是因为它在一定程度上的“不变”，而这种“不变”正呼应了人内心深处关于永恒的隐秘的期待……

息，是岁月，天地，家常烟火。

后来，父亲终于住进了大瓦房。襁褓中的教授在摇篮里，睁开眼就会看到头顶那片片灰瓦，因为摇篮摇动，那片片瓦也便在摇动，幼小的他懵懂、好奇地不知为何物，懂事之后才知道是为他遮风挡雨、驱寒避暑的东西。小时候，疯玩时遇到暴雨，无论雨下得多大，只要躲在屋檐下就有安全感，在他儿时的记忆中，瓦就是庇护，就是温暖，就是家。屋檐下铺成的一溜石子，叫散水，防止瓦上流下的水柱把地面打成水渠。

那时候没有高楼，在高原上也没有高山，他小时候最想攀爬的是屋顶，那是尘世的顶端。但是，小孩子是不能上房顶的，上房子的只有大人，他们一般在连阴雨后上房“检瓦”，把漏雨的烂瓦换掉，或者把移位的瓦复原。

屋子一直在漏，娘说上去看看，肯定是瓦的事。她从一个墙头到房上去，他站在屋子里，听到些微响动声，屋子里的雨停了。那一刻他感到了瓦的力量。

再大些，上中学的他爬上树去看瓦，瓦像一本打开的书，瓦的翅膀在夜间巨大的空间里飞翔，一羽清灰。

村里有几间富家的青砖青瓦的大瓦房，上有砖座、兽脊、瓦顶，楼前延伸出来的有廊檐，支撑廊檐的是明柱，下面是下方上圆的础石。在兵荒马乱的年代，曾经被土匪烧过。听老人讲，当楼房被点燃时，在热力作用下，房顶的瓦会呈现出惊人的飞翔姿态，有的斜着飞，有的平着飞，有的垂直飞。

一片瓦的诞生需要几样世上最简单的事物——水、土、火和人的手。瓦坯子，在一个旋转的圆柱形东西上，致泥薄厚均匀，成一个筒状，晒干后切割成三等份。烧瓦和烧砖是在一起的，砖放在火周围，外围再放瓦，一级一级，层层叠叠盘上去，一直盘到窑口。烧到一定程度，要青瓦的话，就把窑口和烟筒封闭起来，往里边浸水，这时候会热气熏蒸，瓦便在窑里变色。不浸水的话就是红砖红瓦。

瓦，是一个温暖的词语，瓦是人类的童年，农耕文明的记忆，心灵的故乡。来自不同坡上的土，制作的瓦就有着迥异的生命气息。

人们在熊熊火光旁边，看到火把泥土变成了陶和瓦，把矿石烧成熔液，木头燃烧发出了火光。水又能够把火熄灭。这种现象使古代的思想家想到了木、火、金、水、土是万物的本源。烧制瓦器这件事使得人类向文明跨进一大步，根据五种东西的彼此作用，又产生了五行相克相生的理论。根据这几种东西的颜色——树木是苍翠的，火光是红艳艳的，金属是亮晶晶的，深深的水潭是黝黑的，中原的泥土是黄色的。于是青、赤、白、黑、黄五种颜色就被拿来，成为颜色上的五行了。这个五行的观念被古代思想家用来分析许多事物，音乐上的宫、商、角、徵、羽五个音阶，方位上的东、西、南、北中，中医里的心、肝、脾、肺、肾，等等，都是和这种观念紧密相连的。

这些关于瓦的隐秘的记忆，在教授的心中埋下了种子，影响着他的审美。他晋升教授后设计的所有得意之作中都有瓦的元素，城市许多大的建筑因他而有了瓦的影子，瓦让他在苦思冥想中获得灵感和自信，经常有醍醐灌顶般的顿悟。

瓦虽然越来越难寻找，教授内心深处其实有一堆瓦，让他想起来就心疼——在一个偏僻的关中乡村里，一个“五保户”老人走了，仅有的财产是茅屋旁边的一堆瓦，这是他多年的积蓄，他的梦想是有一天住上有瓦的房子。每捡回一片较为完整的瓦，他都要精心地码放起来。他走了，那堆瓦不知被谁遗失在了茅屋旁边，它们像老人生前一样，没有可去之处……

没有人能看上那堆瓦，内心珍惜瓦的教授当然也不愿随便拿走老人积攒的瓦，瓦失去了主人。夏天来了，疯长的草把那堆瓦覆盖住了，冬天，野草塌下去，那堆瓦又显现出来，生了一层绿苔，阅尽沧桑，坍塌损伤，越来越低矮了……

新乡绅

人这一生，什么时候说什么话，什么时候做什么事，绝对有个定数。他是一名在省城颇有名气的作家，被命运之舟载出了让礼村，漂荡了几十年，如今他回来了，扶着90岁的老娘，回到自己出生和成长的村庄，并把自己归乡后的居所朴素而亲切地唤作“归园”。

老娘被接到城市十余年，还是没有习惯。回来后骤然活泛了许多，走到哪里都要指指点点，这以前住着×××，家里过活如何人品咋样……了如指掌。

“咱原上的太阳一出来红岗岗的，城里的太阳蔫答答的……”老娘经常要评价城市和家乡的区别。

家园去来，何处更贴心窝?

乡村振兴需要“新乡绅”下乡，新乡绅是乡村问题的解决者和乡村发展的引领者。新乡绅运动需要农村走出去的精英回乡，荣归故里，共议村事。作家放弃了城市里的名利场，回归到出生的地方。对于一个作家来说，无论在过去还是未来，最重要的是发现人的心灵所需。

作家回乡后做了三件事情。

第一件事情就是利用以前的学校建了村上第一个图书馆。

对作家而言，阅读与写作如同一日三餐，是生活的一部分，必不可少。他深信阅读不仅能增益人的心智，更能塑造人的灵魂、给人以力量。但在返乡后不久作家就失望地发现，村里竟然没有一家书店，集镇上更多的是一些专卖盗版图书的流动摊位，卖的多是一些盗版的文集，往往在临时的牌子上写着：图书十元一斤。有不少人会买回装点门面。这些书厚重方正，看起来像纸做的家具。于是他动念建造图书馆，并把自己一辈子积攒的数万册图书从城市里拉回来，全部捐了进去。

第二件事情就是献策当地政府，把以前废弃的地穴式窑洞做成了博物馆，供游人参观，以增加当地收入。

因黄土黏性大且坚硬，村民以前多在地下挖穴而居，院中多栽有三两棵树，人在远处平地，只见树冠、树梢，不见房屋。窑顶四周长满杂树、蒿草，不走到跟前根本发现不了住有人家。见树不见村，进村不见房，平地起炊烟，闻声不见人，地穴院落智慧地隐藏在地平线以下。如今，这些位于村子中心的数百孔地穴式窑洞不再有村民居住，已遭废弃。

这种下沉式井形四合院，已有几千年的历史，汉、唐、宋及以后的文献，都有记载。专家们则称其为中国北方的“地下四合院”“凹在地下的村庄”“人类穴居的活化石”“刻在大地上的符号”，在中国乃至世界上独一无二。20世纪七八十年代人居环境改善、生活条件提高后，群众纷纷从地窑搬离，沿路而居，转盖成土木结构砖瓦房，90年代后又进一步改建成平房，地窑也慢慢淡出人们的生活。遗憾的是，因土地有限，很大一部分地窑在90年代左右复垦成耕种土地，遗留较少。

作家上书镇政府，建议抢救性挖掘，保护地窑文化、发展特色旅游产业，村民可从民俗文化、农特产品展销、作坊体验和地窑居住体验等着手经营。目前，镇上开始还原地窑原貌，坚持风格不一、特色突出、保留原样的原则，计划改造修建20处，目前已建好地窑14处，地窑地上表现形态各异，地下风格各具特色，其中四个院落以地道形式在地下进行了连通，还原了六七十年代农村的原貌。

高原的太阳用神奇的光芒，给这个美丽的乡村披上了一件金色的衣裳。耀州—旬邑路、移村—三原路穿村而过，居高临下地看，一条条路如瓜蔓，相连着一片片地穴院落，宛若瓜蔓结出的大小不等的金瓜。

按照作家的建议，博物馆建成后，游客将从美丽的乡村绿道进入，游客服务中心旁有停车场和涝池，游客停车途经薰衣草花海和大型风车，沿途采摘，感受地窑文化、体验农家作坊，或经地窑到达耀旬路，沿着紫薇花路，观赏外墙美观的沿途居民，感受新老村庄不一样的文化。

第三件事情是开发了一件传统的手工艺产品—— 耀州油布。

耀州油布至今已有一百多年发展历史了，大约咸丰年间，耀州便有数家油布作坊，城内东街四代油匠胡氏家族最盛。在封建社会里，人民生活条件简陋，物资奇缺，人们常为婴儿尿湿被褥、床单而犯愁却无可奈何。在土布上涂刷小麻籽油，晾干后不渗水、防潮、光滑又耐用，油布在阳光下显得黑里透红，呈玫瑰色且光泽鲜亮，放于婴儿身下可防尿而不渗湿。也可当凉席铺在野外供夏日乘凉，得到农家人的喜爱，一时争相购买供不应求。到20世纪70年代，机制人造革、塑料制品纷纷亮相市场，相形之下，耀州油布是手工制品，制作工艺繁杂而不易批量生产，价格贵且制作易造成环境污染，还有面厚不易折叠、工艺粗糙等缺陷，终被塑料布替代而销声匿迹了。

作家建议县政府抢救历史文化遗产，挖掘民间传统手工技艺，鼓动胡氏第四代传人胡永兴利用自己绘画特长来丰富品种。除防小儿尿床的小油布，还增添了方形桌单、台布、长方形凉席，还在成品油布上用油性色彩绘画山水人物、四季花鸟、牡丹凤凰、虾戏图及博古图案，为其锦上添花，使其更具有生活情趣。由于光滑耐用、防水抗潮且古色古香，油布再次得到了人们的喜爱，甚至成了人们争抢的收藏珍品。如今，耀州恢复了胡氏油布专卖店，省内外也有了代销店，生意兴隆。

作家从城里归来所住实是以前的一所学校，他曾在此学习并教过课。学校在沟畔，沟对面崖畔秃露，像黄土碑林，一棵柿子树果实红透叶子尽落，枝干虬劲而沧桑。常有小儿于此树系绳荡秋千，吃饭时人也都聚在树下。从沟道里走出去就到了镇街，有人从外面归来就围拢在树下讲些见闻，让幼小的孩童们对外面的世界产生了无限向往。

柿子树最早也就是由作家父辈居此手植的，繁衍至今，人与树寿，搬走一户人家，就枯死一枝，特别神奇。如今常有人来看，欲买下送进城里去，但是无论对方出多少钱，作家断然不卖。作家说："肯定要大卸八块，吊车吊走。让树受那罪干吗，树么，就让它自然长吧。"

村子里空气好，附近的沟壑中有清泉，水是茶之母，好水的五项标准是清、净、甘、活 、冽，这五条，老家的水均符合。土原上的天气很冷，但令人神清气爽，精神抖擞。生活简单，一天的时光袅袅而过。

作家虽然伏藏于乡村，来访的政要和朋友却络绎不绝。一年6月，先生回家了一趟，家乡正在收麦子。回来后，钥匙忘带了。柴园深锁，直接借了邻居的斧子，利器在手，口中念念有词：幸有嘉宾至，何妨破门入。手起斧落，门锁偏不落地。这是一把"华山牌"的老锁，鸡蛋大小，沉甸甸的，拿锤子砸，锁都砸变形了，锁芯还没弹出来。只好连门栓子和锁子一起拔下。

村子里的人都富裕起来了，家家的门楼也像门前的树木一样长高长大。相形之下，归园的院子就显得矮旧多了。归园左侧厨房的墙上有一行童稚的字迹，粉笔写就，依稀可见："多一事，不如少一事，少一事不是不做事。"除了吃饭、睡觉、写字、习经典，悠然一壶茶，除此之外，作

柿子樹
戊戌鐵林畫於西安
柿子樹最早也就是作家父輩居此手植，繁衍至今。人与樹壽、相走一戶人家，就枯死一枝、很是神奇。今常有人來此觀看。

柿子树最早也就是由作家父辈居此手植的，繁衍至今，人与树寿，搬走一户人家，就枯死一枝，特别神奇。如今常有人来看，欲买下送进城里去，但是无论对方出多少钱，作家断然不卖。作家说：“肯定要大卸八块，吊车吊走。让树受那罪干吗，树么，就让它自然长吧。”

家其他的事情全是公益的事。

作家每天从归园走下沟来，在村子里四处游走，眼睛像探测器一样，村子里的种种问题、需要、发展，都逃不过他的双眼。继续往沟里走，是些颓圮的窑洞，其中两扇窗户上还保有“忠”字，红漆虽遭风蚀，却依然隐隐可见。目光每每触及此类物景，作家都难免心生莫名的感触。

作家在沟底建塘养鱼，在沟道里散养了几十只家畜家禽，在斜坡上开出一片地，种植农科院讨来的新品种蔬菜和果树，院子里还安装了4G宽带，附近村民共用。

作家是重情重义的人。年轻时他曾经不远万里送朋友，先是送至省城，别离时不愿看到朋友孤单，就直接送到深圳，回头万里迢迢一人返回。

天擦黑前，作家还要到村里转一圈，与村民拉了拉家常。走到议事堂外的入口处时，他看到地上有烟头，马上弯下了腰，一会儿工夫就捡起了七八个烟头，随手扔进路边垃圾台。

其实，作家在城市里并没有显贵，他一生的积蓄在近几年都花在村子上了。夜黑得深沉时，作家提着马灯一晃一晃地回到院子，他的卧室就在院子东侧的一间小房子里，里面只有一床一桌，满屋子书。

“要身居陋室，胸怀天下。”生活简朴的他淡然地说，“我一直很简单，所有东西有一件就足够了，多一件就是浪费。我要求自己过清贫的生活，要有清贫之心。世上只有不朽之事，没有不朽之屋。”

入 党

晨光开始在高原的东方发芽，然后像一棵树一样迅速长大，把天地撑亮。在鸟雀的鸣叫声和越来越亮的天光中、在春天氤氲的气息中漫溢着甜腻、腥鲜的洋槐花的香氛。

让礼村村民史伟红来到村支书李春城家，黄色的长胶靴上还沾着大棚地里的泥巴，粗糙的双手握着一份手写的入党申请书。他对李书记说：“我服气你！我要跟着你干！”

史伟红这个小伙子很能干，一个人就种了十个大棚，是村里的致富能手。今年像史伟红一样积极要求入党的人多了起来，绝大多数是年轻人。到5月份就已有十多个村民写了入党申请书，而前几年每年只有几个人。村民入党积极性的提高，和开展脱贫攻坚以来村里发生的巨大变化有着密切的关系。

马咀地处西南部，属于让礼村的一个自然村，现叫马咀组，以前93户人散居在沟边原畔阴暗的土窑洞里。村民李恩文说自己家以前的三间土坯房“年龄”比他还大。由于缺房，他们一家人只能和家畜同住一个屋檐下，窑洞的入口处是牲口生活的地方，里面是人居住的地方。那时村里穷条件差，村里的小伙子想找个外边的媳妇太难了，没有人愿意嫁到这里。昔日村民除了种地，再没有别的经济来源。坡坡地，窄塄塄，下雨跑水肥，天旱大减产，即使风调雨顺，村里收的粮食也仅够温饱。粮食收成差，村民没钱，进城也不方便，村民急，村干部更急，想致富，但是没钱没路子。那时候十里八村的人都笑话说这是个“烂秆村”。

农村建设的成败，关键在当家人、带头人。把一个软弱涣散、负债累累的“烂摊子”改造成如今远近闻名、人均收入5万多元的全国级文明村，需要多久？这条路，李春城一步一个脚印走了近20年。他经常说：“有多大能耐，我都使出来。”

村干部由村民选出，他们的一言一行对村民影响很大，他们是党和政府密切联系群众的桥梁和纽带。一个梦，一条心，一根筋，一股劲，这个沉寂落后的高原小村，在村干部的合力下发生了由内而外的链式“裂变”。能评选上全国文明村不光因为村民有收入，还因为村上条件好、当地村民的素质高。正是这些因素综合起来，马咀才成了整个让礼村的领头羊。谈到这些，村民都说是受了李书记的影响。

村民称李书记有两个特点：一个是爱学习，重知识，关心国家大事。由于爱学习，知道知识的力量，他在当村支书后不久就垫资65万元，在村上建了一座高标准的小学。另外，他还组织过大棚技术培训，并带领村民外出考察学习。另一个特点就是有公益心，肯付出。没当村支书之前，他就让许多村民到厂里打工挣钱，当了村支书之后，他更是给村里垫资修学校、盖新房、修马路、建大棚……

1979年，李春城高中毕业后回到了家乡，不安于现状的他带着十多人干起了房屋维修工程，1983年，他成了当地有名的“万元户”。1984年，李春城在乡政府担任企业办主任。就在别人羡慕他可以一直吃“皇粮”时，

1992年李春城毅然离开乡政府，东拼西凑借了一笔钱，接手了一家经营不善的水泥厂，后来，在他的经营下，水泥厂逐渐发展成为年产20万吨的大水泥厂。

1999年，镇党委书记找到李春城，希望他能够回村担任村支书。这件事遭到了李春城家人的一致反对，一来水泥厂的发展当时正处于关键时期，二来村里的情况又特别艰苦。

李春城当时犹豫了，但当他回到村子看到破烂的道路以及穷困的乡亲们后，他下定了决心："我一个人富起来不算啥，我要让乡亲们也富起来。只要肯干、敢干、会干，就能有变化。"1999年9月，李春城正式走马上任。

村容村貌差、村民只管自个家；小伙不干活，喝酒打牌娱乐多……

千头万绪，步步为营。李春城刚任职时，村上集体财务没有一分钱。农民生活离不开种地，要先把土地的问题解决了。他抓住国家实施农业综合开发项目的机遇，第一年村上投入资金150万元，其中他个人垫资40多万元，建成高标准农田1530亩，彻底改变了马咀的耕作环境。随后，他又想办法为村里建成了300平方米的蓄水池，全村实现了节水灌溉，千年坡地变平地，旱地变水田，改写了历史。土地平整了，灌溉也跟上了，但李书记并没有闲下来，恶劣的居住环境让他十分揪心。为了让村民搬出土窑，他又抓住国家实施移民新村的机遇，先后在村里兴建了90栋每栋150平方米的二层小洋楼，总投资562万元。

"村里的人，不论穷富住的都一样。"村主任胡耀云说，建移民新村时，村民最少的才交了2000元，多的也就是近万元。剩余的钱，大都是李书记垫付的。

村書記李春城
李春城帶領大家
改變家鄉面貌
戊戌鐵林

一个强有力的基层党组织，会像一块强大的吸铁石，把身边的村民优秀分子紧紧吸引过来，潜移默化地改变他们的思想认识乃至整个村庄的精神风貌。

为了增加村民的收入，李书记招收村里的剩余劳动力到水泥厂工作，还让村里的几十辆三轮车、四轮车为水泥厂拉料，搞运输。住洋楼、走马路，不出门就能挣钱，也不耽误农事，后进村一下成了先进村，这也引来了附近村子的羡慕。水泥厂生意好的时候，全村每家每户都和水泥厂有着联系，不是在水泥厂里做工，就是给水泥厂跑运输，好的时候平均每个人每月能收入2000多元，全村人几乎都靠水泥厂生活。用村干部的话说，马咀成了“水泥村”。2005年李春城被评为全国劳动模范。

2008年，随着环境整治力度加大，水泥厂由于不符合规定要被强制关闭。水泥厂一旦关闭，也就切断了马咀村民的经济来源。一时间，村民人心惶惶。

村民心慌，但李书记没有慌，很快他就有了主意。他在村里平整了300亩土地，带着村干部和村民代表到大连等地去考察大棚种植。提及大棚种植，胡耀云说：“最早时30个大棚的樱桃都是成树移植的，专家说成树移植成活率最多只有30%，可在我们的精心照料下，第一批试点的三个大棚樱桃成活率都是100%，后来的27个大棚也都是100%。”

按照这样的思路，村上又建起了78个蔬菜大棚。村民张银香一家三口，最近刚刚开始了第三个蔬菜大棚的育苗，“西红柿的销路比较好，现在我们三个大棚种的都是西红柿，每年都能收入一两万元，够家里的花销了。”马咀现在还有一个种猪场和奶牛场，猪粪和牛粪直接供大棚使用。

“高速路修到了家门口，我们又平整了200亩地，准备在高速路两边建苗木、花圃。等过两年，我们准备在村里建一个小高层，让村民都搬进去，把空出来的房子搞成食宿一体的农家乐，游客可以自己到地里摘菜，自己在屋里做饭。以后还要建一个休闲广场……”说起未来的规划，李春城信心十足。

火车跑得快，全靠车头带。在李春城的带领下，马咀实现了从“烂秆村”到“水泥村”再到“生态村”的转变，也许以后，还会变成“旅游村”或者是“花园村”，但有一点不会改变，那就是，这里是一个“幸福村”。有整齐漂亮的移民新居，也有现代化的大棚。如今每家都住上了二层小洋楼，转型成功的村子获得全国文明村的荣誉称号……

万物土中生，大地最吝啬，也最慷慨。脱贫攻坚，关键就看基层党组织和党员干部，他们重实干，用老百姓听得懂、听得进的语言为贫困户进行宣讲，一个强有力的基层党组织，会像一块强大的吸铁石，把身边的村民优秀分子紧紧吸引过来，潜移默化地改变他们的思想认识乃至整个村庄的精神风貌。

走在村道上，可以看到昔日闲置的空地上如今已有成片的“蓝板”平地而起。“这些蓝色的板板，是光伏发电装置，可以在平房、库房或其他房屋顶安装使用，通过吸收太阳光，实现发电。”李春城说，“这里生产的电力直接传送到国家电网，到今年年底，分红到每家农户就能有3000元，这是每年村民的稳定收入。”

脱贫攻坚的路上，被“吸铁石”吸引，期望成为“车头”，也许正是农村入党申请书变多的缘故了……

第一书记

几年前，由吴秀波主演的电视剧《马向阳下乡记》在央视热播时，朱自成并未想到，自己有一天也会成为现实中的马向阳，从宽敞舒适的办公室，直接来到了农民的田间地头。随后一年多的时间里，朱自成用脚丈量这个陌生的村庄，熟悉这里的每一个人、每一寸草木，带领村民们决战贫困，上演着比电视剧更真实的《“黑蛋”书记扶贫记》。

2016年农历五月，市委政策研究室与让礼村结成帮扶对子。刚刚从部队转业到地方不到一年的朱自成被派到这里，39岁的他成了让礼村的“第一书记”。他给远方的父母打电话说“保重身体”，给妻子说“你辛苦了”，给儿子说“对不起你了”，然后背着包裹头也不回地走了。

初来乍到，融入，是驻村“第一书记”们所要解决的第一个大难题。朱自成虽然生在农村，长在农村，但从学校毕业后到部队一干就是20年。农村对于他来说，也仅仅只是儿时残存的记忆，工作经验更谈不上。

“心里没底!”他不断地问自己：“我能不能适应岗位要求，我能为这个村子做什么？能为群众带来什么?”

先替缺劳力的家庭割麦子吧！心里没有答案的朱自成抢过来孤寡老人手中的镰刀，似乎有了一点底气。这时候，有一种鸟儿在原上穿梭鸣叫，声似

“算黄，算割”，只闻其声，不见踪影。这是催人收割的鸟。

正是收割季节，原上麦浪连天波涌，漫地金黄。麦的海洋里，朱自成和一位老农一前一后馒头割麦，朱自成动作娴熟利落，俨然一个正忙着抢收的农民。他直起身，抹了一把脸上的汗，握着镰刀的胳膊充满力量，黑黝黝的国字脸上，炯炯的眼睛在阳光下闪亮，黑塔一般。

朱自成问：“为什么不用收割机呢？”

老农答：“这里全部是原上的坡坡地，大小的收割机都开不进来！”

老农问：“这么闷热的天气，你个城里人能吃得消吗？”

朱自成答：“没问题，我老家是甘肃的，从小也割麦，吃苦惯了，加上多年边防部队锻炼，体力好，这些活路不算啥。”

……

让礼村这个晒死人的五月给了朱自成一个下马威。五月的日头太毒了，收割结束后全村人都黑了，也都瘦了一圈。割完麦，碾完场，村民开始把脱粒后的麦秸集中垛起来，在场里集积子。朱自成这时才发现自己在脱皮，胳膊上脖子上白花花一撕一片。皮肤晒得比下地干活的农民还要黑，村民们自此称他为“黑蛋书记”。

麦子入仓了，“黑蛋书记”却闲不下来，一有空就去帮村民在地里除草、收玉米、挖红薯、打红豆，捎带着帮农户推销西红柿、鸡蛋。

“他现在跟村里人熟络得很，有时候晚上闲了，村里几家人都抢着拉他去家里看电视呢。”村支书李春城说。

朱自成有写日记的习惯，“丈量”成了工作的主题，“跑腿”便成了日记里常常出现的“碎事”。

7月18日，晴。今天早上5点半起床一直到上午10点，收集村情村貌的照片，一个人，爬山过河，取景照相，硬是把全村6个村民小组照了一遍。回来一看，老婆刚给我买的衣服被野枣树扎得到处是线头……

8月2日，晴。早上帮宋同刚收西瓜，上午到杨坡赵实地查看，量需要修路的长度，回来后起草关于硬化至杨坡赵道路的报告，计划明天交到市交通局。

下午到王铁、宋哈娃家实地走访。王铁有两女一儿，儿子去年到代王做了上门女婿。王铁65岁，腰不好，高血压、冠心病。老伴61岁，关节炎，两人看病花了4万多，盖了新房，欠了3万多。宋哈娃54岁，一儿一女，欠债5.6万，关节炎，脑梗，身体不好，多病是最大的困难。

8月3日，晴。早上帮王卫卫收西红柿，上午到张广志家去走访，儿子儿媳妇离婚，收入不多，盖房花了14万，欠账目前还得差不多了。回来后与村支书商量下午召开一个会议，对村产业发展问题进行一次专题分析研究，下午开会，晚上继续写调研报告。

实行力强，做事雷厉风行是朱自成一贯的做事风格。为了尽快了解村里的情况，他到任第二天便开始了对村里贫困户的走访，当天就走访了四户贫困户，一户因病致贫、一户因残致贫，还有两户因内生动力不足、无劳动能力致贫。随后了解到的情况也不容乐观：全村占地面积10700余亩，其中耕地面积4400亩，其余为林地，共有866户近3000人，共有贫困户78户198人，低保贫困户6户12人，五保贫困户5户6人……

一年下来，为了了解情况，他几乎跑遍了村里566户人家，村里人全认识他这个市委来的干部。村民们感受到了他的用情用心，并且接纳了这个从城里来的“第一书记”。这让他很感动，也觉得第一脚在这块土地上算是踏稳了。

日记中，他这样记道：

8月16日至22日，没有看过天，不知道天气晴了还是阴了，连续七个昼夜，每晚整理资料加班到凌晨四五点，感觉身体轻飘飘的。要想工作做得精准，首先得把各类资料收集、整理精准，精准资料是为了给更精准的脱贫做支撑……

看到村里贫困的面貌，朱自成鼓动企业爱心人士为村贫困户捐赠了床、被褥、书桌、书柜、洗衣机、电冰箱等日用品，帮助贫困户粉刷了房屋。他还偷偷资助过村里一位差点儿辍学的女大学生。那家人本来就不富裕，后来姑娘的外婆去世，接着父亲出车祸又花了不少钱，将上大三的姑娘拿不出学费，本想辍学，但被去他家走访的朱自成拦住，硬是塞了6000块钱让姑娘继续学业。

村民高民是朱自成的“一对一”帮扶对象。高民两口子60多岁了，身有残疾，无儿无女，唯一抱养的孩子还在18年前离家出走，杳无音讯。朱自成不仅帮高民买了四只羊，给他修了灶房，盘了锅灶，修了简易厕所，粉刷了房屋，帮他拉麦子磨面，日常生活中诸多关照，还对高民承诺：“你娃不养你我养你，我就是你儿子。”

朱自成真正把让礼村当成了自己的家，对村民的关怀、照顾无微不至，可正是因为顾了村子这个“大家”，他在很多时候不得不舍弃自己的“小家”。

2017年2月，远在兰州的弟弟打电话说父亲病重住院，朱自成听后很是牵挂。他18岁离开家门，到新疆当兵一干就是20年，这20年中只回去过四次家，转业到陕西后工作一直很忙，也没能照顾老人，心里一直很内疚，但村里的扶贫任务又很重，怎么办？犹豫了一夜，最终没能回去探望父亲。对此，朱自成一直身怀歉意。

村子距离朱自成城市里的家30余里，到村里任职以来，他一心扑在村子里，经常没有周末、节假日的概念，十天半个月不着家是常事，而“最高记录”竟是连续38天没有回家，38天没有条件洗澡。昼夜连续辛劳，顾不得洗澡和换衣……

2017年暑假，朱自成把十岁的儿子带到了村上。他要让儿子认识土地，了解自己的工作，让孩子在庄稼和蔬菜的播种、收获中体验农耕劳作的完整过程和苦乐酸甜，知晓一米一粟都得来不易……当然，这也是他难得的“亲子良机”，否则，在村子和孩子之间，他真的很难两全。他在边防部队、在扶贫一线这么多年，自感亏欠儿子和妻子太多，这个特殊的暑假，让因为扶贫工作很少陪儿子的朱自成心里感到了一丝欣慰。

在让礼村，朱自成最初吃住在村委会的办公室里，早上吃个馒头，中午吃包方便面，走村串户，宣讲政策、统计造表，忙忙碌碌一天就过去了。后来，他搬到了一个外出打工村民闲置的院子里，在村委会附近。住宿的那间房子里靠墙角只有一个木板床，另外一角是用废旧木板搭建的桌子，上边放着一台打开的笔记本电脑，桌子旁边堆着一堆方便面。一日三餐对朱自成来说虽不至于“风餐露宿”，可也经常是匆匆忙忙，应付了事。

朱自成作为“第一书记”为村民、村子殚精竭虑、辛勤付出，村民们看在眼里，念在心里。朴实的相亲们总想为自己的“黑蛋书记”做点什么，于是，隔三岔五，朱自成清早起来，一推开门，就会在门口收获一些意外的惊喜：要么是一把青菜、一捆葱、一袋青辣椒，要么是一小篮子苹果、几个西瓜，又或者是村民自家做的几个馍、一碗凉粉……每每看到这些带着乡亲们淳朴心意的果蔬吃食，朱自成的心底就会涌出一股莫名的暖流。

他在日记里写道：

早上帮助一户不知名的百姓收豆子。今天下午一户群众给我送来了她自己做的面，很好吃，晚上又有一名群众送来了她家自己种的菜，还端了一碗自己做的凉粉。很感动。

7月11日，晴。感动是相互的。今天中午，贫困户王原元的爸爸用“轻便车”（前面装一个轮子，上面放几块木板，不掌握技术的人还推不了这车。）推了一小车用羊奶浇灌的西瓜送到了村委会，老人自带小桌，切瓜刀，冒酷暑，顶烈日。老人说：“你们为王原元操碎了心，我想和你们交流一下”。大热天感动死人了。

盛夏的院子里闷热异常，蚊虫肆虐，墙角有原主人废弃的大塑料桶，朱自成简单改造，架在高处，引了一条管子，晒上水，时不常地半夜里热起来可以冲个“热水澡”。他的奢侈品是一顶蚊帐，还是包村的大学生干部魏颖送给他的。每天忙完基本都在半夜凌晨，这汉子钻进蚊帐就鼾声如雷。

有趣的是，院墙角有一堆柴火，村里一只老母鸡经常若无其事地隔三岔五溜达进来下蛋。朱自成回城里时购置了锅碗瓢盆，一会儿工夫，粗手大脚的他便端上来一碗热腾腾的炒鸡蛋。他专家一样地说：“这是真正的土鸡蛋，这是鸡吃苞谷下的蛋，不然颜色没有这么黄。要是不驻村，就没有这个生活经验……”

用脚丈量村情民情，用情用心帮扶贫困户，朱自成他们天天在思谋着村子长久的脱贫之计——如何才能让整个村村民真正过上好日子？

让礼村杨坡赵组的道路多年来议而不决，这是村里最后一条没有硬化的土路，一到雨雪天气全是泥，组里24户100多人出行非常不便，西瓜、西红柿、大葱等作物要运出来得绕路远走。朱自成积极与市、区沟通协调，投资190万元的村委会至杨坡赵的道路硬化项目现已完工。

吃水、灌溉问题一直困扰着老百姓，朱自成曾亲眼看到大旱对农作物的影响，部分瓜果绝收，老百姓对水的渴望就是村委工作的动力源。目前，投资40万元的打井项目已经落实，很快，老百姓将告别吃水难和灌溉难的历史。

近年，各地组织农技专家深入田间地头，直接为农户解决农民生产生活中遇到的技术难题，令农民开了眼界、长了知识、得了实惠。然而，一方面，科技下乡大多时间短，多采用“灌输”“填鸭”的方式，有些科技人员在讲解相关知识时习惯于使用专业术语，农民经常听得一头雾水；另一方面，一些科技下乡活动只局限于赠送书籍、展览图片、播放录像、举办讲座和培训班等，往往是理论传授多、实际示范少。在发放的技术资料中，有些术语字词生僻，文化水平不高的农民更是看不懂。

鉴于此，朱自成专程请来西北农林科技大学的农业专家，研究让礼村的土质和气候，发现条件很适合种蔬菜，产出的蔬菜个头大味道好，营养价值高，西红柿能长到初冬时节，权当水果吃。村民也有种植、养殖的传统和经验，村里现有特色农业种植面积已达千亩以上，其中有越夏西红柿、西瓜、甜瓜、杂果等。

这些是不是资源？

如何变这些资源优势为发展优势？

如何能形成稳定的扶贫模式，造血不输血呢？

经好心人搭桥，朱自成终于成功引进爱心企业，帮扶村里发展产业，首期产业资金200万元，按照绿色发展理念，策划了越夏西红柿、土鸡养殖和豆腐加工三个项目，在带动贫困户的同时，壮大集体经济。

“搞蔬菜种植，一定要让村民改变施化肥、打农药的传统观念，就施农家肥，蔬菜直接到城市的餐桌……”对接座谈会上，爱心企业集团董事长何志方对村委会胡耀云主任提出要求。

“扶贫先扶志，我必须要一个有精气神儿、能沉下身子的项目带头人。”何志方睿智的目光扫了一圈，最后落在身边的“黑蛋书记”朱自成身上。

朱自成没有畏难而退，互相欣赏、理解的目光碰在一起：“我愿意干！我们扶贫都是用心用情的，来真的，不做样子。”

何志方说：“帮助让礼村，我们不图一分利，不图任何回报，所有收益都留在村上，目的是让老百姓通过自己的努力，实现脱贫致富。我们扶贫也不撒胡椒面，要形成帮扶模式，要造血，不是输血……”

说干就干！会上，朱自成被何志方就地任命为“特首”，自此他成为让礼村真爱种植养殖模式的带头人。那一天，朱自成把自己的微信号改为“功到自然成”。

朱自成不是一个人在战斗！这也正是他的底气所在！在他暂住的这个不起眼的农家院子里，扶贫有四支力量：驻村工作队、驻村第一书记、街办包村干部、村两委班子成员，四支力量的共识就是在这个小院子里凝聚形成的。

驻村工作队长王飞到村上不久，经过两个月的入户走访，看到群众生活的疾苦，心里很不是滋味，当时就在想，苹果是咱的主导产业，但群众辛苦一年，也赚不了多少钱。他与其他干部自筹3万元，设计并印制爱心果箱3000多套，通过“临时党支部+合作社+贫困户”的模式销售爱心苹果，一个秋季，在社会各界爱心人士的支持下销售1000多箱爱心苹果，利润达3万多元，还召开了村扶贫成果分享大会，从扶贫扶志的角度表彰了四户贫困户，起到了示范带头作用。下一步，他还打算用销售爱心苹果赚来的钱成立“临时救助基金会”，帮助群众应付突发事件。同时发展集体经济，在村上自办小型加工厂来生产加工销售苹果醋，实现苹果利润的最大化，使村上的闲散劳动力得到更多的就业机会，让他们忙时务农，闲时务工，增加收入。

“第一书记”就像一滴水，融入泥土滋润一片绿荫；“第一书记”就像一盏灯，引领群众走出贫穷泥沼。

土地和大自然是最好的老师。沉下身子扶贫的“黑蛋书记”朱自成，驻村后皮肤更黑了，双手长茧子了，但是自己在土地上实实在在踩稳了，觉得接地气，有底气了。

浪子回头

李永回家了。

这个打过架、坐过牢、挖过煤、修过路，像浮萍一样漂泊半生的让礼村村民终于回到家乡。

22年前，心怀绝望的李永卖掉了家中的房子，开始了长达20年的打工生涯，在各类工地上过着“一人吃饱，全家不饿”的生活，成了一个名副其实的“流浪汉”。四年前，他因一场交通事故导致九级伤残，在医院住了十个月，又在附近租房养了三年伤。这时，他已经年过半百，再也干不了重活。他感到老了，想回家了。

这么多年，维系李永和老家的，只是他的户口、亲戚、熟人，还有一直寄住在三姨家的75岁的老母亲。打工时，没有钱，他每年回家两次。

几年前，让礼村自然条件恶劣，经济发展落后，尚有许多贫困人口。2017年2月，孤身一人的李永，从33公里外的县城出发，回到了户口所在地。李永没有成家，没有住房，没有职业。摆在他面前的是基本的生存问题。“我回来简单，但以后吃什么？住哪里？靠什么谋生？生病了怎么办？这些就复杂了。”

在他纠结的时候，村干部们已经动起来了。村支书李春城和第一书记朱自成主动找到李永，登记造册，建档立卡，将他列入全村贫困户名单。根据扶贫政策，他符合申请移民搬迁安置住房的条件，个人出资5000元就可住上一套50平方米的新房，先解决他无处落脚的问题。在得知他有养羊的想法后，镇村干部还告诉他可以申请政府贴息的免抵押、免担保的信用贷款。

对这些政策，李永半信半疑。因为他有过贷款没还的不良记录，失信户哪能再贷上款?

原来，30年前，李永父亲尚健在，一弟两妹都长大成人能够挣钱了，家里便从农信社贷款盖上了新房，一家六口感觉生活有奔头了。但随后接二连三的灾难摧毁了他们的生活：1990年，李永的弟弟被人打死；1991年28岁的李永因与人争执斗殴伤人被判入狱服刑；1995年他刚刑满出狱，就又得知在广东的妹妹家出事……万般无奈之下，李永决定卖房。两代人的心血换到了7000元钱。他将7000元钱一分为二，3500元寄给在广东的妹夫救急，另外3500元还了三笔农信社贷款中的两笔。李永说，当时也想过一下子还清贷款，但家已经破成了这样，实在没办法了。20多年来，李永偶尔会想起还有一笔贷款没还，但因长年在外无法顾及。就这样，他家最后一笔708元的贷款拖成了呆账，县农信社都改制成了农商行。

回乡后，李永决定养羊。在自认为贷款无望的情况下，2016年3月，李永来到石泉县找到一位过去挖煤时有“过命交情”的朋友，赊了人家103只羊，共欠4.3万元。能不能给这个失信的贫困户放贷？村镇干部李春城、朱自成跑上跑下，县农商行研究后决定“特事特办”，一周之内，就为他发放了五万元三年期的贴息贷款。这种免抵押、免担保的贴息信用贷款，是农村信用社联合社专门开通的农户脱贫贷，目前已为全省14.5万多贫困户发放了62亿元的信用贷款。

感动之余，李永主动到农商行还清了那笔708元的贷款，本息共计1700元。贷款解决了李永的大问题，他不仅还清了赊羊的费用，还建起了羊棚，购买了饲料，过起了每天定时定点放羊的“羊倌”生活。

有了钱，李永对养殖更加上心。这钱来得不容易，得花好每一分。他将汽车轮胎一切为二，周围再固定上木桩，发明了“只能伸进去头”的羊槽。这样可避免羊蹄把食料弄脏不吃，有效节省了粮食。养羊第一年就让李永信心大增。第一年他卖了17只羊，赚了1万多元钱。他打算第二年再卖30只，算下来应该能挣2万元，今后生活应该没问题了。

“娃子命好，赶上了国家脱贫攻坚的好政策。要是放在过去，他这赤条条的一个大光棍，村上还真是没有办法。”村支书李春城感叹。

最近，李永放羊时不慎滚进沟里而致骨折，坐在县城骨科医院的床上，他哀叹着自己的命，眼睛里硬憋着泪花。

骨折一共花了1万多元，但新农合就报销了8000多元。他鼓足了继续生活下去的勇气：“我觉得回来太对了，在老家也能挣钱养老，也能脱贫致富，生活还有保障。”

门坎门坎，过去了就是门，过不去就是坎。

养伤的他有时间留意到院子的一拨子长势旺势的紫斑竹。他观察到，竹子生长的过程充满了趣味与玄机，竹子前一年时间仅仅长了一点点，他用手量过，不足三厘米，第二年开始，以每天一尺的速度疯狂地生长，仅仅用了几周时间就长到了十几米。其实，在前面的一年，竹子看似没怎么长高，却已将根在土壤里延伸了数百平方米。竹子似乎要告诉这个命运多舛的男人：没有一蹴而就的事情，有时看起来没有任何回报的付出，是为了深深地扎根。

现在，李永有两个愿望：一是待年移民安置的新房建好后，把借住在三姨家的母亲接回来，让她享几年清福；二是用好贷款的每一分钱，把羊养好。

类似的情况不止李永一个人！

村里还有一个人叫乔战文，年近60岁的他身材高大、声音洪亮。看上去能跑能走的他，却是一名带伤退伍的军人。他1978年参军入伍后，父母亲相继因病去世。参军的第三年，一次意外事故使其脊椎出现裂缝，从此无法从事重体力劳动。1982年退伍后，家里的几个兄弟已经分了家，他就暂住在村里以前养牲口的窑洞里，从此过起“出门一把锁，进门一把火”的孤单生活。身体不行，干不了重活，挣不下钱，一直没有娶媳妇。后来，乔战文打过零工，当过林场看护，也帮别人养过蜂，可挣的钱只够填饱肚子。时间久了，村里人就说人高马大的他是个懒汉，成天装病不想干活，这才成了村里数一数二的贫困户。面对村民的议论，乔战文说：“那也没办法，咱总不能逢人就给人家看病历吧！”

几年前，乔战文被确认为贫困户。随后，帮扶干部不厌其烦地到他家查看实情，帮他想办法解决困难。先是帮其从住了30多年的窑洞里搬了出来，住进两室一厅一厨的新平房，以前的战友们也纷纷给他送来电视、冰箱、沙发等家具。后来村互助资金协会又给他办理了1万元的贷款，帮他建起了蜂房，养起中华蜂，养蜂一年收入了7000多元，三亩半土地流转又赚了1800元，因脱贫成效显著年底村上奖励了600元，加上各个节日的慰问金，他当年的现金收入已经过了万。

“我今年春节过得跟以往都不一样！三十晚上侄子让我去他家过年我都没去，我给他说我正看春晚、包饺子呢，炉子上还热着提前买好的酒。”

初春的一场小雪让逐渐回暖的天气又添了一丝寒意。脱贫明星乔战文，正在家门口小心翼翼地察看他的“致富帮手”——蜜蜂。

细心的李春城发现，无论是李永还是乔战文，都变得性情开朗，爱热闹起来了！

房子盖了，日子变好了，经济上也正在翻身，心里没有压力了，心情自然好了。原先见到哪里热闹总是躲得远远的，而如今变得哪儿热闹就喜欢往哪儿凑。见了乡党也总是高高兴兴地主动上前打招呼……

返乡创业

小时候，鄢小珍努力学习的梦想就是走出这块沟壑，不当农民。现在，她所有努力的目的却是当个合格的职业农民。

她回乡发展有机种植养殖产业，提倡施“粪肥”，反对用“化肥”，抵制各种农药和除草剂。她提倡散养，每次10000只鸡崽赶进深沟里，一少半会被野兽吃掉，或者变成真正的“野鸡”，她养的鸡都是站在树上睡觉的。

小珍的家以前在村西头的深沟里，叫土门公社，小时候家里很穷，父母都是农民，家里姊妹五个，她排行老三，九岁开始上山放牛，大家叫她“放牛娃”，贫穷却开心。小珍引人瞩目的是长着一对大耳垂，从小村子里的老人都说这女子今后要大富贵的。

初中毕业为了减轻家庭负担帮弟弟妹妹攒学费，小珍主动放弃了上高中的机会，走出大山，到西安一家皮鞋厂打工，这段经历成了她的人生一大财富，让她学会了知足，懂得了感恩。

后来，七年农业机械销售的经历让她赚到了钱，更让她视野大开。但是，她在城市里找不到自己想要的生活和幸福。她经常看到一些食品安全的新闻，一个月迅速长大的鸡，用有毒调色剂泡制的食品，以及身边人不断出现的怪病让她心惊……小珍经常悲悯地想：污染最严重的其实不是城市的环境，而是我们的身体。

她认为，社会上出现的怪病与环境有关，现代农业化肥、农药和除草剂用得太多，许多年轻人生娃有问题。她感叹说：“早些年，一些昂贵的东西变成免费的东西，被充了公；现在，一些原本寻常或免费的东西却变成了奢侈品，就算你有钱，也大多买不回来了。”

2014年她回到家乡，看见家乡的年轻人越来越少了，土地没人种了，村子成了名副其实的“空心村”。

农村空心化、务农人员老龄化，明天谁来种地?

民以食为天，都不种地未来我们吃什么?

田园将芜，胡不归?凋敝的村庄让回归的她感到痛心，她的心被强烈的乡愁纠结着。以前，她的记忆里，田地里跑动着野兔野鸡，村庄的牲口多，猪羊鸡狗猫兔满处跑。她决意回到生养她的大山中来，天人合一。其实，她销售的农业机械唤醒了她心底对农业的热爱、对土地的迷恋，这七年时间也让她累积了一些农业方面的经验。她高薪聘请农业大学的专家来给家乡的土地“号脉”，发现大片的土地被糟蹋、板结、微生物失衡。她下定决心要自己种一片地，把村民闲置的土地承包来统一种植。

随后，她注册了新农基农业开发有限公司和种植养殖专业合作社，她创建的“土门公社”抵制“现代化农业”，提倡有机养殖、种植。公司的定位是：为城市打造绿色厨房，为农村架起致富桥梁。

她一家一户找村民做思想工作，有时谈到深夜摸着黑深一脚浅一脚回家，费了好大的劲才把合同签订下来。合同中明确要求农户种植时不使用除草剂、化肥、氮磷钾这些公认的致癌物。

目前，社会上“现代化”高速养猪法已经普及到成千上万个各种各样的养猪专业户当中了。小猪从10多斤到50多斤，吃拌有添加剂的饲料，每天长一斤多肉，这时候的猪还有精神在猪圈中跑几圈。小猪长到50斤以上时，随着这种拌有添加剂的饲料摄入量的增加，开始大量喝水，每天要长两三斤肉，这时的猪开始出现24小时几乎都在睡觉的状态，除了吃食时被人打醒。

为了让猪毛发亮、漂亮，卖出好价格，猪长到100斤的时候，每天饲料中除拌入添加剂外，还要加入几斤化肥尿素颗粒。这种靠喂拌了添加剂和化肥的饲料而被快速催肥的猪，必须在300斤左右卖掉，否则猪就站不起来了。这饲料添加剂含有大量激素、安眠药等药物成分。这一事实，所有的养猪户都非常清楚，所以，他们自己大都不吃用靠添加剂催肥而养出来的猪。

小珍给村里的贫困户提供了优质品种的黑猪崽，不打抗生素、不用添加饲料，不喂食化肥，让村民按照传统饲养方式来喂养，并签订了回收价格和时间的协议。

小珍还在一个快被人遗忘的山谷修盖了20余间茅草屋，创办了“土门公社”大食堂。十间房作食堂，十间房作民宿客房。也许大地才是一粒真正的安神药品，在这里，山谷的夜晚黑得彻底、纯净、安宁，住在“土门公社”的民宿里，地气就从土地最深处慢慢地渗出来，草木在夜晚也散发着清芬。她在一个三面环水的小岛上承租了农户两百多亩土地作为“土门公社自留地”，种植核桃树，树下散养鸡，种时令蔬菜，西红柿不催红，黄瓜坚决不打药、不使用膨胀剂。

她还在洋芋沟流转了2000亩山林，林下放养20000只芦花鸡。然而，当她看着地里日益增多的白花花的土鸡蛋，联想到它们的销路，她既高兴又发愁，竟连续几天失眠了。突然有一天，她产生了一个想法，建一个网络销售平台，借助网络的力量，把鸡蛋销出去。于是，她开了一家微店，将鸡和蛋拍成照片发到网上，呼唤城市的朋友们前来捡鸡蛋。这一招真灵，城里的游客接连不断地带着小孩前来捡鸡蛋，大人小孩都乐在其中。

被断绝与自然的脐带，是多数都市病的根源，城市人需要精神上的乡村，需要在乡村找乐子，农村人需要挣钱。随着游客们口口相传，来“土门公社”捡鸡蛋的人越来越多，订单也慢慢多了起来。

土鸡、土鸡蛋、大豆、稻谷源源不断地进入城市里，休闲农业 + 乡村旅游+电商平台，让大山中的好产品走向城市。绿色、生态、健康、融合、共享，是她的理念；原汁、原味、原生态，是她的追求；打造一方远离闹市的清净之所，是她的愿景；为当地带来更多就业机会并促成配套服务的发展，是她的目标。

小珍尊重农民的一切，包括他们的狭隘和胆怯。她明白，热爱国家，就是热爱你站着的这片土地，热爱乡土上的一座座村庄，热爱村庄中进行着的朴素生活。她不挖山，不填塘，不砍树，不截断河流，不取直道路，视林如子，视山如父。

小珍的想法很简单，就是想为大家提供天然、健康、绿色的食材，想让旧时那原生态的味道不要逝去，让每一位来到“土门公社”的客人都能缅怀过去那美好单纯的岁月。

她号召村民们将自己家里的土鸡蛋、野菜、香椿以及游客喜欢的其他农产品都送到“土门公社”。往日的春天里，村里的大婶大妈都在打麻将、晒太阳，“土门公社”开业以来，大婶大妈都去地里挖野菜了。

一方面，小珍通过承包土地直接付给村民租金，让村民有了收入；另一方面，她又雇用村民在承包来的地里进行种植养殖，付给他们工钱，也解决了一部分人的就业问题。村民们因此增加了收入，脱了贫。她暗下决心，要与乡亲们一起打一场脱贫攻坚战。

很快，成效来了，许多在外创业的土门年轻人纷纷返乡，曾经的“空心村”也蜕变为远近闻名的生态公社。“土门公社”目前直接用工上百人，更多的村民加入到合作社来了。公社发展了，群众不用外出，在家门口用自己的双手就可以脱贫致富，她认为这才是最长久的。

以前村里的年轻人不读书也不找工作，上午都在睡觉，下午才陆续起来，打牌喝酒吹牛。加入合作社后，村里年轻人的变化，让村支书吃惊：“早上就到养殖场了，肩挑手提的，原本一个个白白嫩嫩，现在晒得比我还黑。”

县长来了，副市长来了，国家级农业专家来了。农业专家高度地评价小珍走在了“趋势的前边”，盛赞土门公社是“一种超前的生态农业模式”。“名气”渐大的小珍还参加了全国农场主首期培训班，学习了“一号文件”，知道了“绿水青山就是金山银山”。

长远规划，她还打算在一个三面环水的小岛上租农民房子开十几间民宿，民宿里管家和服务员的收入不比城里低，有了民宿，有了好工作、好收入，何愁青年不回乡？年轻人回流了，乡村才有希望。

小珍不懂所谓的营销和技巧，她所有的做法都是本能的，顺应内心需要的。她在微信圈里推出活动“乡村守望 我在山里有块田”活动，掀起一股城市人的认领风，来土门旅游的城里人可以花1000元当场认购一分菜地，种啥菜城里人说了算，在田里种菜的都是当地贫困户，种一分地一年能有1000元的收入，菜是自然生长的原生态蔬菜，收获后被快递到城市认领人手中。

菜地里安装了摄像头，远在千里的认购人通过手机就能看到自己菜地里菜的生长情况。

一小片菜地连接了城乡，把城市的爱心带给了贫困户，把大山里的原生态蔬菜送到了城市。小珍的田地认领活动推出短短一个月就有三百块地被认领，这就意味着又有很多贫困户将因此受益。

小珍对内心的索求远远大于对现实的索求，她以回归的形式在人群的边缘观察，清楚地看到社会大部分人的问题和危机。在城市里打拼十几年后又走回原点，在这自己出生的山沟里，她注定要经历很多艰难困苦，也要经历心酸和甜蜜。

但是她想，一份付出一份收获，她对未来充满信心。

合作社

一个地地道道的农民，放弃城市的临时工作，返乡建了一个合作社大棚基地，竟然起了一个文绉绉的名字——“梦中梦”。

崔普选有一个梦，希望能再建几十个大棚，让自己的日子过得好一点儿，让村里和自己一样的贫困残疾户生活好起来，对曾经帮助过自己的邻里乡亲有所回报。让礼村瑶曲组“梦中梦”合作社创立人崔普选，身残志坚，立志用行动努力实现自己的梦。

大棚里，油绿发亮的辣椒、脆格生生的黄瓜、鲜嫩圆润的西红柿挂满枝头，崔普选正和村民们忙着采摘。一大早，这些纯天然、无公害的蔬菜就会摆在附近的菜市场上。因为崔普选采取的是无公害化种植，不上化肥、不打农药，注重蔬菜的品质，除了蔬菜批发商前来批发菜之外，还有慕名而来的人来买菜，人来人往，络绎不绝。

“我2005年就想种大棚菜，去年才梦想成真，带领和我一样的15户贫困户入股种了11棚……”崔普选一边说着，一边起起伏伏地走着。这个右脚残疾、穷了大半辈子的汉子，终于在59岁时圆了自己的“大棚梦”，还带领村里的贫困户一同走上致富路，成了村里的新传奇。

幼时，崔普选因一场医疗事故，右脚落下了终生残疾。他和妻子一直靠种植10余亩玉米为生。后来又有了儿子、儿媳、孙子，全家大大小小五口人，日子过得很是艰难。由于他身有残疾，又缺乏一技之长，附近有时有临时用工，人家宁愿用女工也不愿意要他，全家人的生活都寄托在那些庄稼上，每天趴在地里侍弄那些庄稼，也只能勉强维持温饱。

村民沿川道、山梁分散居住，受地形限制耕地较少，农业发展水平低。对于有劳动力的家庭，靠外出打工可以勉强不愁衣食；但缺劳力、负担重，或者有残疾人的家庭则大多陷入了贫困。过上衣食无忧的富足生活，是每个人的梦想，崔普选也不例外。这个梦始于2005年，朋友周赤平是他脱贫致富梦的"造梦人"。2005年，崔普选认识了专门从事农资销售和大棚蔬菜种植推广的周赤平。看到老崔的日子这么难，周赤平很想帮他一把。凭借多年推广大棚蔬菜积累的经验，周赤平认为崔普选家的土地在光照、水源等方面的条件都非常适合发展大棚蔬菜，便向崔普选提出建议，并愿意帮他。

当时的崔普选因为家庭负担实在太重，只能勉强糊口，根本没有多余的资金。于是找一位在省城政府部门工作的亲戚帮忙，寻得一份在城里给工厂守门的工作，每月1500元，车进车出，门开门闭，不分昼夜，好在他自己抽空在门房做饭，省下的钱捎回老家补贴。这个致富梦便因此而"沉睡"，一晃就是十年。

2015年，崔普选被确定为建档立卡的贫困户。镇上、村上的各级领导干部纷纷为他家的脱贫出谋划策。崔普选觉得不能再这么消沉了，"沉睡"多年的致富梦该用自己的汗水将它浇醒了。

于是他放弃了在城市看门的活儿，返乡后主动联系了周赤平要种大棚菜。周赤平一听，便立即带来了高级农技师，先后取了三次样土，分别在省城的检测机构对土质进行检测。结果显示：崔普选家的土地钾肥、氮肥含量高，非常适合种植大棚蔬菜。

土质条件具备了，资金问题又摆在了崔普选面前。

他把发展大棚蔬菜的想法告诉了村支书李春城，书记一听，扶贫先扶志，这是个好事啊，便鼓励崔普选说："老崔，你腿脚不好，你跑不了的事情我来跑，你遇到啥困难我来解决，你只要一心一意把大棚务好就行了。"

一来二去，大家伙儿一起出主意想办法，想方设法为老崔筹集启动资金。为了坚定崔普选的信心，周赤平也主动入股建大棚。

众人拾柴火焰高，2016年12月，占地3000平方米的6个蔬菜大棚拔地而起，种上了黄瓜、西红柿、辣椒等多种蔬菜。这种新式大棚配套着滴灌设施，每个投资1.2万元，使用周期15年，菜种好了，一个棚七八个月就能收回成本。2017年5月，大棚里的第一茬蔬菜陆续上市，得益于纯天然无公害，销量很好，根本不愁卖。崔普选初尝了大棚种植的甜头。

"梦中梦"的蔬菜都是纯天然无公害的，不会为了提高产量去喷洒农药和施用化肥，用的都是从周围村子购买的鸡粪、羊粪、牛粪等农家肥。虽然产量不高，有些菜还有虫眼，但吃起来味道好，就像小时候吃的菜味道一样。

一时间，崔普选的大棚蔬菜口碑一传十、十传百，不仅销往了镇上，还走进下石节、陈家山、崔家沟邻近的矿区，就连县城、省城的市场上也有了。

"梦中梦"大棚蔬菜初上市就成了客商眼中的品牌。区委杨书记数次到他的大棚里考察调研，建议他扩大规模，带领更多的贫困户致富，还为他争取到了项目资金，修建了一条长200米、宽8米连接大棚菜基地和通村公路的"产业路"，让蔬菜运输一路畅通。驻村干部及镇上领导帮着他跑资金、跑项目。区劳模协会第四小分队深入村里，就产业扶持与他交流、出谋划策，还筹集了5万余元资金帮助他扩大规模。

“投入那么多钱，如果管理不好，扯了是些塑料纸，扔了是些铁管子，咋给帮咱的人交代?”就在大家伙儿都为选址扩建奔忙的时候，崔普选却因为担心干不好打起了退堂鼓。

为了给崔普选吃下“定心丸”，区上和镇、村干部还组织15户贫困户和他一起建大棚，每户以国家给的1万元产业扶持资金入股，一下子就为他筹集到了15万元资金，用于扩大规模。

看到这么多人鼓励他、帮助他，崔普选一咬牙：干!

在众人的期待下，2017年6月份，崔普选又建成了11个大棚，还成立了“梦中梦”种养殖专业合作社。

如今，合作社的17个大棚里，种植着黄瓜、西红柿、辣椒、乳瓜、西蓝花、豆角等多种瓜果蔬菜，有的正茁壮成长，有的正火热销售。为了保证稳定的灌溉水源，崔普选还专门打了一口70米深的机井。

站在大棚边，崔普选喜滋滋地算了一笔账：每棚黄瓜、西红柿总产量都在3000公斤左右，每公斤批发价3元。一个棚一年可以种三茬，除去农家肥、人工工资等这些投入，每个棚一年的纯收入在2万元左右。

一人好不叫好，大家好才是真的好。崔普选的致富路越走越顺了，心里的牵挂也越来越多了。

他说：“过去日子艰难的时候，左邻右舍常接济我，我现在发展起来了，不能把大家忘了。”于是，“梦中梦”种养殖专业合作社刚一成立，崔普选就吸纳了本村和贾曲河村、桑木渠村等邻近村的20余户贫困户来大棚基地打工，每个人每月能有1200元到3000元不等的打工收入，入股合作社的贫困户每年还可以分得红利800元。

合作社下一步还要继续扩大蔬菜基地规模，争取让村里每个贫困户都有一个自己的大棚。崔普选的精神也鼓舞着其他贫困户。很多贫困户来这里打工，不仅是为了增加收入，更重要的是学习大棚蔬菜种植技术，为发展自己的蔬菜大棚做准备。

贫困户赖粉霞43岁，老公公常年生病需要照顾，她没办法外出打工。“梦中梦”合作社成立后，她不仅入了社，还到大棚基地打工，日子逐渐好转起来。

“在这打工不仅每月有收入，还能学技术，为将来建自己的大棚做准备。老崔一个残疾人都能找到致富门路，咱更应该好好干!”赖粉霞说。

一个晴朗的午后，在田间地头，“梦中梦”合作社举行了简短的分红仪式，贫困群众都拿到了2017年的分红资金800元，脸上洋溢着幸福的微笑。

90后“牛老板”

志高没难事，火大没湿柴。没技术，没资金，只带了一颗不怕挫折的心就回乡创业了。起早贪黑，风里来雨里去，无论是严寒还是酷暑，他既当老板又当工人，到处拉稻草秸秆、红薯藤、玉米秆，把秸秆粉碎，打扫牛圈卫生，给牛儿们喂食、打针喂药……90后“牛老板”刘辉，凭着一股牛劲儿，不仅改善了自己的生活、干了一番事业，还带领村民走上了脱贫致富的幸福道路。

刘辉18岁退伍，本来是有机会留在部队的，因是家里的独子，而且又想回来做点事，减轻父母的负担，再三考虑后，他选择了放弃外面的世界，回到小山沟。

刚回来的时候，刘辉并没有想着养牛，养牛投入大、风险高、见效慢，他也像大多数从部队退伍回来的年轻人一样先后打过几份工，可是由于不具备专业的技术，打工就只能凭着自己的一身力气，辛苦不说，工资还不高。再加上长期贩牛的父亲也一直希望他能回来帮帮自己。这时候，有个想法开始在刘辉的心里萌发，开养牛场，养牛。父亲有长期贩牛的经验，知道这些年肉牛市场的行情，还认识一些养牛、贩牛的专业户，再加上地广人稀，家家都种玉米，不愁牛的饲料，而且村子又紧邻高速公路，运输也很方便。综合考虑了种种养牛必备的要素后，父亲觉得刘辉的想法很靠谱。养殖肉牛相对来说风险小，创业还能拿到国家补助，这对于刘辉来说无疑是很适合的。

在得到父亲的同意后，刘辉就开始做前期预算了，建场、买牛、买机械等加起来大概需要40多万元，找亲戚朋友借、贷款筹到了一些钱，家人也是把全部家当都拿了出来，可是还差10多万。在当地政府的帮助下，他又申请了农机合作社扶持的项目资金12万元，历尽周折，总算是凑够了前期需要的资金。2015年3月，刘辉着手流转土地，建场，买打草机、打苞机等器械，又去旬邑买了80多头秦川牛，就这样，占地24亩的养牛场在刘辉的努力和坚持下总算初具规模。硬件条件必不可少，可软件条件才是核心。为了能多掌握一些养牛的知识，在当地畜牧站的推荐下，刘辉又去了省农业干部学院免费学习了一个月的有关配种、兽医等常用知识。

起早贪黑，风里来雨里去，无论是严寒还是酷暑，他既当老板又当工人，到处拉稻草秸秆、红薯藤、玉米秆，把秸秆粉碎，打扫牛圈卫生，给牛儿们喂食、打针、喂药……

一切看起来都充满着希望，可是没有什么事情会是一帆风顺的，成功的路上总会经历一些困难，刘辉也不例外。2015年8月，刘辉开始为牛储备过冬的青储玉米，由于缺乏经验，他将200吨的青储玉米堆放在场房里，而且没有任何防护措施，没想到，没过几天200吨玉米就被老鼠全部糟蹋了，这不仅给刘辉带来了巨大的经济损失，更意味着牛一时没了过冬的草料。两年的当兵经历塑造了刘辉不怕困难的顽强意志，他调整好心态后，又紧急雇人，到本村和邻村去收了1000多亩地的玉米秸秆，尽管秸秆的口感、营养都比不上青储玉米，可是总算解了刘辉的燃眉之急。说起这段经历，刘辉说："吃一堑，长一智，虽然这件事给我造成了损失，可也让我明白了养牛不仅仅要费力气，更要多动脑子，多学知识。”

这件事后，刘辉闲下来就翻阅有关养牛的书籍，向有经验的人请教，向当地的兽医学习，定期给牛体检。有了刘辉的精心照顾，80多头牛长势格外好，还产出了小牛崽，2016年11月，刘辉养的牛第一次出栏，共出栏了九头小牛崽。挣了两万多块钱，这也是刘辉的养牛场的第一份收益，虽然钱不多，可也意味着一个良好的开端。

村里虽然很多人都养牛，不过都是小打小闹，没有形成规模，牛贩子就不愿意来，而且收牛的时候也会故意压低价格。刘辉心想，如果自己能成立专业合作社统一养殖，不仅能扩大养殖规模、吸引牛贩子前来收牛，还能减轻购买草料等的成本、提高肉牛的品质，这不是一举多得的好事吗？村里其他四户养牛较多的村民也都同意联合成立养殖专业合作社，扩大养牛规模。说干就干，刘辉第二天就跑到镇政府了解成立合作社的条件，在镇政府的帮助和支持下，2016年8月，种养殖专业合作社正式成立，刘辉任法人代表。

合作社成立了，养牛场规模扩大了，刘辉肩上的责任也更重了。养牛场里不仅仅有自己的牛，还有别人的30多头牛，刘辉更是打起了十二分的精神侍弄这些牛，生怕它们再出什么问题。可是，天有不测风云，2017年2月，接连而至的几场大雪，把刘辉2000多平方米的牛棚全部压塌，还压死了四头牛，压伤了两头牛，损失了近30万元。

看着被压塌的牛棚，想想前面付出了那么多的人力、物力、财力都打了水漂，是真想放弃呀，可是哪能放弃，欠了人家一屁股的债，靠卖了这些牛也还不上多少，再说，如果放弃了难不成再出去打工？思前想后，刘辉咬咬牙，给父亲和合作社的其他养牛户说：“重建场房、接着干。”镇政府工作人员在了解到刘辉的困难后，也非常关心他和他的养牛场，经常来养牛场了解情况，还帮助刘辉申请到了就业局的10万元小额贷款，刘辉用这笔钱又把重建了牛棚，虽然面积比以前小了许多，可是，这个坎儿总算是过去了。

为了坚定这个90后小伙子养牛致富的决心，让他带领村民脱贫奔小康，镇、村干部组织数十户贫困户和刘辉的合作社签订了贫困户精准扶贫肉牛养殖协议，协议内容包括：刘辉用国家给每户贫困户的一万元产业扶持资金为贫困户购买两头肉牛，贫困户可以选择把肉牛领回家自己养，达到销售条件后由合作社负责统一销售，也可以选择让合作社代养，选择代养的贫困户可领取每年1000元的保底分红，并且卖牛所得收入也归自己所有，合作社向贫困户提供的牛在一个月之内由于疫病死亡的，合作社承担赔偿责任。协议的签订，帮助刘辉扩大了养殖规模，但也意味着他必须承担风险。刘辉说，既然签订了协议就要负起这个责，而且这些贫困户指望着这牛改善自己的生活，得让他们顺利地把牛养大，卖出去。

说起这些肉牛，吃的饲料都是农民自己种的紫花苜蓿、玉米，合作社会定期去山上放牛，所以，这些牛不仅长势好，肉质也很鲜美。

功夫不负有心人，如今的种养殖专业合作社存栏牛有150多头，预计年底将出栏20多头，刘辉的肉牛也因为它的好品质吸引了很多公司前来考察，合作社与有的企业已签订了合作协议，为他们长期提供肉牛。刘辉的创业之路越走越顺，越走越宽。

养殖专业合作社刚成立时，刘辉就吸纳了本村的贫困户来养牛场打工，长期雇用的有四个人，每人每月2000元钱，管吃管住，忙的时候再雇人，最多的时候一天雇了20多人来干活，男工每天120元，女工每天90元。60岁的贫困户王有学，老伴和孩子身体都不好，家里就靠种几亩玉米和自己出去打零工维持生活，随着年龄越来越大，找零工越来越难，而家里的生活也越来越窘迫。养殖专业合作社成立后，他家不仅入了社，把两头牛交到这里代养，王有学还到养牛场打工，日子也好转起来。

王有学说："在这儿打工每月管吃管住，还有2000元的收入，每年还有分红，牛放在这里养也不用操啥心，家里有事我还能照应上，心里高兴得很。"

高原秋色已重，阔野百草泛黄，合作社养殖场人气鼎沸，一片忙碌。

有村民来参观，刘辉会主动做工作说："养牛这个行业，当真是个好行业，比种地划算，也比在外打工强，不愁销路。如果你想弄，从购买牛犊到饲料配制，从技术指导到经营销售，我全力帮助……"

新风口

农产品有农药残留和添加剂的本质问题是农民生产出来的东西得不到市场的认可，也没有给予合理的价格，低质和低价恶性循环便在所难免。

有没有解决的办法呢？互联网让我们看到新的可能性。一方面互联网使产品可以直接面对消费者，而不是经过层层批发。另一方面，基础设施日新月异，高速公路四通八达，运输效率大大提高。

农村配送成本要比城里高五倍以上，快递企业一般只送到乡镇一级，不愿再向下派送。乡村物流成本高，快递不愿去怎么办？

电商下乡，物流是最大的挑战之一。让礼村原高路远、地点分散，物流成本高，配送时效低。如何对症下药，精准施策？好在省里连续两年安排省级电子商务产业扶贫资金，重点支持贫困地区物流配送体系建设等，打通最后一公里，将物流体系延伸到最边远的乡村。如今，一份土特产从网络下单，然后地里收割、挑选打包，再经过物流送到消费者手中，最快只需要24小时，这就是让礼村一家科技发展有限公司打造的农村电商平台。近年来，在乡村，随着返乡创业的年轻人越来越多，依靠互联网和农村电商平台创业，并以创业带动就业，正成为“新风口”。

好像一夜之间，乡村物件，如布鞋、草垫等都能变商品，外面都稀罕买。

37岁的刘舍，在零售业已经打拼了十几年。从卖化妆品到卖裤子再到卖内衣，他的生意越做越大，2014年达到高峰，在县城里开了七家连锁店。然而，由于网购的冲击，刘舍的生意从2015年开始快速萎缩，七家店最后只剩下了一家。这让他见识了电子商务发展势头之迅猛。经过慎重考虑，刘舍决定顺应潮流，也要加入电商行列。他花了40万元从北京找公司搭建电商平台，主打销售本地的农畜产品，只要农户或企业有意在平台销售，都可加盟注册。

“电商平台为农畜产品拓宽了销售渠道，乡亲们对我这个平台认可度挺高的。他们白天种地，晚上有时间就上网卖特产花椒、农作物、猪羊肉、鸡蛋和瓜果，特别方便。”刘舍统计，农民在平台上卖东西，一个月能挣两三千元。自2016年5月平台上线以来，农畜产品在该平台上的月平均交易量为60多万元。过去，一件女装从北京快递到县，一般是四至五天；再从县城到村一级，又要三到四天。如今，从县城到乡村的配送时间已缩短了一半，最快半天就能抵达。

“通过电商平台在网上卖，完全不愁销路，关键是效益好，我打算扩大种植规模。”王刚大学期间主修计算机专业，一直看好农产品电商产业。了解到老家正大力推进农村电子商务，于是就带着妻儿从湖北返乡创业。在政府资金补助、创业培训、硬件支持等一揽子政策措施的帮扶下，这家主营当地花椒、辣椒、苹果等特色农副产品的网店很快上线并实施运营。

当村里大多数的青壮年都选择外出务工的时候，85后小伙儿谢锐却选择了一条“逆行”的道路。在广州和深圳工作八年后，他于2015年返乡创业，他的新身份是农村淘宝服务站的“店小二”。当年不顾父亲反对，一意孤行辞掉稳定工作回家乡创业的谢锐，如今在农村淘宝领域交出了一份亮眼的成绩单：当秋季花椒、辣椒上市时，谢锐抓住了时机，通过电商向外销售三万多斤，成交额达100万元。

电商进农村，从销售端倒逼农业的标准化、规模化和品牌化，以“电商+合作社+贫困户”的模式推动脱贫攻坚工作，通过品牌培育，推动农业产业进一步发展，通过产销对接，帮助农民增收致富。其实，谢锐只是村淘合伙人中的一员。截至目前，全县共建立村级淘宝服务站114个，2016年销售业绩约9000万元；2017年上半年销售业绩约7000万元，合伙人平均月收入约4500元。

谢锐坦言，从事农村淘宝两年多，也遇到不少挫折。2015年12月，服务站刚启动时已进入冬季，并无太多农产品可以操作，只能帮村民在网上购买一些生活用品、收发快递。转入2016年，由于刚开始操作农产品，经验不够，销售端积累资源不多，加上村民对电商认识不深，截至当年7月销量都不大。在县农业局、县农村电子商务行业协会的指导下，谢锐以及其他村合伙人找到了村淘助力农产品的模式：异地村淘之间互通集单。2017年中秋节，谢锐联合60多个村淘服务站，与村淘服务站进行首次农产品互通集单，两天时间销售苹果五万多斤。

“我帮你卖苹果，你帮我卖砂糖橘、荔枝”。对于农村电商，谢锐有自己的理解：发展农村电商，重要的是农民要参与，如果农民都搞起了电商，整个农村电商就会被盘活。这两年，村淘发展对农村电商的带动作用巨大，从一个服务点辐射一个区域，同时带动了农村物流的发展，目前顺丰、EMS、京东等快递均可直达服务站，村民寄件和收件十分便捷，逐渐养成了在网上购物和销售农产品的习惯，整个农村生态发生了变化，这在以前是无法想象的。

“开店的时候我30岁，孩子刚刚3岁，正是用钱的时候，我就想辞职创业，可是一直不知做什么好。无意中我发现有位客户发单量特别大，每次都几百件，后来攀谈起来才知道他是开淘宝店的。”37岁的刘长龙自2010年开始经营销售柳编制品的淘宝店，目前已经有两个皇冠，销量也从最初两个月接一个订单到每天近百单，年营业额近300万元。

刘长龙曾经在市区干过一年多快递员，正是这个职业让他和淘宝有了正式的接触，也正是这种接触，让刘长龙意识到，哪怕只有一间小出租房，只有两三个人，也能在网上跟全国各地的客户做买卖。凭着家乡周边柳编加工的优势，2010年10月底，刘长龙向朋友赊账2000多元买了台电脑，在网上注册了一家柳编淘宝店。然而开店两个月却一直没有订单，家里甚至几度因为没有钱交电费而断电，父母及亲友轮番劝他放弃，父母甚至还曾当着亲友的面要把电脑砸了。

“每一行都有门道儿，当初我的淘宝店俩月没有订单，后来才发现关键字很重要，重新设置了关键字，我终于接到了第一笔订单，我记得当时那个客户是广东的，购买了2个收纳筐，赚了不到5块钱。”刘长龙说，“你要会拍照，用模特、灯光等包装商品，吊起人们的购买欲。人们想买又不买，在买与不买之间需要一点儿刺激。”

很难想象原先面朝黄土背朝天的农民，在融入互联网之后变得如此博学。从学习修图，到商品介绍，到客服用语，到店铺浏览量排行，再到快递公司发货，等等，所有的事情都是摸着石头过河。刘长龙就这样磕磕绊绊地走着，一直到2012年，店里开始大批出货，2013年店里月营业额“破万”，2014年下半年起月销售额“破十万”。2015年，年销售额突破百万元大关；2016年，年销售额破200万元；2017年，年销售额突破300万元。最初，他的淘宝店就是夫妻店，现在算上客服、美工、包装分拣等，人员已经扩充至20余人，投资100多万元建设的仓储一体厂房也已经投入使用。

刘长龙最大的感受是村里人观念的转变。他说自己的网店是村里第一家淘宝店，最初开始做淘宝店的时候，父母都持反对意见，他们认为在网上做生意不靠谱，“上网”是一件花钱的事情，是不务正业。不少村民也是抱着一种看笑话的态度，认为他就是找个借口吃老本而已。随着销量的一点点扩大，越来越多的村民向刘长龙“取经”，走上了淘宝致富路。全村油布、柳编注册网店上百家，电商年营业额近3000万元。

59岁的刘大妈只上过五年学，在周围环境的刺激下，她也跑到镇上买来电脑学习上网。如今的刘大妈依靠网销柳编的本事，竟在一年半时间里盖了房、买了车，成功跻身“有钱人士”的行列。

出生于普通家庭里的王娟，自幼生活艰辛，成绩优异的她毕业后怀着眷恋和感恩之情回到家乡，决定开创一份属于自己的事业。2011年，网络宽带、物流和快递业务的“最后一公里”被打通，她立足家乡优越的自然环境，选择了散养土鸡，由于土鸡在当地养殖历史长久，且营养价值比较高，具有广阔的市场前景。她通过农村电子商务售卖自己养殖场的土鸡，且帮助群众销售核桃、苹果，给农产品塑品牌、找销路，组建新的合作社……

打工东奔西跑，不如创业淘宝；闯东北下江南，不如在家卖花篮；在家网上开店铺，家庭事业两不误……

从昔日面朝黄土背朝天，到今天鼠标一点农畜产品行销天下；从工业品下乡，到农产品进城；从卖产品，到优结构；从手机下单，到网购服务……随着农村与互联网、商业文明的飞速连接，电商这趟“高速列车”正在给乡村生活发展带来实实在在的巨变。

农耕博物馆

村子走出去的人，脑海中曾经的生活场景各有不同，但每个人对生活多年的村庄的感情却是相同的，世代相传的。断了筋骨，却连着心。

58岁的杨维耀，从村子走出去在城市打拼已经几十年了，已经成了企业董事长、县上的政协委员，但是他会常常回到生养自己的让礼村，这里是他魂牵梦绕的生命之根。他深深地感叹：忙碌是现代社会中一种普遍的生活状态，物质欲望裹挟着人们朝着一个又一个被锁定好的目标奋不顾身，为了满足层出不穷的欲望，他们像奴隶一样工作，付出了安宁、自由、快乐和健康。人生如白驹过隙，生命却在拥有和失去之间很快就流逝了。

他在城市太疲惫了，一回到乡村就浑身舒坦。天伺人以五气，地伺人以五味。村子的气味、声音、颜色、味道都在养人。在故乡，听到的蝉鸣，让他想起三岁时去外婆家路上听到的蝉鸣；劈柴时触摸到木头的纹理，让他想起孩童时的木头手枪……他身体中几十年前的记忆和本心忽然就被唤醒了。

他和土地隔绝了半辈子，农事渐成模糊记忆，可他骨子里依然是个顽固透顶的农民。看到一只在田野上空徒劳盘旋的鹞子，他就想起田野往昔的繁荣。多年前，村里几百户人家，每到农忙，田野里人喊马嘶，犬吠鸡鸣，生机勃勃。现如今，偌大的村子，人走了多半，空巢处处，苍凉之气如流行病，让守在村里的老人闷闷不乐，村庄奄奄一息，除了苍凉还是苍凉。在大槐树的附近，以前有一个涝池，村子一般都有这样的涝池，雨水旺时全村旮旮旯旯的水都汇聚在这里，天旱时村里人在这里洗衣服、饮牛。而如今，这涝池已被填平，变成平展展的一块地。乡村道路已经被国家硬化，田地里未成熟的庄稼和苹果树，还有大片的好地、平地都被铁丝网网起来了——有眼光的城市人，带着眼光和资金，准备来攫取村庄的价值。

田地里几乎看不到劳动的存在，农耕时期留下的种种辉煌，眼见着匆匆消失。70后不想种地，80后不愿种地，90后不会种地。一辆庞大的机器在草原上开过来开过去，所经之处，麦子被卷进去，麦粒被分离到后边的车厢里，农民不再是农民，只要会开车就行了，传统的看家本事全成了多余，人和土地的亲密关系被机器取代之后，人对作物的感觉被隔断，天、地、人的精神内涵逐渐消失，最后，农民的生活和工作被绝缘。一个女人在田里走来走去，任务是跟在收割机后面巡视，在空旷的田野里，单调无趣地走来走去便是她唯一的劳动。

杨维耀在老屋里翻腾出一大堆熟悉的农具，晾晒在院子的阳光下。他会经常出神地摩挲农具油光光的把柄，那些农具上浸润着父亲的汗水。机械化使得收割期变短，使得收割变得简单，机器开进田里一袋烟工夫就完成了，颗粒归仓。没有庄严的、仪式般的等待，没有漫长收割期的紧张和焦灼，没有疲累后的收获感和幸福。村里家家户户一大堆熟悉的农具被晾晒在院子的阳光下，都成为没有用的东西。

耕读传家的杨维耀忽然有了一个朴素而宏大的构想：要把这些浸润着汗水的农具收起来，建一个农耕博物馆。一是他已累积起雄厚的物质基础；二是他近年来收集的农耕器具成百过千，加上让礼村深厚广博的农耕文化背景，这些都令他底气十足。

朋友纷纷登门探望，一致认为跨行经营的风险太大，弄不好几十年的辛苦积累便会血本无归。一言九鼎，杨维耀认准了的事情九头牛都拽不回。他对朋友们说，秦地乃世界历史文化至尊，这里私人老板中能真正静下心来、扑下身子做当地农耕文化并在全国、全世界产生影响的却不多。相反，随便借个名目，简单立个项目，大小围个园子，不专不深不精的，急功近利、难经推敲的，捏俩钱昙花一现的比比皆是，与秦地悠久厚重、辉煌灿烂的历史文化极不搭调，如此浪费稀缺资源、糟蹋大量土地、出世便是死胎，实在让人扼腕叹息，也令赳赳秦人蒙羞饮辱、无地自容。

他只身一人南下省城、北上京城，先后走访文物、旅游、规划部门，了解政策动向、市场行情，拓宽了自己的视野和思路。他还恳请全国各地的专家、学者把脉，竹筒倒豆子地抖出了自己的经历和想法。专家鼓励他说，30年看深圳，100年看上海，1000年看北京，3000年看秦川。北京哪有长安老，秦川处处有黄金！你做的都是手工活儿，每一件都“孤张子”，卖的都是文化。

京城归来，杨维耀犹如一匹蓄足了内力的老马，一天到晚总有使不完的劲。他买了相机、邀了友人，平遥、凤凰、丽江、阆中古城古镇，西农、庆阳、许昌、武汉农耕博物馆，连同周边百里的民俗古村落，他是一处未漏地跑个遍，回到家里光图文音像资料就整理了个把月。经过几个月的分析研判、反复论证，杨维耀的思路渐渐清晰起来：就建一座关中农耕文化博览园。说干就干，马上就干。杨维耀一次就从三原大程拉回上千只碌碡。随后，他还在临潼、乾县、富平、黄陵租场存放大量磨扇、碾盘、拴马桩、饮马槽、石门墩、柱顶石、石狮、石羊、石人，连同粜米捣药、造纸染布、习武练功的各类石器，总量几千件，其品类之全、藏量之大，如果一字排开，能做成古旧石器十里长街。

只要看见，志在必得。杨维耀说，那阵子他近于疯狂了，开始收藏一些民间精巧的小玩意。随着收藏圈的扩大和眼见的开阔，“铁木石陶”见啥都要，有时一天数十件地收、百十万地花。从筛子到风车，从赶牛鞭到牛槽，从小作坊到传承百年的油榨大油梁，从瓦到整个瓦匠窑，从纺纱车到织布机，从小凳子到大衣柜，从板凳到方椅、方桌，从擀面杖到扁担，从小孩木车到各种木制运输车、从土车到战车，从小碗到大缸，从红缨枪到战刀，从小箱子到大花桥，从玩具枪到清朝大炮，从木器到石刻，从二胡到唢呐，从铜锣到大鼓，不一而足。藏品涉及生产、生活、艺术、娱乐等，是整个渭北农村几百年历史的写照。

亲友纷纷给他降温洗脑，可他未有一丝一毫的动摇！收藏的道路很艰辛，一次大雪中车爆胎，在冰天雪地里，他和同伴在车上硬挨了两天三夜，有时和同伴跑几天几百公里也一无所获，甚至被人误解为歪门邪道、不务正业，有时候买走的东西又被要回，有时说好的价装上车又要加价……在收藏的过程中，遇到千奇百怪的事和人，费尽口舌，说尽好话，吃尽苦头，被人冷眼相看，有时很委屈，有时也很快乐，酸、甜、苦、辣都尝遍。

结结实实砸下近1000万的真金白银后，杨维耀的农事物件形成了几大系列：

播种器具有犁、耧、耙、耱、碾、铣、锄、镢、刨、杠十余种近千件；收获器具有钐、镰、铇、车、木函、蒲篮、簸箕、筛子、连枷等数百件；场上重器碌碡千余只，箭叉30架，风车19部，以及“常规武器”大小叉、麦钩、推耙等数百件；此外，还有纺车织机、度量衡、礼器祭器冥器、灶房卧室书斋系列等，以及成百上千叫不上名字的古旧物件。这些宝贝把仓库塞得满满当当，几乎已无地可放。

杨维耀看中了村子废弃的村委会老房子，直接利用，场地、空地一应俱全。麦收后，杨维耀亲手绘制了草图，分为“农耕文化展示区”“传统手工作坊体验区”“鲜果采摘园”“关中特色餐饮区”“大自然乐园”“关中民窑住宿区”六大板块，石条、青砖、沙子、白灰呼呼啦啦地进场，油坊、醋坊粗大的木质机械开始找行家安装，遍走西北、耗资千万收回的犁耧耙耱、镰刀钐子、箭叉风车、磨扇碾盘等数千件古旧器物也慢慢亮相——从种到收、从纺到织，从吃到穿，从用到行等古旧物件，无所不包；高脚竹楼、土坯茅屋、辘轳老井、歌台戏楼、百米长的仿古作坊街、千余碌碡垒成的观景高塔，应有尽有——纯然一种透骨入髓的浓厚的农耕气息，氤氲着醇酽的关中味道。

还在修建中的博物馆，每天来此一饱眼福的游客已多达百人。每到周末，这里出入的各类客车都在百辆上下，原本七八亩的停车场亦是一扩再扩。

他北上南下，遍看各处特色民宅，南北灵气、东西亮点，博采众长收并蓄。他决定新建一座农家大院，地面开挖数米，青砖刷楦券窑（地窑），窑顶封土垒山造景，四周开壕蓄水成河，水面植苇种莲养鱼，庄前屋后、林荫小道鸡鸭成群、蛙鸣犬吠。

尽管名气渐大、游人日多、场面火爆，但依然是不收费的，杨维耀每月修修补补还得贴进去两三万元，盆扣不住瓮。亲友劝他，县一处长不过百米的老地道，一张门票也要20元，还是旅游、物价部门听证核定的。而时下博物馆的规模、档次及市场认知度明显要高，即便作价再低，一天进个千元门票也是十拿九稳的……

杨维耀却不以为然，他说咱要的是人气，留的是记忆，再亏几年又算得了什么。修建农耕博物馆，对于杨维耀来说，既是为了一解乡愁，也是为了接续即将被斩断的千年农耕文明罢。对乡村文化旅游看好的他，正寻求合作伙伴将家乡打造成全省的农耕文化旅游重镇。这是一位农民的农耕梦，蕴藏着一份对家园揪心的不舍。

村庄，有农民，有农具，有生活和生产，才叫村庄。

在杨维耀的心里，农民就得脚踏着实实在在的土地，手里有生产和生活的农具可以使用和偎依，心才是安宁的。一个农民得意时不是哈哈大笑，而是手里的工具得心应手，那种满足和隐秘是无法示人的。

刘美丽看病

人到中年万事忙，丈夫在外打工，苦命的刘美丽一人照看着三位老人，老人动辄病病恹恹，刘美丽疲惫不堪，苦不可言。

一沓厚厚的就诊病历和报销单据，记录着刘美丽父亲刘有新这些年来的看病历程。63岁的让礼村村民刘有新，2013年得了肾结石，两年后，又被诊断出患有终末期肾病。看病花费大，因病致贫，成了贫困户。

“以前每周去县人民医院做两次透析。”刘有新骨瘦如柴，“镇卫生院没条件做，只能坐车去县上的医院。”2012年以前，镇卫生院是全县硬件最差的卫生院。2014年，3900平方米的新大楼投入使用，卫生院依然冷清。

镇上的卫生院大楼起来了，为啥还冷清？医院松松垮垮，大夫无所事事，成天琢磨能不能去私人医院，稍有点技术的都留不下。37岁的大夫赵福在这儿干了十年，从没见过病人排队。设备陈旧，医生技术水平低，所以病人来了，大夫不敢接诊，稍有点疑难，就推荐去县人民医院，时间久了，卫生院自然没人登门了。医生苏俊说：“除了给新农合患者卖药，做点公共卫生服务，谈不上有什么治疗的业务，改革前，一年没有几个住院病人。”

“县域医疗卫生机构各自为政、利益相争，县级医院虹吸效应明显；医疗资源下沉缺乏利益共享、没有内生动力。要让患者留在基层，光送钱、送人、送药，是不可持续的。必须打破背后的阻碍，建立起一套科学的管理机制。”医生苏俊大学学的是医院管理专业，分析得头头是道，一针见血。

改变发生在2017年前，当地整合县人民医院、中医院、妇计中心及全县8个乡镇卫生院，挂牌成立医疗集团。集团在管理上打通各单位，实施行政、人员、资金、业务、绩效、药械“六统一”，由集团理事长作为唯一法人。之前，县人民医院只管自己就行了，现在还得考虑全县的医疗卫生事业的发展、各分院功能的定位，特别在充分利用医疗资源上需要下真功夫。近来，集团正在探索癌症手术诊疗改革，病人想用哪里的医生可自主下单，由医院联系专家。这样，病人开销下降了，医保支出也下降了。

20年前，老百姓希望病有所医；现在，希望病有良医。要想病人在镇上，好医生必须到乡下。集团成立后，当务之急是解决基层招人难、医生不愿下乡的问题。曾经，医院人事权归人社局管，每年由医院先给局里打报告，审批通过后人社局再组织考试，由于涉及编制等问题，每年招的人都不多。现在集团可根据自身人才结构灵活招聘，并负担新招人员的工资待遇。此外，集团鼓励县里的医生到乡村去看病，每人每天补贴30元，他们在乡镇卫生院的工作量，还能换得额外的收入。集团挂牌后，几个主要科室已实现了下乡常态化，科室主任到镇中心卫生院看病、授课。

以前下乡是硬任务。现在有绩效激励，大家的意愿很强。

卫生院的情况变了，一开始只是成为县医院的分院。没多久，县医院老年科主任张恒芳就来上班了，周三周五全天坐诊。周边乡镇的病人慕名而来，每天五六十人。一个好的科室主任，能带起一所卫生院。2017年年底，卫生院门诊量一路飙升到了8000多人次，之前才2000多。

赵福明找回了当医生的存在感和尊严：“没人找你看病，穿着白大褂，你也不是大夫。”

专家坐诊传帮带，病人多了，倒逼年轻医师提升水平，不仅长了本事，还有了真金白银的收获。老百姓解决了看病难的问题，乡镇卫生院迈上了良性循环之路，医务人员绩效收入增加了20%。

医生下沉了，药品也得跟进。乡镇卫生院只持有基本药物，遇到疑难杂症、要使用非基本药物时该咋办？医疗集团通过对全县摸底，统一了药品目录，部分乡镇卫生院临床需要的非基本药物，集团可以灵活调配。这就实现了药品多跑路，患者少跑路。

县上实行医院一体化，医生、药品、病人“三下沉”，百姓不用大病小病往城里跑，真正解决了看病难、看病贵的问题。卫生院更新配备了彩超、全自动生化分析仪、胃镜、心电图等，对特色项目注入了启动资金。村民李双喜心脏装了支架，每两周得去医院检查。“以前大病小病都往城里跑，早早起来，挂号开药，忙完一整天就过去了。现在省了往返时间和路费，不用家里人陪，我自己就能把病看了，报销90%，也比市里的75%高。”

由政府资助，刘有新参加了新农合，看病能报销大部分费用，还能拿到一笔大病保险赔付。但是刘家在让礼村的最西，也处于两个镇的交界处，离另外一个镇更近。刘美丽嫁在邻村，离娘家近，挑起了带父看病的担子。为了让父亲少奔波，一直以来，刘美丽都带父亲去相邻镇的卫生院。但需先垫付所有费用，再拿回自己镇上报销。2017年，他的医疗费用约为7.4万元，垫付的新农合补偿和大病保险补偿达5.7万多元。报销额度不小，垫付压力却很大。家里垫付能力有限，只好每月都报销。坐车到新农合管理中心要一个多小时。

“去镇卫生院给叔办一张门诊特殊慢性病治疗卡。以后去医院看病，直接结算自费部分，不用先垫付再报销了。”在县上的社会保险事业中心，工作人员对前来为父亲办理医保报销手续的刘美丽说。

“我家离白瓜镇卫生院近，我大都是去那里看病。不在本镇，能直接结算吗?”刘美丽问得仔细。

“能!”工作人员三言两语，解释得一清二楚：“新农合和城镇居民医保已经整合，现在统一叫城乡居民医保。合并后，城里人享受的即时结算等待遇，农民同样能享受。”

整合政策真是给农民下了及时雨。刘美丽听说在全县范围内的定点医院看病都可即时结算，如释重负，省时、省事还省钱，大大减轻了负担。刘美丽备齐材料提交后，在邻近的镇卫生院就诊时，系统自动算出自费部分和报销部分，只需支付自费部分。

刘美丽的婆婆赵老太早晨扫院子，一脚踩滑，摔在院里动弹不得，送到镇卫生院。初步判断，骨折了，需要尽快实施手术。一听说得手术，刘美丽就要推着婆婆往县人民医院赶。“别急。我先给老太太拍个片子，如果情况不严重，就在这儿治。”苏大夫给赵老太拍了一组X线片，认为自己能够拿下这台手术。

以前，卫生院条件差，经验也有限，遇到大点儿的病情，都把病人直接往县里转。苏俊大夫说：“现在硬件强多了，我经过培训进修，也能做手术了。县医疗集团又给安装了信息平台，我把片子传给县人民医院，那边也能提出建议。”信息系统还配有二维码，供上级医院的医生扫码阅片，相当于“将医院装进了口袋”。县人民医院的骨科主任段英点开电子文档，看完了赵老太的片子，很快提出了建议，包括手术中的注意事项、相关指标的控制等。之后，赵老太在镇卫生院顺利实施了手术。赵老太不仅免去了奔波之苦，还享受到了更高的医保报销比例：在镇里住院报销85%，比在县里高10个点。

祸不单行，刘美丽公公体检时发现纵膈淋巴结肿大，无法明确病因。刘美丽的丈夫常年在外打工，她顿时没了主意，给丈夫打电话要往大医院送。在主管医生苏俊的帮助下，通过互联网问诊平台申请了北京协和医院呼吸科的远程专家门诊。专家看了苏俊上传的病历资料，初步判断患者的问题是结核病引起的，基本排除了肺部恶性肿瘤的可能。

刘美丽长吁一口气说，在网上看北京的大专家，只用了不到半小时，这要是去趟北京，增加交通住宿成本不说，现在还不知挂没挂上号呢。

如今，医生到乡下，看病去镇上，就近住院，统一结算，云端问诊，网络看病，刘美丽真的觉得生活真美丽。

数据跑路

刷脸能查医保钱，村里能领养老金。让礼村东头的张老汉80岁了，每月20日以后，他都会来到村里的便民超市，利用人社局与银行共同设立的“惠农通”网点，直接领到85元的城乡居民养老保险基础养老金。

2017年开始，政府推进社保业务经办信息化、标准化和规范化建设，利用手机应用软件、“惠农通”网点等形式，帮村里的老人在家门口领养老金，让老人们看病挂号、缴费不再排大队，交电费、借图书、查询公积金，一个平台全实现。

“要是在以前，我都是每隔几个月就要托人到县城代领，光往返就要30多公里呢。”张大爷说。张大爷的经历，是政府推进“互联网+”社会保险经办工作的一个缩影。近年，政府加强社保业务经办的信息化、标准化和规范化建设，为老百姓提供了“不出门、少跑路却能办好事”的便捷服务。

看病挂号、缴费，动动手指就行。

“这点疼痛本来没啥大毛病，要是你带我去医院，光排队就够难受的，而且上午检查，下午才能出结果，这一趟走下来没病也得折腾出病来。”让礼村西头的王老汉冲儿子嚷嚷了起来。原来，王老汉最近几天心脏有些不舒服，儿子王斌特意请假准备第二天陪老人去医院看看。

王斌打开名为“智慧医保”的APP，注册成功后在“预约挂号”一栏下，市32家医院的100多名心内科医生一览无余，同时还能显示医生的职称、简介、就诊时段、存号等情况。经过再三筛选，王斌选定专家后，15元的挂号费用在手机上完成支付。随后，一张带着条形码的预约订单就显示了出来，医院、诊室、医生名字、就诊时间、挂号费用一览无余。

第二天早上，王斌带着父亲来到医院，在“智能候诊”一栏下，他的排队顺序和候诊进度一并显示。“这样，我一不用去排队挂号，二不用提前到医生门外等着，只需按照上面的提示，提前一两分钟到那里就可以了。”王斌说。在心内科主任医师的诊室内，王斌出示自己的预约信息后，医生只需轻轻一扫，就能实现就诊。

父亲检查完毕并无大碍，在开了一些药物后，王斌的手机上就显示出“门诊缴费”的字样。“以前都还要先去一楼缴费，再回到楼上取药，来来回回光等电梯就要二三十分钟，现在只需轻轻一点，社保卡就完成了结算。”

王斌的手机上马上就收到了取药通知，五分钟后就能去取药，简便顺畅，不用再忍受窗口挂号、缴费、取药的重复排队之苦。掐表一看，整个流程下来43分钟，要搁以前，这点时间连号都挂不上呢。

“爸，你以后需要啥药，现在都能送药上门了。”回到家，王斌指着手机APP上的“网上购药栏目”说。

依托互联网，政府整合医院、医保、医药三位一体的服务资源，现如今智慧医保已经接入全县多家三甲医院，平台可预约挂号的专家医生近千人，同时涵盖了上百家实体药店，基本对医疗资源布局实现了全覆盖。

通过定位服务，王斌就可以看到家附近所有的药店，患者可以通过个人病症、药品名称来进行搜索，同时还能提供比价功能，展示药品的图片和详细说明书，选定药品后，药店快递员会携带移动POS机送货上门，而参保人员可以通过社保卡完成支付。

社保手机应用，还能交电费、通信费、借图书。王斌单位的退休职工吴迪说："以前要查个医疗账户余额，只能打电话或者排队去查，不是电话打不通，就是坐车、排队需要老半天，现在孩子给我下个APP，教我咋操作。甭管在哪儿，只要通过手机刷个脸，我就能随时随地看余额、看消费、看每月进多少钱，真是省了不少事。"

可别小看这个小小的APP，它以社会保障卡为介质，同时将其功能进行了最大限度的扩展，目前已经集合了各类民生服务功能。12月末，"惠民一卡通"首条外围专线搭建成功，公积金查询功能正式上线，在同一APP上可通过人脸识别技术完成"五险一金"查询。

"每年养老金都会调整，以前到了该涨退休金的时候，不知道究竟涨了多少钱，只能按照上月开多少、这个月开多少的差来计算自己究竟涨了多少钱，现在通过APP可以清晰地看到补发多少钱，一目了然。"吴迪说。

不仅如此，退休后的他喜欢到图书馆借书。以前为了一本书，不知道要跑多少个地方，现在只要登录这个APP，输入书名，就能显示这本书在附近的哪个图书馆，甚至精确到哪一层楼，哪一个书柜。

文化广场

有的在省城工作，有的在县城定居，但听说了村上的困难，六姐弟又一起回到村上，凑了70万元，终于使村民文化健身广场、村委会综合楼建设工程如期动工。

姐弟六人的想法很简单：就是想让年轻人农闲时打打球、跳跳舞，精神充实走正道；就是想让村里老人们有地方看看书、玩玩牌，老有所乐享清福；就是想让为村里跑路、流汗的“泥腿子”村干部们有几间干净敞亮的办公室……

让礼村全村多种苹果，近些年村民的收入多了，生活好了，但让村委会胡主任心里有疙瘩的是，村民农闲时间有益的集体活动贫乏，年轻人大部分把时间、精力花在喝酒、打牌上，由此引起了许多家庭矛盾，有夫妇争斗的，有婆媳不和的，还有人因此找到村委会。

“就想着为年轻人建一个文化健身广场，男人没事打打篮球，妇女晚上跳跳舞，在读书社可以看看书；给老年人建一个活动中心，里边有阅览室，平时可以看书、打牌；再盖几间村委会办公楼……”胡主任介绍，村里早就开始筹划这个事，但苦于没资金，建文化广场和老年人活动中心的事一直在搁置中。

让礼村不但没有一个村民文化活动的场所，连村委会也一直没办公地，多年借村小学漏雨的房子用。村上筹划建村委会的事项，其中包括给村民修一个文化广场以及活动中心，整个项目预算了70多万元，虽然也有国家扶持的政策，但是都正在走申请手续，远水解不了近渴。

为了解决钱的问题，胡主任想起了村里邢家六姐弟。

老五邢小宁说："这里的一方水土养育了我们，有感情。咋样回报也不为过。当时就一个朴素的想法，村上有难处，尽自己的力量帮一些是应该的，况且这件事受益的不仅仅是近千户村里人，还有相邻的几个村里人。"

老五邢小宁和爱人董明学是市一家建筑公司的负责人，市上的劳动模范。受家族的影响，夫妻二人涉足建筑行业后，在施工中一直信守"老老实实做人，结结实实盖房"的信念。他们深知做事就是做人，做事的过程就是做人的过程，要学会做生活的智者，舍弃不该得到的东西，取之于民，用之于民，心安而不惧。这次他们义务为新建工程出钱出力，拿出了精美的设计方案，并且亲自带着自己的建筑公司施工队伍、大型挖掘机到村上负责具体的建筑工作，以此帮助村上节省开支。

半年后，占地4000多平方米的村民文化健身广场已经开始铺设，两层十余间的综合楼已经建成了一层，正在打顶，一些村民自发买来花炮燃放庆祝。

从规划设计图上看，这是一栋二层楼房，村支部、村委会的办公室都在一楼，一楼还有一间是村文化站读书社，二楼的一间大厅将作为村里老年人活动中心。楼前是村民健身活动广场，除了硬化地面，还将栽植各种花、树进行绿化。

70多岁的杨文义是该村的老支书，是看着这姐弟六个长大的，对于邢家姐弟捐建文化广场的事，他看在眼里，喜在心上。

"他们家是典型的'书香耕读'之家，父母亲在村里有很高的威望，父亲邢志昂当了一辈子村学校的校长，母亲王彩侠当了几十年的乡、村妇女干部。这些娃都很能干，都很懂事孝顺，人走了还不忘家乡的人。”杨文义介绍，对于邢家姐弟的善举，村上原计划立块碑，但被邢家人婉拒。邢母是带头反对者，她认为花钱立碑是一种浪费，她说最好的碑就是口碑。

立一块石碑千元左右老人认为是浪费，但对于子女们一次捐出70多万元，老人却认为这钱花得值。王彩侠在村里做了45年妇女干部，曾经当过三届县政协委员，得到她帮助的村民不计其数。现在每次回村上，见了哪家日子拮据，她还都会给三百、五百。

人有谱，家有祖，族有祠，村有庙，邢家也有家谱。《邢氏世谱》最早修订于清朝同治七年，后根据时代变迁，又进行过两次修订，现存的第三版世谱，既是一部百年家族史，更是邢家先辈的美德史。

家训是对子孙后代立身处世、持家治业的一种教诲。“孝老敬亲、和睦相邻、忠厚豁达、克俭奉公……”这些《邢氏世谱》里记载的话语和良好的家风，成为家族成员骨子里的“基因”，他们在平时的生活中都严格遵循，以让家族永续幸福。子孙们从爷爷那听了邢家先辈恪守家训的故事，颇为自豪。中国社会动乱不堪的年代，邢家一支迁入陕西扎根，彼时的庄基地，是还在忍受饥饿之苦的农民家中最宝贵的财产，为了让同乡人不再受奔波之苦，先辈将自己的一院庄基地分给并不熟悉的家乡人。时至今日，每当家族中的亲人出现经济矛盾时，老人们总是用先辈的故事警示后人。

世谱家训第十条明列：“在政府机关供职者，要洁身自律，勤政为民，廉洁奉公，尽职尽责。”那一年，邢家老三小英挂职锻炼，临行前母亲告诉她，“谨小慎微干好公家事，千万不要拿人家东西”，这句话让她记忆犹新。小英在工作中始终严格要求自己。亲戚开办了养鸡场，经营不善陷入困境，几次请小英在单位争取些优惠资金，小英却说："我会为你介绍合乎规定的优惠资金办理办法，但如果你的情况不符，我不会去办。"

在先辈们的影响下，邢家人没有妯娌之嫌，不分你我之属。世谱嘱咐后人敬老为大贤，对体弱多病的老人更应尽心照顾，使其安度晚年。邢家人将这种孝敬推己及"亲"。

老四邢小娥创办"格林家具"店，店里的员工想自己单干，她不但不反对，还亲自带领着考察市场，介绍厂家，选购产品，帮他们实现当老板的梦想。平时碰到买家具欠账的困难户，如果了解到他们家里真正有困难，她就索性不要欠款了。为此，这几年给附近困难户免掉的家具欠款就有近20万元。在这方面姊妹们都像父母，有爱心，把帮助别人当成最大的快乐。

让邢家人喜悦的是母亲如今已年过八十，仍然气质佳健，精神矍铄，性格豁达。有客来，顶一头银发慈笑着出来问候："都来了啊，快过去吃饭！"客人谢老太，说吃过了，她就笑着出门去，乐观和善。

饭后，桌上杯盘狼藉。有人抢着要洗碗，邢家儿子却满面笑容地阻止道："不急，有人洗呢。"他将碗筷放进水池，先冲去油污，然后，轻轻地走到他八十高龄的老母亲身边："妈，洗碗喽……"客人们一下子都愣住了，只见老太太精神一振，笑眯眯地走到院子的水泥池边，慢慢洗起碗来，花了半个小时才把碗洗完。邢家儿子高兴地对老太太说："您辛苦了，歇歇吧。"他拿了块毛巾，给母亲擦手。搀母亲回房后，又返回院子，把碗重新洗了一遍。

他对着诧异的客人说，做母亲的没有不想为孩子做点什么的，即使她老了，但在她眼里，儿子永远需要她的帮忙。让她洗碗，她就会感到儿子需要她，一整天就会过得充实。孝敬父母，除了帮助父母外，还要给他们机会。

那一年，母亲患白内障，他放弃社会公益复明工程提供的免费治疗，坚持要用自己获得一个文学奖的6000元奖金给母亲做白内障手术。母亲给了儿子生命，儿子要给她光明！这是他想给生命赋予的高度和况味。

少成若天性，习惯如自然。上初中的孙子邢子晨对家风也有自己的看法："社会主义核心价值观就像整个中国的'家训'。我们的家训传承了邢家人的优良传统，国家的'家训'更是浓缩了整个中华民族的美德。"

村民自古尚礼崇文，如今包括让礼村在内，全县城已征集好家规、好家训1000多条，形成见贤思齐的氛围。"崇教育人耕读传家远，立身敦品礼义济世长""尊老爱幼孝悌彰风范，扶危济贫仁人毓子贤"……县上首个家风馆在让礼村揭牌，集中展示了当地历史悠久的门楣楹联、家规家训、村规乡约等优秀文化资源。走在白墙灰瓦、红漆木门楣的村舍门前，一副副古风悠扬、意韵高远的楹联迎入眼帘，一路走来一路品咂，古风悠扬。

家风挂上去，美德亮出来。村里酗酒打牌、搬弄是非的事情少了，互帮互助、邻里和睦的美谈多了。风气正了，人心齐了，打麻将赌博的人没了，想致富要致富的人多了。

温暖的阳光下，让礼村的面貌焕然一新，邢家姐弟捐建的村委会综合楼和文化广场新崭崭地耀眼，成了村民的文化活动中心，二楼上有书画室、阅览室、培训室，不少村民在这里练写毛笔字，几个老人在下棋，怡然自得，各得其乐。

捡橘子

让礼村自古就是关中通往陕北、甘肃、宁夏的重要通道，土地革命和抗日战争时期，这里是通往照金、马栏、延安的要道，红军和八路军都曾在此设立过交通站。如今，村道不远处就是包茂高速。

一天上午，让礼村村民朱北晨正和老伴刘淑侠在地里劳作，靠近高速的地方传来咣当一声巨响。村子靠近高速路，各式各样的车祸，朱北晨没少见过。“我三个孩子以前都是跑车的，确实操心，我就赶紧跑过去先看看人有事没有。”朱北晨和老伴放下农具循声跑过去，远远就看见一辆大货车翻了，车厢倒在路边草地上，防护栏被撞开，周围一地黄澄澄的橘子。

岳强几年前买了大货车，开始了长途运输营生，这一单是从湖北宜昌到内蒙古包头的活儿，拉载的是25吨左右的橘子和橙子。岳强当时感觉自己的货车失控了，摆正车头透过后视镜发现牵引的货车车厢已倾翻，车厢里的橘子四散开来。

岳强都蒙了，货主老王也傻了。货车车厢翻了，拉的25吨橘子和橙子几乎全部撒了出去，很多还都滚到路基下。事故由单方车辆机械故障导致，交警现场勘查很简单。经查勘才知道车厢翻了是因为连接轴意外断裂导致失控。好在驾驶室没有翻，人没事。

按照货运合同，路途中的货物安全由承运人岳强负责，想着近十万元的橘子翻了一路，还要修车，等等，岳强说当时自己已经乱了。直到五六分钟后交警处警，岳强才渐渐缓过神。他下车看到一地橘子，觉着这下子坏了。交警赶到后看着一地橘子也头大，两位处警民警赶紧招呼后面的车绕行，同时把情况向单位汇报。现场查勘过程中，司机和货主还上手帮着交警在橘子四周拉警戒带。不一会儿，附近村民就到了，他们在旁边地里干活，很近。最早赶到的就是朱北晨老人。

朱北晨和老伴刘淑侠看到一地橘子也蒙了。“咱也是种地的，虽然不种橘子，可也知道这橘子是一个个摘下来的，也是一箱子一箱子装的，车倒了，箱子也散了，橘子都是散的，这可咋拾掇呀！”

“估计司机给误解了，听我让老伴回村叫人，就害怕了，想着咱是不是要抢人家的橘子，就过去找交警。我跟他说，这里是让礼村，你放心！我都多少年没说普通话了，就怕他不明白，赶紧给他说放心。”朱北晨说道。

刘淑侠回村叫人。朱北晨则是赶到远处，开始捡橘子往车厢附近扔。

刘淑侠回村，直接去了村民文化活动广场，当时村里老年舞蹈队正在排练春节演出节目。一听说有车翻了，橘子撒得到处都是，急忙换上件衣服就往现场去，有些住得近的人还顺手在家拿了筐。

出事后半个多小时，让礼村多个小组的人陆续赶来，先到的是村老年舞蹈队的大妈们，有的人还拎着筐子。都是当地妇女，拎着筐子就往里面捡橘子。

司机岳强记得带头的妇女扯起来警戒带，就带人进了橘子堆，远处还有人骑着摩托往这边来。他说自己当时没有多想，但担心还是有的，毕竟是一群不认识的人奔着自己车上的橘子来了。

闻讯赶来的村民越来越多，后来的大多拿着家什。都在捡橘子，没人说是拿走。岳强和货主发现村民们已经自己分组开始了现场清理，三四十个村民中，女的负责挑拣装箱，男的则是抬筐抬箱子。

现场散落的橘子太多了，厚的地方都有半米高，从上午收拾到晚上，还没有清理完三分之一。夜里都是零下十多度，冻两晚上橘子就卖不出去了。好在新的货车很快来了，村民们开始帮着装车。从车厢里掉落的橘子，有些已经破了。

岳强和货主请村民和交警吃橘子歇歇，解解渴，可人们顶多吃些烂橘子。“那橘子就是跌烂了一点，扒皮还有很多是好的，不要浪费了，那都是能吃的东西嘛。”村民朴实地说。

这一天天黑后，村民们陆续回家并安慰货车司机和货主，说他们第二天肯定帮着弄完。晚上七时许，王战荣等几名青壮年用车拉来了些草帘子，帮着把橘子盖起来，顺便还带了几捆干柴。“天太冷，村里几位老人让我们吃过饭拉帘子来，否则橘子晚上就冻坏了。”王战荣还帮着岳强和货主在附近找到一家餐馆，“他们人生地不熟的，在高速上哪里找饭店呀。”

夜里，在出事现场，王战荣等村民帮着生起一堆篝火，然后和交警、司机围坐在篝火边聊天。司机岳强去橘子堆里挑了几个大橘子，他说是橙子，好吃，自己拿小刀切开，挨个请大家吃，说话间手都在抖，眼中泪花闪闪。夜里两名交警开着车留在现场值班，第二天早上和别人换班后才走。

第二天一早，村里又来了些人，继续清理装车到中午时分，才把最后一筐橘子装到叫来的货车上。临走时，司机和货主向现场38位村民和6位交警挨个作揖致谢。因为是自己的车出了意外，岳强和货主最后协商决定，自己赔给货主三万多元。虽说通过保险公司理赔只得到一万多元而整体损失两万余元，可岳强在电话里还是连声感谢让礼村王家砭组的村民，说如果没有乡亲们热心帮忙，自己这个年就过不成了。

“村子靠河靠渠，边上就是国道、高速，碰到的事情也多，可咱村人碰到事情都能伸把手，给人帮个忙嘛，真没有个啥。”72岁的村民王江轩，前几年一直是村里的红白喜事理事长、农民诗社负责人，也参加了捡橘子。

王家砭组附近交通发达，车祸、落水事故经常发生，村民们从来都是广施援手，能帮就帮，早已是远近闻名。作为中央精神文明建设指导委员会授予的先进村镇，村里每年都组织村民评选十大孝子、好婆婆、好媳妇等，做了好人好事的村民都要上台披红戴花接受表彰。

“村里谁家有个喜事啥的，我都叫娃们早早过去给帮忙，你帮一个、多帮几家，等咱有事情大家也都来帮咱嘛，你看这不都好过了？咱落户这村，村里风气也影响着咱，也影响着咱娃哩。”此次帮助外地司机捡拾橘子的朱北晨老人，是20世纪60年代从河南落户到让礼村的。“我们是外来姓，来了之后看这村子真不简单，家里有个啥事，只要你说，周围邻居都帮忙。”20世纪80年代一场水灾，让朱北晨一家陷入困顿，但众多村民邻居前来帮忙，让朱家很快恢复了正常生活。

老人的小儿子也是党员，这次捡橘子也是从头帮到底。

“民风正，人气旺。也不能说都是党员做的，党员也是村民，村民也跟着党员。你是共产党员，在咱农村，老百姓就是看着你咋做，你凭啥不带头做好呢。”支部书记李春城说，像这次捡橘子帮外地司机的事，在让礼村没有什么特别之处，是村里风气使然。

二十天后，县里召开“助人为乐先进集体表彰大会”，为参与这次捡拾橘子的38名村民和6名交警颁发了荣誉证书。朱北晨老人说：“将心比心，我三个娃都跑过长途货车，你说咱娃在外地得到别人一点儿帮助，咱是啥感觉？伸伸手，不是个啥。”

在村民活动中心有一块牌子，上面写着“爱国守信，勤劳质朴，宽厚包容，尚德重礼，务实进取”的陕西精神，来往的车辆很容易看到。

女先生

“先生”二字，男人用得女人也用得。她是让礼村走出的全省闻名的“女先生”。

三尺讲台，她站了50年，但还没站够。在几十年漫长教学生涯里，她没有请过一天假，却坚持走访了所带过的每一个学生家庭。至今，女儿还清晰地记得，多少次，妈妈去家访，手里牵一个、背上背一个，领着自己和妹妹，一家家地走，一户户地去，有时把她们累得都睡着了。

74岁的她是县城小学返聘的一名退休语文教师。作为县政协委员，她建议全县小学实行“课后延时”政策，解决了上班家长的接送难题。她认为，“三点半放学”不是“三点半关门”。学校“三点半关门”，不仅家长有意见，也无益于有效使用学校的教育资源。放学后、节假日里，图书馆、篮球场、足球场都闲置着，孩子们眼巴巴地离开校园，不得不去校外机构上托管班、培训班、花钱找场地锻炼，甚至在马路上野跑。面对家长的烦恼、学校的重重顾虑，女先生毛遂自荐解决“三点半”难题，自己首先担任了留校学生的语文辅导课。

她多年来依然保持着早早去学校签到的习惯，满头银发，风风火火，走进教室，大声说出“同学们好，现在开始上课”。除每周12节语文辅导课外，还承担着学校青年教师培养、家长学校、心理咨询室等相关工作。双休日、寒暑假，她辛勤奔波各地，将自己的教育心得拿出来和师生、家长交流，16年里作报告700场次，听众达到20多万众。她说，被需要，最幸福。教师这个职业，说起来就是个良心活，自己舍不得。她要求所有学生必须写一手好字，养成正确的写字姿势和良好的写字习惯，这是基本功。她说一个人连自己的字都写不端正、写不整洁，能做好什么事情呢！

怀着乡愁的女先生回到老家，她看见了乡村的荒芜，村子靠近大路的地方是新房，一把把锁无一例外地生着锈，这是因为人们都在外边打工，挣到钱盖了这些房子，只是在阴历年时才可能回来住几天。只有逢年过节，家家户户在外打拼的子女返乡时，村里才有短暂的生气。过年过节，他们急急忙忙走亲戚，寒暄两句，扔下礼物就走，过去那种聚族而居、同气连枝的生活方式，只存在于老年人的回忆里了。

她也看见了村子学校的废弃。早些年，村庄最兴旺时，全村人都有一股子精神劲儿，上学时校长要敲击挂在树上的一块生铁，听到这生铁的声音，村民们的敬仰、敬畏之心便油然而生。学校每出一名大学生，村里通常都会出资放一次电影，那是一种神奇的心灵契约——村庄为你都放了电影，你将来怎么可以辜负乡亲？学校里升旗时，全村笼罩在一种令人振奋的气氛和音乐之中……如今，村里的孩子被送到省城、县城读书，学校越来越缺少人气，渐渐维持不下去，撤校了。

她悲哀地发现，故乡的问题主要就是老人和孩子的问题。她离开老家的时候还是青葱岁月的大姑娘，村里还有生产队，生活虽然贫困，但是那时候的人贪心不重。现在，青壮年劳力普遍在外打工，农村只剩下了老人和孩子。老人在家里没人照顾，孩子也没人管，他们成了留守老人、留守儿童，引发了许多社会问题。年近七旬的老人，又要照顾孩子，又要打理家务和农活，“隔代看护”成为留守儿童看护模式的主流。有的孩子自己“当家”，孩子生性调皮，活泼好动，家门口的小池塘，家中的电器、开水等都有可能成为潜在的隐患。父母长期出门务工、家中老人看守的现状难以改变，留守儿童的安全无人监管。

这一年夏天，女先生回到了让礼村。她的锅碗瓢盆、简单的家具被直接拉进了被废弃的小学校，打扫了两间房子她就住了进去。女先生把远近20几名留守小孩集中起来，邀请村上退休的老教师，联系县上的青年志愿者，在废弃的村小学里开课，建“儿童之家”，监护留守儿童安全。

下午两点，正是一天中最热的时候。还在放暑假的小雨、瑶瑶姐妹俩像往常一样，背着书包一起出门，又来到村小学。这个曾经废弃的地方，现在经常充满孩子们的笑声。

小雨和瑶瑶是一对留守儿童，妹妹瑶瑶出生后不久，父母便去外地打工，姐妹俩在爷爷奶奶身边长大。爸爸妈妈一年回来一两次。“今年暑假，这里不仅有小朋友一起学习和玩耍，图书室还有好多书可以免费看呢!”小雨指的是新建的“儿童之家”。

“村西有河坝，每年暑假都有一些不听爷爷奶奶话的调皮孩子结伴去那里玩，一个闪失就容易出大事。”在村支部书记李春城看来，村里24名留守儿童的安全是建立儿童之家的初衷。

“儿童之家”还配套了专门的阅览室、电教室、体育广场，并建立了儿童心理辅导中心，派专业老师为有困难和心理障碍的孩子排忧解难。从刚来活动中心在墙角边抠手指，到现在可以和新来的志愿者主动打招呼；从怯懦自卑到现在可以站在村民面前唱歌跳舞……“儿童之家”不仅仅是给留守儿童提供了一个活动场所，还改变了留守儿童的性格。

訖禮村辦起了圖書室
戊戌歲鐵林於西安
訖禮村的一個作家回村后做了三件事，第一件事就是給村里建了村里的圖書室

早些年，村庄最兴旺时，全村人都有一股子精神劲儿，上学时校长要敲击挂在树上的一块生铁，听到这生铁的声音，村民们的敬仰、敬畏之心便油然而生。学校每出一名大学生，村里通常都会出资放一次电影，那是一种神奇的心灵契约——村庄为你都放了电影，你将来怎么可以辜负乡亲？学校里升旗时，全村笼罩在一种令人振奋的气氛和音乐之中……

“今年天气干旱，村里外出打工的年轻人增多，村里28名留守儿童，我都要格外留意。”75岁退休教师乔军是“三留守”关爱行动督导员，他介绍说：“我们建了一个微信群，将所有留守儿童的监护人拉到群里，方便他们及时了解孩子的近况。只要群里的父母喊上一声，我就会在闲暇的时候找到孩子让他们视频聊天。我发现可以视频聊天后，孩子和父母明显变得亲近了，孩子也变得活泼了。”乔军每隔一段时间就会对村上的留守儿童进行摸底，对他们的生活、学习情况进行调查了解，碰到生活困难或特殊儿童会更加关注，并且会定期汇总这些信息。

女先生一次和亲戚一起到附近的孝西村观看社火，偶然听到村里的老人说，正月一过，娃们就又出去打工了，屋里也没人，弄不好，老人病倒在屋里都没人知道。女先生听后，心情十分沉重，她从该村村主任处了解到，这几年村上没有大的企业支撑，村里的青壮年大多出外打工，子女想尽孝也难。女先生当下就和村上商议，她要带来企业在村上投资建一个集农业种植销售、旅游观光为一体的生态农业发展有限公司，让村民就近打工，不仅有收入，也解决了“空心村”的问题。后来得知，女先生引进的这家企业的董事长竟是自己的学生——几十年前班里最淘气的一名学生。

女先生也清醒地认识到，财富并不是解决农村问题的关键。如今，就算在家里种地也能养活一家人，但家里也少了宽容与理解，多了抱怨与伤害。这些问题不是用钱能解决的，还要靠传统文化。她了解到孝西村原名孝义坊，是药王孙思邈的舅家，按照当地的风俗，每年“二月二”庙会当天都要献上孝西村的饭食，同时还有纸花队、秧歌队、锣鼓队等表演。这些宝贵的文化遗产是不可再生的珍贵资源，根据本村以“孝”闻名的悠久历史，身为政协委员的她，积极建言应大力弘扬以孝爱文化为核心的优良传统文化。

女先生竭力推崇传统文化，认为要以传统文化的教化之力解决当下农村的诸多问题，从学习传统文化、从感恩和敬畏做起，让村里的老人知道该怎样做一个老人，让孩子懂得孝道，懂得爷爷奶奶在家很孤独，让他们知道代替父母孝敬爷爷奶奶。

她说，如果老人和孩子都安顿好了，外出打工的青壮年劳力就能够安心。他们安下心了，就能够努力工作，挣的钱自然会多起来，家里也就会日渐兴旺。

农耕文明就是种田，田人合一，传宗接代，建房筑祠堂。穷不丢书，富不丢猪，祠堂是乡村的灵魂所在。

女先生不仅发挥特长建起“儿童之家”，还和村支书李春城商量建立“百姓议事堂”，邀请村里的德高望重、有威信、做事公道的退休干部、老教师、老医生为让礼村的“新乡贤”。用百姓的话，说百姓的理儿；用百姓的法子，办百姓的事儿。村民听到的，不再是以前村干部的吆五喝六，而是循循善诱，和风细雨。

女先生成了村里的大忙人，有时乡邻们来找她，遇到家里没人的时候，他们就会用粉笔或是土块在大门上写上：“×××家请”。看到这样的字样，女先生就会赶了去。

如今，两扇门板上“请”字密密麻麻，重重叠叠，“×××请”“×××家请”“×××全家叩谢了”……几乎要写满了。

百姓议事堂

村里的事情村里办，百姓的事百姓议。“百姓议事堂”从最初的几位退休老干部、老教师和公道正派、威望高的家族长辈坐镇，列席村两委会，到后来正式请来法律顾问当“法官”，凡是有关土地确权、流转、承包、征收等关涉群众切身利益的问题，都由百姓议事堂协商讨论。同时开办新乡贤讲堂，移风易俗，教化村民。

倒数回去十几年，村上也没有开过村民大会，因为农网改造、征地拆迁等事情，村里几个宗族间几派相争、势不两立。如今，人人钉钉子，事事马上办。

“当年分承包地时，树多的地少分，树少的地多分，现在，要确权，分到地少的群众不满意。”

“农村土地经过三轮承包改革，如今进入土地确权阶段。与此前相比，附着在土地上的拆迁补偿等利益很大，土地确权工作在推进中遇到的矛盾纠纷很多。”村支书李春城介绍当前农村社会矛盾的聚焦点。

“原来分的柴火山常年没人去打理，有的连东南西北的界线都搞不清楚了。现在土地要确权，曾经的荒凉地有可能就是明天的金山银山，有的群众争得厉害。”

……

百姓百性百条心。面对利益分配，各家有各家的想法。村民们七嘴八舌地议论。面对这些复杂问题，李春城说："国家政策规定得很原则化，老百姓的诉求又非常具体。历史遗留问题该怎么解决？等政策、靠政策、要政策，是不行的。"

说一千道一万，老百姓最终看的是矛盾纠纷能不能解决，合理诉求能不能满足，利益分配能不能公平。为此，村里德高望重的"新乡贤"们往往帮助村两委拿出解决问题的办法。杨文义就是其中一位。

"我们这些老家伙，大多是老党员，做过多年的村干部，对村里集体土地的历次承包分配情况比较熟悉，东家长西家短搞得比较清楚。村两委让我们来调解，拿出具体的确权标准，村民们大都很信服。"杨文义说。在杨文义看来，要做通各家的思想工作，关键靠自身做事公道，只有这样，调解工作才能腰杆硬。

俗话说清官难断家务事，百姓议事堂却拓展范围，成立家事法庭，把家事案件从民事案件中剥离出来，专门审理离婚、"三养"（赡养、抚养、扶养）、继承、家暴等家庭矛盾纠纷引发的案件，成为首个"吃螃蟹者"。

"家事法庭"设置得也讲究：布艺沙发、茶几、绿色植物、墙壁字画，悬挂着"父子和而家不败，兄弟和而家不分，夫妇和而家道兴"的家庭哲学警句，有了家的氛围，当事人就少了剑拔弩张的较劲感，会放松心情，平和说理诉情。家事法庭聘请的是县城里社会生活经验丰富、性格温和、责任心强、善于做调解工作的女法官。

身处温馨的"会客厅"，听着法官"拉家常式"的调解，要告状离婚的王某不由得抹起了眼泪。"他这个人好的时候也挺好，就是爱和我计较，大小事都是。"据小王介绍，其实两人的感情一直很好，但两人经常因生活中琐碎的小事而产生分歧和争执，因为不满她就想到了离婚。但当王某见到亲如姐妹的女法官时，就像找到了可以倾诉的娘家人，情绪慢慢稳定了下来。"我平时也不愿意向亲朋好友说，这事只能闷在心里，逼急了只好来离婚。"

听罢倾诉，法官递给她一套“诉前夫妻情感测试”题。这套测试题共30题，全部为选择题，每道题分别设置了不同的分值。测试内容涉及“是否有共同爱好”“是否经常沟通”等夫妻生活中具体的小事儿。心理咨询师对每个分值阶段都有着不同的判定。测试结果出来，王某的分数为67分。接着法官顺势利导，从夫妻感情谈到孩子教育、父母期望，并对男方的做法进行了批评教育，句句说到她的心坎里。经过倾听、测试、调停、开解，夫妻二人终于化解了矛盾，放弃了离婚的念头，并携手离开了法庭。

很多当事人夫妻，经过“第一关”后，就再也没来过法院。

“孙老师，您评评理，儿子儿媳不赡养我，我不如死了拉倒。”一天，陈太婆神情沮丧，哭哭啼啼来到百姓议事堂，向退休老师孙正华诉苦。

原来，81岁的陈太婆年轻时就丧夫，好不容易把唯一的儿子养大成人。谁知，儿媳嫌婆婆整天唠叨，一气之下将其拒之门外。陈太婆的儿子慑于妻子的霸道，竟默许了妻子的做法。

“堂前椅子轮流坐，媳妇也要做婆婆。你们对母亲不孝，子女会看在眼里，记在心里。”孙老师找来陈太婆的儿子儿媳，当面谈话，讲述老人的辛酸与委屈。

“妻贤夫祸少，子孝母心宽。”孙老师阐释传统孝道和《婚姻法》《老年人权益保障法》，指出为人子女不赡养老人、虐待老人、遗弃老人应当承担的民事和刑事责任。

经过两个多小时耐心细致的调解，老人的儿媳认识到自己的错误，保证以后善待婆婆。一起赡养纠纷案成功调解。

让礼村的百姓议事堂，邀请大家信得过的百姓、身边人理身边事，闻民声、解民忧、议村务、促新风，是“连心桥”，也是社情民意的“晴雨表”，更是调处群众矛盾纠纷的“草药方”、基层民主法治的“阳光房”。

书记嫁女

李春城坐在板凳上，点着烟，狠吸了几口。年前，闺女定亲。男方按“老规矩”，要送六万六到李家。

谁家闺女不出嫁？都要高彩礼，必然恶性循环。移风易俗，党员干部不带头，群众工作不好做。

李书记打定主意，降低彩礼，又怕妻子这一关不好过。他先到县党校听了一堂移风易俗党课，回来给妻子传达政策。妻子的脸一黑，不吭声，给李春城来了个“闷头顶”。

他不死心，无论咋说，妻子不表态。正巧，镇长闫军来村里。李春城拉上镇长，到家说服妻子。妻子一见有领导来说彩礼，把门一关，扭头就走。

不久，县里下发文件，要求党员干部操办本人和直系亲属的婚嫁，必须提前三天向区纪委或单位党组织书面报告；必须执行新标准，否则给予党政纪处分。村与乡镇签订目标责任书，把移风易俗纳入年度考核，工作不力追究主要领导责任。

李春城立马签订《移风易俗承诺书》，拿到妻子面前。这回，妻子不再坚持，答应只要1.6万元。

上党课，统一党员干部思想；下文件，约束党员干部行为。一旁的干部插话说，李支书嫁闺女，少要彩礼、节俭办事，在家顶了不小的压力。

管住了干部，还得引导群众。

农村人爱看戏，李春城在戏上做文章。县里新编的好几出戏，演了500多场，受教育群众10多万人次；新拍微电影《雷哥定亲》《鬼火》，网络点击量超过百万；各村街头贴宣传画，村委会打开大喇叭……宣传铺天盖地，村村不落。

最受欢迎的戏是《请闺女》。

戏里说，张玉米嫁给李瓜秧，一个月也不回娘家。老两口不放心，前去看闺女，这才发现，李瓜秧相亲时用的楼房、送的彩礼，全是借的。为了还账，小两口被迫住进破屋子。

“‘怨你怨你都怨你，把闺女当成取款机。’听戏词，笑中含泪，入心入肺。”新戏虽好，村民单是看热闹。真叫谁家简办红白事，谁也不想抻头。咋办？“软”要宣传，“硬”要约束。

让礼村制定操办红白事的参照标准，经过群众表决，全部上墙公布：订婚彩礼不得超过2万元；提倡婚事1天办结，3天回门不请客；取消新人下车礼金；收受贺礼、礼品、礼金，农村控制在50元以下；迎亲车队不超6辆，行驶中不放鞭炮。婚宴严格控制宴请人员范围，只限近亲属；每桌10人，自请厨师的，含烟酒不超过300元。

干了十几年村支书，李春城清楚，农村的风俗根深蒂固，要想“全面开花”，先得攻破“第一家”。

“第一家”选谁？住在村委会对面的张华涛。他家的闺女叫张妮，23岁的她，正要定亲。张家搞运输，不差钱，光看新盖的二层楼，房子多达10间，咋也住不完。张华涛觉得，彩礼少了没面子，要8万元，不高也不低。

李春城登门，劝张华涛降彩礼，被一口回绝：“规矩咱支持，不过俺家不出这个头。”

第二次，李春城带了俩“帮手”——村道德评议会会长张保国、成员张超亮。道德评议会里有村干部、老支书、老教师，专门助推移风易俗。谁家要的彩礼多，他们上门做工作；谁家要办红白事，他们蹲点守到头；谁家做得好，他们推荐参评“好媳妇”“好妯娌”“好婆婆”。

张保国进了门，苦口婆心：“彩礼要高了，婆家去借钱，将来还不是你闺女还债？到时候，闺女在婆家抬不起头。”

“彩礼高，名声孬。人家笑你‘卖闺女’。”张超亮用上激将法。

“理儿咱都知道。话说回来，别人都要七八万，俺闺女要两万，街坊亲戚不戳脊梁骨?”张华涛顾虑未消。

张保国又劝：“有人说闲话，你就往道德评议会身上推。咱又是搞宣传，又是立村规，看谁敢反对?”

张超亮警告：“谁一意孤行，不遵守新规矩，红白理事会不去他家‘问事’，不去帮忙。”

张华涛一家商量，妻子、女儿同意只要1.1万元彩礼。结婚那天，张家不派人送亲，免得男方多摆宴席。婚后三个多月，两口子一个做生意、一个照顾家，幸福美满。张家被评为“移风易俗光荣户”。牌子挂在家门口，谁路过，谁竖大拇指。在张华涛影响下，他大哥、二哥嫁闺女，也基本按照新规矩，一家要了2.6万元，一家要了1.1万元。

过去谁要得多，谁有面子；现在谁要得多，谁是财迷。大喇叭每天广播一次，好的亮亮相，坏的出出丑。不管心里愿意不愿意，没人再敢公开要高彩礼。

降彩礼，谁劝最管用？媒人。县上、镇上都成立红娘协会，全县吸纳了659位红娘。红娘们像659个警报器，紧盯着高价彩礼；又像659把剪刀，直接剪断旧俗的“根系”。

景素霞是个老媒人，过去说媒，碰到女方出难题，就让男方多出钱，把事儿摆平。移风易俗后，她一边要说成媒，一边要降彩礼，有点“作难”。

女孩儿听说要把彩礼降下来，嘴立刻噘起来：“俺长得不差，身价也不

訖禮村美女張妮造像
訖禮村制定操办红白喜事參照標準
訂婚彩禮不得超過兩萬元。張妮成為
第一個獲教育的現代新女性。
戊戌歲鐵林於西安

“红娘协会登场，高价彩礼立降”“红娘出手，彩礼赶走”。

低。人家要十几万元，为啥叫俺要两万元?”姑娘红着脸，低下头，就是不愿意。

一趟不行，景素霞冒着严寒，连跑几回。姑娘还是不给好脸色。景素霞改变策略，劝女孩的父母，一点一点把彩礼降到八万八，再降到六万六。

“咋也得降到两万以下!”景素霞拿出随身携带的“红娘证”，晃了晃：“县里、镇里成立红娘协会，先是培训红娘，又发了证书。每个红娘都宣过誓，签了承诺书。凡是说成的亲事，彩礼一律不能超过两万元，媒人答谢礼不能超过2000元。如果索要高价中介费、哄抬婚嫁彩礼，取消会员资格。”

“闺女的面子实在过不去。你别急，我再劝。”娘劝了女孩半天，最后一拍大腿：“两万就两万，冲你跑这么多趟，我应了!”

事后，男方对景素霞交了实底：虽然当面说，十万八万出得起，但那是打肿脸充胖子。女方真的要，只能出去借。

村口白色墙壁上写着几条标语：“红娘协会登场，高价彩礼立降”“红娘出手，彩礼赶走”。看来，一度以利为先、推高彩礼的红娘，如今变成了倡导新风、推动自治的“急先锋”。

移风易俗，有奖有罚，有堵有疏。对婚丧嫁娶大操大办的党员干部，纪委严肃查处；对违规大操大办的村民，乡镇取消其参与评先进的资格，是低保户的取消其低保资格。同时，县文明办、妇联、电视台合办相亲会，为700对青年男女搭起鹊桥，举办简朴热烈的集体婚礼，县领导证婚，新人们喜结连理，节约费用200多万元。

不少人在观望，新风到底能坚持多久?

反对红白事大操大办、铺张浪费，声势大，见效快。但这事明面上的好监督，私底下的确实不好监督。一位红娘道出了自己的担心，“表面看谁也不敢多要了，可私下里，女方追加彩礼，男方能不给?”

看来，乡村婚俗观念根深蒂固，改变并非一朝一夕之事。

十元随礼

自古以来，村子人相互间寻常的来往也很少空手上门，邻居间串门子也要随手拔上几根葱，用手帕包几颗温热的鸡蛋。

早先，每家人的大箱子里总是压着一摞子颜色各异的布料，全是为村上的人情来往、红白喜事准备的礼物。当然，箱子里的布也差不多是自家过事时亲戚乡邻送来的礼物，一块布就这样被一轮一轮地送来送去，在偏远的让礼村寂静流转，好几次被送还回最初的主人家。直到有一天，被送进裁缝店做成妇人的一件衣服或者年迈者的一件背心为止。

在这些布料的来往中，一个刚组建的小家庭，会因为婚礼积攒下一大箱子布料，成为他们最初的家底，这些布将见证两人实实在在的日子和柴米油盐，见证家庭的日渐稳固，烟火气的日渐厚重。

近年来农村地区婚丧嫁娶大操大办、彩礼高昂，村民常不堪重负。订婚结婚、满月周岁、升学乔迁、盖房封顶、长寿生日、老人过世白事喜办……都少不了“迎来送往”，以往淳朴的人情变成了赤裸裸的“人情债”。“人情”少则两百元，多则上千元，过事时你家八大碗，我家十六碗。宁穷一年，不穷一日。无人获益，人人叫苦。

让礼村“百姓议事堂”出台新的“村规民约”：无论红白喜事，坚持简办。约定村民只能办理丧事、婚宴，老人80岁以上的办寿，其他客事一律不办。婚丧事宜一律安排在村办事大厅，烟酒、菜肴标准、酒席数量按村规民约要求置办，一律取消请歌舞团、放烟花等消费。乡里乡亲要随礼，规定只随十元钱。

让礼村年两前就成立了红白理事会，把农村有威望、公道正派、热心服务群众的老党员等选入红白理事会，他们熟悉民情，有威信，由他们带领群众自我教育、自我管理，引导群众自觉抵制陈规陋习。理事会成立的第一把火就是制定婚丧喜庆村规民约，革除婚丧喜庆事宜中讲排场、比阔气等陋习，倡导喜事新办、丧事简办、厚养薄葬、勤俭节约的文明新风尚，以简朴为荣、以节约为美。

但是掏出十元钱随礼，可能很多人觉得不可思议。

“随礼十元这一传统是从上一辈那儿传承下来的，从我出生时就有了。”韩小平介绍说，以前凡是村里有红白喜事，家家户户都会有个代表前来参加宴席，帮忙买菜、烧饭，同时给个十块钱的随礼钱，“十元钱虽然少，却是邻里之间的一份心意，钱多钱少表达的邻里感情是一样的。”

随着生活水平的提高，十元随礼钱在外界看来难免“小气”。

“（20世纪）六七十年代，当时的十块钱其实不算少，后来生活越过越好了，村民觉悟也提高了，都认为不必为人情债所累，随礼都是有来有往。”该村村委会胡主任笑着说。

“大操大办的红白喜事不仅劳民伤财，还会败坏乡风、民风。我们设立这个议事堂是在给村民‘减负’，更重要的是村民之间形成一种互帮互助的风气，增进村民之间的感情。”李春城说，邢家姐弟自发筹资建了村委会综合楼和公共文化活动广场后，议事场所、图书室也设在一起，剩下的三间房成了办事大厅，村民的红白喜事都在这里操办。

乔国全母亲满90岁了，两口子无论如何也要给老人办寿，可家底薄，按以往的惯例办，无疑将欠一屁股债。一正筹莫展时，红白理事会找上门，主动提出来操持。寿宴当日，现场没有多余的装饰，只在门口挂了一副祝寿对联，村上的自乐班为老人举办了简短的寿庆仪式。村民女同胞唱起祝寿歌，舞蹈队队员踏歌起舞。没有了排场，人情味却更浓了。

以前办丧事，普通人家也要七天时间，其间搭棚设宴，摆流水席，摆得越多、出手越阔绰就越显得子女孝敬。如此一攀比，一场丧事办结，一家人十几年的积蓄就基本耗光。一位村民的父亲过世，村红白理事会牵头，把丧事办得节俭文明，以前待客“七凉八热四扣碗一汤”是标配，现在四荤四素，全是家常菜，一桌八人，每人一碗大烩菜。待客烟不超五元，桌上酒是本地散装玉米酒。满打满算，不超三百多元，开销和礼金基本两抵。

“乡亲们挣点辛苦钱不容易，有钱花在刀刃上，而不是用来搞攀比、争面子……”趁着村里过了几件事，道德讲堂开了课，红白理事会动员大家不比排场比文明。

让礼村红白理事会开展“革除婚丧陋习 树立文明新风”活动几年来，全村婚丧事简办累计节约近300万元。

良好的作风，马上在全县推广。目前，全县258个村全部建立了红白理事会。倡导婚事新办、丧事俭办、厚养薄葬、勤俭节约的社会新风尚，并对红白喜事范畴、办席标准、规模予以上限控制。针对农村婚丧事务中讲排场、摆阔气、搞攀比、封建迷信等不良旧俗，集中开展了陋习专项整治行动，遏制了400多起铺张浪费事件。

恢复礼言

从让礼村幸存的老宅走过，看看那残留的“耕读传家”“地接芳邻”“稼穑为宝”“职思其居”“居易俟命”“君子攸宁”之类的门楣题字，从这些连今天的大学生都不能完全理解的古典语汇中，我们感受到了村落中曾经飘荡着的诗雅风韵和那背后深藏的意蕴。

村庄人口语里经常冒出一些很雅很古老的词语。对某人的重视叫“敬视”，比“重视”多了一层味道；评价某人嘴上乱说叫“乱曰曰”；把某个地方或单位的领导叫“脑兮”；把祖先叫“先人”，把对某事没有办法了叫“没诀”；把右边不叫右边叫“右首”，左边叫“左首”；把眼睛叫“鸟窝”，以鸟的飞出翔入比喻人眼的神气；骂人也显得文雅，骂滚开叫骂“避”，或者“滚一岸去！”

他们说“明雪暗雨”和“干净白雨邋遢雪”，白雨就是骤然而至的大雨，这句意思是白雨一扫而过，不拖泥带水，利利索索；雪洋洋洒洒，起初洁白让人爱怜，却因为没有及时“退场”，最终被消融被践踏，变成邋遢肮脏遭人遗弃的模样了。

在此穷乡僻壤之地，礼尚往来的礼节也是无处不有。农村举行婚礼、宴请宾客，主家唯恐由于忙乱对亲朋好友接待照料不周而失去应有的礼仪，便约请本村懂得礼俗且能说会道、德高望重之人担任办理婚事的“总管”。

这“总管”不但会按主家的意图把招待宾客的宴席办理得井井有条，还能用热情洋溢、温柔甜美的礼貌语言与上门帮忙、前来贺喜做客的亲朋互动，说得人周身爽适，满心欢喜。这种“礼言”多是见景生情、随机应变的顺口溜，既风趣幽默，又通俗生动，听起来悦耳顺溜。

在新人喜庆的婚礼仪式上，“总管”根据婚礼程序，看定新人夫妇，稍一思忖，他即兴唱吟：

一对新人出洞房，盘子先端上；男在前，女在后，娃娃跟一溜；男女分左右，亲朋两边凑。

双双来到席口边，众位亲友用目观；前头掂的四六毡，后头跟的花牡丹。

新媳妇，好身段，站在棚口赛天仙；柳叶眉，丹凤眼，樱桃小嘴一点点。

直溜鼻子端又端，糯米银牙尖对尖；腰伸直，腿不弯，走起路来水漂船。

绣花红鞋踩绒毯，答谢亲友来见面；新郎是个福蛋蛋，娶了一位女貂蝉。

双杯美酒先拜天，夫妻和睦一百年；双杯美酒再拜地；夫妻双双多和气——拜天地！

双杯美酒拜祖宗，儿女后辈出英雄；双杯美酒拜祖先，儿女升学考状元——拜祖宗！

双杯美酒拜红娘，月老先生坐上方；槐荫树下牵红线，牵到今天配成双——拜红爷！

第一杯是女儿红，红爷不喝不得行；第二杯是竹叶青，红爷不喝礼不通；第三杯是喜庆酒，你不喝来我不走！葡萄美酒夜光杯，幸福新人成双对，今日喝罢交杯酒，明朝征途比翼飞——喝交杯酒！

说完，眼睛朝远处看，对帮忙的说：

我住在村上，没进过书房，不知周公之礼。我说人之初，没有念过书；我说性本善，和诸位才见面。油漆桌子亮又黑，我代主家招呼客。油漆桌子黑又亮，我和帮忙的弟兄来商量。你们初来乍到，人人心灵手巧。凳子有腿，椅子有背，想坐自己找，想喝自己倒。有百客，无百主，不要客气，自己动手，吃饱喝好，事情不能误了……

对迎亲归来的人说：

押礼先生，接亲姑娘，抬嫁妆兄弟，一路受苦。隔河渡水，沿小巷过短桥，道路不平。出力流汗，没有怨言。主家一时不便，房舍偏窄不宽展，桌椅凳子不齐全。烟茶不及时，礼貌未当先。司茶的，看客的，快倒茶，先敬烟……

对在场的亲友说：

天上紫微星，各位请肃静，今日主家令郎完婚之喜，媒红大人、老小外家、姑舅姨表、四门尊亲、本家户族、老幼三辈、女婿外甥、爷孙父子、师徒弟子、新朋故友、干儿干女，统统请了。大财小礼，均请拿到桌面，待账面登记号签……

对婆家人说：

阳光灿烂，鞭炮连天。多亏媒红穿针引线，结了这门好亲眷。新娘父母，知书达理，品正行端，一再作谦，说他们陪嫁少，见亲家无脸面；又说姑娘见识少，不会缝衣做针线；炒菜做饭不熟练，不会裁来不会剪；高档家具不会用，现代化电器不会玩。还请公婆多指教，敬老爱幼两双全。

酒席即将开始，“总管”偕新娘新郎走到席前，热情地说：

天长地久，地久天长。荣华富贵，儿女满堂。天降良缘，今日成双。白头偕老，福寿安康。新郎新娘在此，施礼拜上。敬酒双杯，长者先尝。

说罢把手中擎着的满杯酒敬给了贺客中的高寿者。长者喜滋滋地痛饮后，宴席开始。

在欢快的酒席上，“总管”的言辞极有韵味，殷勤劝酒之中也是非常体谅客人：

酒要八分，不能过头。人分量饮，不能强求。

有热情者则说：

几杯淡酒不成礼仪。多喝几杯，略表心意。喝个六位高升，饮个桃园三结义。

有豪迈者则说：

你们天寒路远，越岭翻山送来财礼，花费银钱，诸位请高台落座，扯天满江帆篷，开怀畅饮。量宏者喝个喜上加喜，量窄者喝个满面春风。九九长寿，人人要干杯，个个要明饮。提壶斟酒的给客人满上！

在“总管”的号召下，婚礼又进入一个欢乐的境界！

酒过三巡，菜过五味，祝酒人捧酒壶、酒盅，偕新人站在桌中间，这时众客人都静听“总管”唱祝酒词：

老外家、少外家，姑家姐家和姨家，烧火弟兄干亲家，等吃喜糖的小姨家；端盘的、接碗的、炒肉的、蒸饭的，担水洗碗剥蒜的，众亲友静一下，主人叫我说憨话，大家听后，不要笑话。张灯结彩，热闹非凡，青烟缭绕，喜结良缘。四方亲友，越岭翻山。左邻右舍，喜笑开颜。有酒有肉，大家动手。开怀畅饮，一醉方休。有肉有菜，自己动筷。新娘新郎，披红挂彩。在此相谢，一拜再拜！

心思缜密的“总管”把控全场，而不会忘记任何一拨辛苦的人。最后，他又与新人一起到厨房，对厨师们说：

烹饪师傅，手艺高强，薄切细切，盐味恰当。有胡椒，有大香，各种调料巧配方，四季色香调羹鼎，八珍美味协阴阳。蒸煮炸炒，门门不挡。火功到家，十里闻香。吃了多少酒宴，未喝过这种鲜汤。如此高手，远走云南四川，近走四面八方。客人吃得满意，你为主家争了光！新娘新郎致谢鞠躬……

乡音浓厚，字字土味醇烈，句句情真意切，主家客人皆满意。

新娘粉面含羞，与喜眉笑脸的新郎向宾客鞠躬致谢，然后开始逐桌敬酒，喜气洋溢。

村有户人家老人过世，就在办丧事的时候，这户人家的儿子不太会说话，对前来吊唁的客人说了句“招待不周，下次来过”。“总管”听着了，就及时过来打圆场说，这事“千年没一次，万年不来一回”。

村口的暖阳下，三个老妪个边议论着前一天老王家婚礼上“总管”的见识多、反应快，一边不急不忙地剥着蒜，安泰，吉祥。

她们几十年的人生路，一直在家园附近打转，顶多是邻乡赶集赶庙会或走亲戚，三人没有比谁走的路长、谁过的桥多，而是比谁最少离乡。

其中一个说：外边太乱了，你看电视上天天有事情，我不想出去。另外一个说：我走不动了，不要紧，下辈子到处走走。

她们的午后闲话中没有人生的遗憾，却是有点庆幸和自足。

此时，与六畜、五谷相互依赖的乡村，充满了温情和诗意的祥和。

德银送钱

让礼村的德银，祖宗八代也没有想到有朝一日进了中央电视台，成了天下皆知的名人！

德银与堂弟走出成都火车站，经过多番打听终于来到熙熙攘攘的广场，却被一圈公安便衣包围了！惊慌失措之下，德银掏出自己清洁工进出糖酒会的临时工作牌子……

成都老板林新生在西安的糖酒会上被小偷偷走了带有密码锁的皮包，懊恼不已的他当天回到成都。令他万万没有想到的是，不久他就接到一个来自西安的“神秘”电话，一个自称是糖酒会清洁工的人让他到西安取丢失的密码包。按他的一贯经验，这无疑是“小偷”新设的一个诈骗圈套，为了将这个“诈骗团伙”一网打尽，他把“小偷”骗到成都，同时通知公司的保安和当地派出所悄悄张开一面大网。

“你是成都的林总吧，我捡了你的皮包，里边还有不少东西，你来取吧!”

“你三番五次打电话，那么你有诚意你就给我送来吧!”

林老板说：“一天中午，对方又给我打电话说他们已经到成都了，现在在火车北站，问我是不是来取一下包。我当时心里在想我一个人去太危险，为了拖延他的时间，我就说我不在成都，在双流县，离这个地方可能有30千米。然后跟他约在我们公司附近。利用这个时间我通知我公司的同事、保安去报一下案。我们公司几个人和肖家河派出所的民警远远跟着到约定的地方见面，当时公司另外一个执行总经理装成很坏的样子背着手走过去说，‘你们的证件拿出来看一看’，对方的一个人也叫我们把证件拿出来看。”

“这时候，我看见他拿出西安国际会展中心清洁员证。一见那个东西，我感觉是真的，就约他们到一个喝茶的地方先坐。一到地方他就把包拿出来说，这就是我的包，让我看一下里面的东西全不全。”姓林的老板接着说，“我当时看里面的东西，只有有价证券。赶一千多公里的火车，他怕路上被人偷走，就揣在自己腰带里了。当他把钱从腰带里拿出来，我一下就感动了，心里那种……我还感到一点惭愧，有点遗憾。”

成都的林老板精心布置的“圈套”没有把“小偷”请进派出所，相反，他俩并肩走进了中央电视台《实话实说》栏目。在《一分钱》轻轻的旋律中，憨厚的农民龚德银用朴实的语言打动了在场的所有观众，顷刻间演播厅里真情涌动……

这一年，对龚德银来说是不平凡的。年初，他与妻子到城市打工，在砖场干苦力活时被骗了工钱，姐姐在西安糖酒会会场上承包了一个垃圾台，他就赶来做清理工，生活自此发生了转折……

那一天中午，龚德银和妻子清理会场垃圾，细心的妻子每个垃圾袋都要打开翻看一下，突然发现一个被割破的真皮密码包，他们觉得扔了可惜，想着还可以拿回去给小孩玩便把包带回了家，糖酒会上垃圾很多，每天忙碌的工作让德银几乎忘了包的事。后来有一天几个老乡来家里聚会，喝了一点酒，东拉西扯到半夜。老乡无意间看到了他挂在门后的真皮包。出于好奇，他们把密码包撬开，却意外地在夹层中发现了一万元新崭崭的现金、58万元的存折、股票权证等物件。

“当时心理也不是没有斗争，但对我来说，得到的也就是一万元现金，而对于失主，存折、股票的损失可就大了。”龚德银坦言道。事实证明了他的推测，后来失主林老板表示最值钱的就是那个股票，对股票的数额他一直避而不谈。

龚德银按密码包中名片上的电话与成都老板林新生取得联系，而林因害怕是骗局，让他把钱送过来。

龚德银与堂弟龚德富合计后，决定把好事做到底，送钱到成都。因为龚德银从来没有带过这么多钱走过远路，龚德富自告奋勇当“保镖”，陪哥哥一块去成都，由于林老板的不信任，给哥儿俩添了不少麻烦。在和林老板见面的当天，广场早已有便衣警察布控。

林老板说：“当时我就拿4000块钱给他，说这么辛苦，这么远路途肯定要花费，这个钱你先用。他再三推辞不要，我说这是我发自内心来感谢你的，你应该要。他怎么都不要，当时我就感到很难堪了，原先怀疑人家是小偷，现在感谢人家又不要，东西又摆在那里了……当时那种场景我很难形容，心里感觉很歉意。”

当时送钱过去，根本就没想过酬谢。龚德银从来没有想到，自己本能的一个举动，会给他日后的生活带来这么大变化，上报纸、上电视，鲜花、掌声、关注的目光……随后发生的一切着实让这位朴实的农民眩晕：网吧被中央电视台邀请上了《实话实说》节目，而他的名字也在家乡县城家喻户晓，全县已经掀起了向龚德银学习的高潮。

在节目播出后的三个月里，龚德银夫妇可谓备感煎熬。终于，有一天，他们找到媒体记者，说出了自己的一桩秘密——其实，龚德银和堂弟收了林老板4000元钱和两部手机。

做了好事，千里迢迢送到失主手中是一种高尚的举动，那么，收取回报是不是前功尽弃了呢？当地媒体就此面向社会做了一项调查，人们参与讨论的热情很高涨，九成读者认为龚德银捡钱送钱是他的高尚，收钱是他的应该。

一波三折。真相并没有使得龚德银形象受到任何贬低，反而让所有人觉得这样的活雷锋才是有血有肉的、真实的、有生命力的。

随后，龚德银受到了省委省政府的嘉奖，县文明委发出《关于开展向龚德银同志学习活动的决定》，2003年，龚德银还当选为县政协常委……

在县委、县政府的帮助下，龚德银母亲久治不愈的疾病得到了很好的治疗，儿子龚成龙、女儿龚成凤被转到县城里上学。能把娃带到县城接受好的教育，一直是他的愿望。从山里到县城是成名后带给他最大的变化。一时间许多企业、公司来人来函邀请他加盟。经过认真考虑，他选择了县环卫所，一个原因是自己还要照顾已经转到城关第二小学上学的两个孩子，另一个理由是自己一直感觉干粗活苦一点儿心里才踏实。

上电视后不久，龚德银进入县环卫所上班，有了事业单位的正式编制，这一切都是以前的龚德银所不敢想象的，虽然每天的工作仍然又脏又累，但是他乐在其中。起初，龚德银主要是开垃圾车运送垃圾，后来在一次工作中弄伤了手，被调回机关，成了一名管理监察员，负责管理环卫工人和监管城区环境卫生。

每天七点半签到，八点左右上街巡查环卫工人的工作，县67名环卫工人负责城区25万平方米的卫生，任务十分艰巨，县城大街小巷的任何一个路段，龚德银都能说出负责的工人的名字。城区每天产生80余吨生活垃圾，环卫所里的垃圾车很难满足需求。除了管理环卫工人以外，龚德银每天的工作就是巡街查看是否有乱扔乱倒垃圾等污染环境的现象。

曾经有很多亲戚朋友说，你成名了，现在有什么困难就直接找领导，他们就会帮你解决。龚德银总是拒绝，工作都解决了，还能有什么困难。我只是做了应该做的一件平常的小事。

流动饭盒

这一天，轮到高书琴一家送饭了，高书琴手提着一个不锈钢保温饭盒出了家门，走过村里的主巷道，又转过一条小巷子，这才来到孙武老人住的院子。一进院门，她就喊道："孙武哥，我给你送饭来了，刀犁面！"

一个人做"雷锋"不难，但一个村里所有人都做"雷锋"却不多见。

让礼村西古庄，地处文王山、武王山下，村民世世代代受"文王之德"的影响，祖祖辈辈传承仁义与厚德，148户589个村民用一个普通饭盒，轮流为本村身体瘫痪的独居老人孙武义务送饭，端屎端尿、照料起居、长情陪伴，一户一天、户户不落。

下午一点前后，正是村民午饭时间。没等老人应声，高书琴已走进老人的房子。把饭盒往桌子上一放，拿起桌上的一只搪瓷碗麻利地用开水冲了一下，再打开饭盒把捞面用筷子拨到碗里，递到老人手里，说："我做的刀犁面，你尝尝味道轻重。"一直坐在床头的孙武老人夹了一筷子到嘴里，边嚼边笑着说："好着呢。"

早饭煮的玉米糁子，还有两个糖包；午饭是面，用鸡蛋、菠菜、萝卜等做的臊子。高书琴看着孙武老人吃完了一饭盒臊子捞面，又帮着洗了碗筷，这才拎着空饭盒回家。到家再下面，和家里人一起吃。

孙武老人63岁，多年独居。去年8月，本身就行动不便的他又因骨关节畸形瘫痪，吃喝拉撒都成了问题。也就是从那时开始，全村148户人家轮流着为他送饭。一户一天，完了把送饭饭盒传到下一户，下一户接着送。到目前，全村人已经轮了个遍，又接着往下轮。

这个被称为“流动饭盒”的餐具其实是一个不锈钢保温饭盒。饭盒是村委会买的，上面用胶带纸粘贴了一块红布，上面写着“爱心饭盒”四个字。

3月4日轮到高菊家送饭，上午老伴上山去收拾果园，眼看到饭时回不来。一个人在家照看着孙子的她开始着急，最后把孙子托付给邻居，赶快上灶房做饭。蒸米饭，又炒了三个菜，满满盛了一饭盒给孙武老人送去。“再忙咱也不能让他饿着。”这位开朗的农村妇女乐呵呵地说。

李亚牛为了给孙武老人送饭，还和媳妇“生气”。那天，媳妇擀了一坨面，又做了酸汤臊子，拎着一饭盒送去。回来，李亚牛“不高兴”，对媳妇“撒气”说：“我要吃面一个多月你都没做，轮到咱送饭了没人催你倒做得欢实。”

孙武现在住的是村委会以前的老房子，同住的还有几位村上的孤寡老人，石正山是其中一位。石正山年轻时得了一场病，以后就行动不便，自从与孙武住在同一个院子后，他就自愿来照看他。孙武走不了，吃喝拉撒都在房子里，石正山每天为他打扫，倒屎倒尿，一冬天都帮着生炉子。

走进孙武老人住的房子，里面收拾得很干净，没有异味，这对一个常年卧床的病人来说实属难得。老人常常念叨说：“别人是享了儿女的福，我享的是全村人的福啊!”

说孙武享的是全村人的福一点儿不为过。全村无论哪家过红白喜事，都不忘给他送些好吃的好喝的。这一日，村民邵桂玲的儿子结婚，请客宴席还未开始，她收拾了两个蒸碗，又包了几个热蒸馍，专程跑了一趟给孙武老人送去。

一天好过，一年365天都坚持就难了。村民淳朴的情怀很让人感动。“其实也不难，自己少逛一会儿就给老人把饭送了。送过饭的高菊也认为给老人送点饭不麻烦，“家里人也要吃饭，就是锅里多添一碗水的事。”

刚开始，村委会也担心村民为孙武送饭坚持不下来，曾打算给送饭的村民家每天补贴10元钱，但这一提议被村民否决了，大家认为谁家还没有个病灾，乡里乡亲帮忙不能图报酬。

村委会胡主任说，孙武老人的事，村上其实也是受益者，大家都想着帮他，一村人显得更团结，村上也更和谐了。

人人“管闲事”，世上无难事；人人都帮人，世间没穷人。全村148户轮流照顾独居老人，村民都是活雷锋。

文王山，武王山，西古庄在山下边。村里有个孙老汉，年龄不大六十三，本人有病难动弹。他的生活不一般，顿顿吃饭要人端。东家送、西家端，群众操心保平安……

这一段快板流传在这个四季如春的村子，涌动着一股温暖人心的正能量。

好人之城的艳阳天

冬日的阳光正好，让礼村关庄一农家院，两位老人正晒着太阳，小桌上的收音机里正播放着秦腔。不一会儿，其中一位老人起身为旁边轮椅上的老人茶杯里续满热腾腾的开水，之后俩人继续听戏。

轮椅上的是83岁的赵新正老人，给他添水的是60岁的余广贤。35年来，余广贤一家三代一直照顾着赵新正。赵新正说："虽然我们没有血缘关系，但他就跟我的儿子一样。"

赵新正和余广贤一家人没有任何血缘关系。但从1982年起，赵新正就一直在余广贤家搭伙过日子，余广贤像对自己的老人一样照顾着赵新正，这一晃就是35年。

30年前，还未结婚的余广贤和父母、弟兄们就住在沟底的土窑洞里。那时，赵新正的母亲去世早，他和父亲就住在余广贤家隔壁的窑洞。两家人相交甚好，余广贤的父母平时都帮衬着照顾赵新正的父亲，母亲帮着他们做衣服、做鞋，父亲帮衬着打水、干农活。两家人日子过得都很清贫，但相处得很融洽。

1982年，赵新正的父亲去世了。赵新正年轻时一直身体不好，干不了重活，家里又没个女人做饭，隔三岔五在余家一块儿吃。

多年以后，余广贤的父母相继去世。临终前，父母都嘱咐他："新正无儿无女的，是个恓惶人，你把他照看好，给他养老送终吧。”这个嘱托，余广贤一直铭记在心。

余广贤头发、胡须花白，牙齿全部脱落，一身朴素的黑衣，走起路来步履蹒跚，俨然不像一个刚刚60岁的人。那是清苦岁月留在他身上的痕迹。

2010年，持续的降雨使余广贤家住了几十年的窑洞积水漏水严重，村委会把原来的旧房腾出来让余广贤一家住。余广贤找到村干部要求让赵新正也一起搬过来住。就这样，赵新正跟随余广贤家一起搬进了新家。

2013年，余广贤的儿子余鹏飞盖了新房，但余广贤现在仍住在小院子里，就图照顾起赵新正来方便。

现在，余广贤一天除了干农活，最主要的工作就是照顾赵新正。早上先给赵新正做好早饭，然后就赶紧下地干活，有时抽空回家，把媳妇做的包子、花卷拿到小院里，改善赵新正老人的生活，下午没事了就陪老人说话解闷。晚上一起看看电视，直到老人休息后他才休息。

说起清苦的日子，老余心里不觉苦，对于儿女他却很愧疚。“大女子是1985年的娃，上初中时学校让交50块钱买校服，我手里都没有，四处问乡党借。女子毕业后，又把校服给了弟弟。”余广贤说。如今，全家仅靠儿子在外务工的收入生活，五口人的日子过得紧巴巴，但对赵新正老人的照顾却没有“吝啬”过。每天还给老汉换着花样做饭，一天一个鸡蛋，老人喜欢的茶叶、旱烟从来没缺过。平日里，杂七杂八的开销，余广贤没计算过，更没计较过。

2016年，赵新正告诉余广贤自己捡东西时身上没劲。余广贤和儿子连忙将老人送到医院，经检查老人得了脑梗。看病、打针、吃药，余家从不含糊。在一家人的精心照料下，老人身体有了明显好转。自从得了这场大病，赵新正行走需要拐杖，农村的土茅房很不方便。余广贤便自制了简易马桶，老人如厕方便多了。

“老汉年龄大了，牙也慢慢掉落了，怕老人难消化，我就把面条煮软、菜炒烂。”余广贤说。除了照顾老人一日三餐，余广贤把老人也收拾得干净利落。“你看我买的电动推子，天热了给赵叔把头理了，看着也清爽。身上这身衣服是我女子在集会上给买的。”余广贤边说边整理着老人的衣服。

“广贤娃好，真是比亲儿子都亲，平时忙前忙后地照顾我，没有他，我动都动不了，几十年来，都是靠他们一家人照顾我，管吃管喝，有时还带我出去逛。我没上过学，不识字，村上给我办养老保险、身份证、办理‘五保户’手续，都是广贤在跑。我没有儿女，广贤跟儿子一样。这几十年太辛苦他了，没有他我都不知道该咋办了。”赵新正眼泪在眼眶里打转，揉着眼睛说。

“你眼睛不好，不敢揉，我一会儿给你买点儿眼药点上。”说话间，余广贤骑着三轮车又跑去卫生院买眼药了。

曾经有人问余广贤：“赵新正不是你的亲爹，为什么你这样照顾他？”

“家家都有老人，人人都会老。照顾一个无依无靠的邻居，不图啥。这也是给我的子孙后代树立榜样，将来有一天我照看不了我赵叔的时候，我的一对儿女也要把他爷照管好。”

村民们平凡的生命和善行义举，迸发出巨大的能量和绚丽的人性之光。他们是普通的村民，但是他们都是不平凡的人。这样的人还有很多：

村民张水珍30年来用自己的勤劳、善良和耐心，无怨无悔地精心伺候六位与她没有任何血缘关系的老人。中国女性特有的淳朴和善让她两次成为“中国好人榜”候选人。

当社会还在讨论“扶还是不扶”时，市地税局机关干部陈凯在省城出差时偶遇雨中摔倒的老人，毫不犹豫地跪在地上扶起老人并送其回家。工作之余，积极参与慈善救助、文明交通、环境保护、助力脱贫攻坚等志愿服务活动，对贫困学生、重病患者、困难群众做了很多好事、实事。他累计募集善款200万元，个人捐款两万元。

“我带走葱，你带走笼，早点回家！”郭艳阳是县人民医院餐厅的一名管理人员，上班途中偶遇一位80多岁高龄的大爷在寒风中卖葱，便买下了所有的葱，并于无意间将这个举动发到了朋友圈，并表示人们向需要帮助的人买东西时，切不可有自己高高在上的优越感，被助者与助人者是平等的……该微信一发出，引来众多关注。其实，心怀悲悯的她平时经常参与一些公益活动、做善事，如长期为贫困病人免费供餐。

郭艳阳付出的是包裹着尊严的慈善，信手拈来的慈善！朋友圈的火爆，则是社会对郭艳阳的致敬！

他们，作为平凡的个体会聚成温暖的好人之村、好人之城！他们用厚道、悲悯之心、暖心肠撑起了一片明媚的“艳阳天”！

国 旗

农家小院的上空冉冉升起一面国旗，迎风飘扬。一位衣着整齐、神情坚定的中年男子肃立在国旗下，搀着母亲，举手、敬礼……每周星期一，在让礼村一个朴素的农家小院，都会上演这样一幕感人的升旗仪式。没有乐队，只有简易的音箱，肃穆而庄重。

让礼村这个“怪人”叫张栓福，49岁，在自家小院坚持和84岁的老母亲升国旗已有十多个年头。每星期一升旗，风雨无阻，雷打不动。现在升起的是第十面国旗了，旗杆也换过了三根，每次换下旧国旗他都会交给母亲小心翼翼地包好。

一位普通的农民，为何有如此执着的举动？张栓福笑着说，这与自己的姑父分不开，已经去世的姑父曾是一名老红军，经常给自己讲红军长征、抗击日寇、抗美援朝等故事。这些可歌可泣的故事，让自己从小对军人、红旗有着非同寻常的感受，也对国旗有着特别的感情，读书时在学校参加升旗仪式，总是对升旗手羡慕不已。

“他平时最爱看打仗的电视（剧），看到军人为保卫国家献出生命，他就会忍不住流眼泪。”在老母亲眼里，张栓福持家有道，爱国更甚。

15岁那年，张栓福家盖起了一砖到顶的砖瓦房。那年秋天庄稼大丰收，院子里简直像个聚宝盆，庄稼堆得没有下脚的地方，全家人都高兴得合不拢嘴。

转眼国庆节快到了，当民办教师的父亲说："今年咱们也举行一个升旗仪式吧！"母亲说："哪有在家里升旗的？"父亲说："庄稼丰收，老天爷照应是一方面，关键还是国家实行了责任制。有了改革开放政策，国家恢复高考，老大考上了大学，毕业安排了个好工作。你说咱们家发生这么多变化，哪一样不是托国家的福？咱们小老百姓还不能利用国庆节表达一下对国家的感激吗？"父亲像是给小学生上课，母亲恍然大悟，一拍大腿说："对呀！要不然咱们还盖不起这房子呢！"

说干就干，父亲去县城买来了红布，让栓福在课本上找出国旗图片，用尺子仔细比量长和宽。父亲算出尺寸，让母亲照着图片剪裁，还用黄布剪了五颗五角星，一针一线地缝在红布的左上角。

国庆节那天一大早，栓福家来了很多乡亲，他们都是放下手中的活儿跑来观看的。栓福父亲神情庄重地缓缓地拉动绳子，嘴里还唱起了国歌。刚开始他唱的声音不大，但乡亲们听见了，也不约而同地跟着唱起来，于是，父亲的声音更大了，所有人的声音都大了。"……前进！前进！前进！进！"随着雄壮的国歌声，国旗冉冉升起来了。

虽然30多年过去了，经历的好多事情如过眼云烟，张栓福说：每到国庆节，那面在我家小院升起的国旗总还是风帆般在我的脑海里飘扬，我永远也忘不了那一天：1985年10月1日！

张栓福家第二次升国旗是在10年前，此前父亲和妻子都得了不好的病，全家人到处奔波操劳，没有了精气神，那一年，他偶尔看到有企业升旗，让他怦然心动，他也要在自己门前升国旗。

近年来，党和政府一项项惠民利民政策让广大农民的生活发生了翻天覆地的变化，文化水平不高的张栓福用最朴实的话语把取消农业税、新农合等各项惠农政策写成了诗歌：

小砖道，东西长，大人小孩喜洋洋。汽车三马随便跑，下雨下雪不黏脚。

伟大祖国繁荣富强，种地补贴不要公粮。为民造福美名扬，幸福日子万年长。

“每天早上起来，抬头看到飞扬的五星红旗，我心里踏实，更觉得自豪！”张栓福笑着说，“开始也有人说出风头，坚持不了。但是这么多年过来，每年都看我换升新国旗，大家不仅不说，来看升旗的还越来越多了。”

就在前些日子，张栓福觉得院子里的那根不锈钢升旗杆虽然牢固，但似乎还不够高，为了能让更多村民看到院子中飞扬的国旗，他把自家老房子的两根房梁拿了出来，做成一根六米长的旗杆，外面刷上防水漆。

屋宽不如心宽。栓福有个乐观的好性格，家里到处贴着毛主席像，给摩托车装着音箱，插着小红旗，走到哪里都是一路飞歌飘扬，村里人早已习惯张栓福的做法，他也给村子带来了欢乐。现在农村缺少劳力，无论谁家红白喜事，他特别爱帮忙。有客人来，一阵红歌响起，麻利的他就骑着摩托出去买茶叶去了。家里的墙上贴着伟人像及父母个人像。逢年过节，他和母亲会在屋子里向毛主席敬礼鞠躬。

2014年年初的一天，母亲突然觉得小肚子十分疼痛，去县医院检查被确诊为直肠癌。想到家底单薄，要强了一辈子的他突然没了生活的希望。这时，负责包抓新联村的领导了解到他家情况，经过评议将其纳入贫困户。之后他的母亲一直享受医保政策进行着保守治疗，病情也得到了有效控制。为了解决困境，还为他发展了10亩李子园和50只鸡崽。

"现在每年得住院三四次，儿子这几年一直上大学，如果没有国家扶贫政策的帮助，这么大的花销我们肯定承受不了。"说起此事，栓福抹了眼泪。

栓福是个大孝子！一有空闲时间就带着妈妈外出赶集、走亲戚。栓福家住的是多年未修的旧瓦房，周围邻居都盖起了楼房，他说，近一半年准备盖小洋楼，让老母亲住，让老人享几年清福。

小时候，在电视上看了天安门的升旗仪式后，心中便有了一个梦想——亲自到北京天安门看升国旗。由于家庭条件的原因，栓福明白自己一时还去不了。既然去不了，就在家自己升国旗。

去趟北京是奢望。2017年，栓福大学毕业的儿子在北京找到了工作，三代人圆了多年的"升旗梦"。9月25日一大早，就在城里人忙着国庆假期旅游出行的时候，栓福和老母亲坐了一次高铁到了北京。来首都看升旗是老人一直以来的梦想。这一天，老人的心愿终于实现了。凌晨3点多，天气闷热，一行人起了个大早，从位于前门的住所出发，前往天安门广场，老人是第一次来北京，他们想早点出发，能站得靠前一点儿。

出乎意料的是，他们到达时，广场上已经会聚了不小的人流，老人前面隔着层层人群，看不清楚前面的情况。情急之下，栓福把老娘背了起来。4点55分左右，升旗仪式开始，国歌声中，老人被高高背起，四周伸出的自拍杆开始闪烁，老人伸出右手，向国旗长久地敬了一个礼。除了观看升国旗，他们还带着老人们参观了人民英雄纪念碑、国家博物馆。

孙子乘机用手机拍了视频。在这段视频中，老人被高高背起，出现在一片自拍杆中间。"终于看着了，挺好，挺好。"镜头里的老人感慨道。

"每年换下的国旗都小心保存着。"栓福说，"国旗每年都要换一面新的，在我心中，国旗永远是鲜艳的。"

厕 改

厕改，就像往水里投了块石子，让农民的平静生活溅起了水花。

“妹子，你们家屋外的旱厕，夏天有味，又是苍蝇又是蛆的，滋生细菌；冬天冷，上厕所冻个要死。政府免费改厕，改不?”李春城劝道，“省里补贴4000元，市里补贴2000元，咱们大伙可是免费改厕啊。”

“屋里上厕所，整屋里恶臭，咋整？不装。”村民杨霞一口回绝。47岁的杨霞，一米五的个头，大嗓门，一看就是个脆生、麻利的人。厕改前期，在入户走访宣传中，村支书李春城一番苦口婆心，就这样被杨霞毫不犹豫地顶了回去。

李春城走访中发现符合安装条件的农户，进行厕改的热情不高。最终统计下来，全村主动报名厕改的只有几十户。

又臭又脏，为啥不改?原来，村民的旱厕一般在后院，隔着墙就是自家的自留地，清掏起来也不费事，就近运到菜地里。旱厕大约1.5立方米的粪池，每年清理一次就够。每年开春，趁着粪池还没完全解冻，方便清理，杨霞的丈夫就把粪便清理出来，堆在菜园子边上沤肥，开春种地就撒进园子里去，简单方便。

“方便的地方进了屋，怕味儿大。”杨霞的抵触也是不少人的反应。

李春城知道大家对改厕心里没底。“那就村干部家先改。”李春城和村干部达成共识，改造好厕所，由村干部带领村民参观看看效果。

“屋里只需要装上一个坐便，屋外粪罐埋到了三米深的地下。这能有味么?”杨霞和同村的姐妹一起到改造好的人家参观。杨霞眼瞅李春城说完，就打开坐便盖，探下头去闻了闻。

“妹子，改不?”当李春城再问时，杨霞说了句：“跟老爷们儿商量完再说。”转头就回了家。

杨霞对新厕所没了意见，可要改还有一重顾虑。一方面自己和丈夫都年轻力壮，旱厕早用习惯了，没觉得有多不好。另外，改的话费时费工。

“安装个坐便，丁大点儿的事，我们得扒院墙、拆仓房。老爷们儿在外打工，顾不上，说不装了。”杨霞说。家里就她一人，自己也为难，这么折腾值不值。

杨霞家靠着后院墙还盖着个小仓房，粪罐需要埋在仓房下，施工的钩机也得从后院进。仓房里是刚买的2吨多的煤，还有一堆苞米瓤子。李春城明白，厕改难在改上，政府免费提供设备负责安装这都不难，可是老百姓要改动房子，动一动就是工夫，就是钱。农户家家条件都不一样，为了安装坐便扒墙、拆门、移灶台的都有。

等了两天，眼见大伙都装上了，杨霞心里不是味儿。“闺女在外住惯了楼房，眼下又怀孕了，以后孩子大人回家来，都方便。就冲着闺女，装。”她琢磨许久，顾不上跟丈夫商量，一咬牙作了决定。

早上四点起来，杨霞就开始收拾，用编织袋将煤一袋袋装好搬出来，又装好50袋子苞米瓤子搬出来，最后揭掉仓房顶，用大锤把院墙一点点凿开。“真是急眼了，全身都是煤和灰。”杨霞整整干了一天。第二天，她赶忙找到李春城，要求带着施工队进家安装。

“妹子，坐便用得咋样?”又开始走访农户，看看使用情况。一进屋，李春城就问。

“用不惯，等着孩子回来用吧。旱厕也得留着用。”杨霞说，去了城里闺女家，都尽可能下楼找公厕方便。

话唠得多了，李春城才知道杨霞又有了新顾虑——这大冬天的用满了，粪液往哪儿排？

“慢慢来，试着用，那粪液抽出来就是肥料啦。”李春城跟杨霞解释道，粪罐是2.5立方米的，坐便单次冲水量小于2.5升，粪池渣液最短也得两月抽一次。村子里家家院子几乎都有菜园子，粪罐里沤好的肥正好就地消化。

后来，李春城再次到杨霞家询问厕改后的使用情况，杨霞非常满意地对李春城说：“粪肥还是流到自个儿家的园子里，跟之前一样。上厕所也不用受冻闻臭味。心里的坎儿都迈过去了，得感谢你。”

美好的生活，离不开越来越鼓的“钱袋子”，同样离不开的还有干净、整洁、有序的“美村子”。以前，没有定点垃圾池的时候，污水横流、柴火乱堆，环境脏乱差，房前屋后、树根地头就是大家倒垃圾的地方，街上到处是塑料袋，动不动就堆成一个垃圾堆。

村委会曾用过垃圾填埋的办法，长100米、宽15米、深4米多的坑，一年就填满了。填埋垃圾对耕地的消耗让李春城不住地叹息：“这些都是可耕地啊，填了垃圾，就种不了庄稼了！”

这时，有一个公益组织来村里宣传垃圾分类，教大家制作酵素。酵素都是用果皮菜叶发酵成的，这东西可以当洗涤剂用，能刷锅、洗碗、洗脸、洗手、冲厕所，既能处理垃圾，又能变废为宝，而且酵素产品有开发利用的空间，将来如果能形成产业，还可以给村民增收。

瞌睡遇到枕头。李春城联系公益组织寻求技术指导，公益组织也派来了五名大学生志愿者到村里，他们每天晚上召集村民集中观看环保宣传片，教大家怎样制作酵素、怎样用酵素制作手工皂，怎样给垃圾分类。从简单的入手，最开始只进行干湿分类，之后再细化，把塑料袋单独分出来。

关键是让大家接受这个理念，大家认可之后，垃圾分类就是举手之劳。

大学生志愿者在村里只待了10天时间，剩下的工作，都是村里的义工在做。村里组织了30名义工，分片包户进行入户宣传，面对面讲解、演示垃圾分类、净塑及环保酵素的制作。

昔日，村道“伤痕累累”，晴天一身灰，雨天一身泥，垃圾靠风刮，污水靠蒸发。

如今，“厕所革命”和“垃圾分类”同时推进，生活污水统一排放，农村“一袋装”“一桶倒”的方式成为过去式，每家每户门口都摆放着黄、绿两个垃圾桶，垃圾分成“会烂”和“不会烂”两类。绿色垃圾桶用来扔树枝、菜叶等会腐烂的垃圾，黄色垃圾桶用来装纸类、玻璃等其他废物。

干净的村道上，一栋栋农家小院沿着绵延的浅丘次第排开，一系列生态保护的主题宣传画在白墙上铺开，生动活泼。

过去，村里人天天忙碌成一团，谁会有空闲专门锻炼身体，如今，大清早绕着村庄硬化道路跑步的人三三两两，合作社里年轻的一伙后生，微信群里一招呼，集合在村口，绕着环村的柏油路，开始了自行车比赛。

搭伙养老

毫无亲戚关系的几个老人，怎么就住到了一起呢？

在让礼村一处老青砖宅子里，住着七八位上了岁数的老年人。他们大多是本村和邻近村镇的孤寡老者，搭伙养老，生活在一起其乐融融。无儿无女的吴来群，与没有血缘关系的70岁孤寡老人古纯真结为“父子”，本来住在村委会老屋子里相依为命，不离不弃。这次，他们也搬到宅子里，和大家住在了一起。冬去春来，他们用无私的爱，填补了血缘的鸿沟，让彼此的生命中多了一位亲人。

老宅子的主人是70多岁的于秀云。“孩子都在城里生活，平常就一个人在家，连个说话的人都没有。”于秀云听说村里要建造给大伙养老的地方，却找不到合适的房子，她找到了村支书毛遂自荐：“用我家吧。”

于秀云想得很明白，“有人来陪我养老，这不就是享福了吗？”

于秀云老宅子门匾上写着“幸福晚年驿站”几个大字。屋子外春寒料峭，一进门却暖意扑面，六七位老人正围坐在全封闭的院子里纳鞋底、剥核桃、唠家常。窗明几净，阳光照在屋子里十分透亮。

这些老人正在聊一则新闻，嘘唏感叹。媒体报道说某城市中的一个老人死在家中20多天无人知晓，隔壁邻里报案说20多天没看见老人出门，觉得

让禮村里的耄耋老人们
都用上了手机。有了自己的微信群
戊戌歲 鐵林於西安

二月二，龙抬头。

新时代的万千气象，激荡着每一个梦想；新时代的蓬勃朝气，激励着每一种奋斗。

让礼村光景日新，春正发生！

蹊跷打了“110”，等社区工作人员和警察撬开门窗时发现老人躺在地上已经去世多日。老人唯一的女儿远在国外，桌上还有剩菜，真的凄凉！

其实，农村地区老人养老问题更加严峻，一方面是传统思想认为住进养老院是儿女不孝，有需求也不愿接受帮助；另一方面是村民收入水平相对来说低一些，收费上必须让大家能承担得起。此外，农村土地资源紧张，想要选择一处合适的地点也不容易。为了解决用地问题和降低成本，县上的民政局将目光转向了农村地区的闲置房屋。

主要模式有三种：利用村集体的闲置房屋升级改造建成驿站、将村民的闲置农宅流转到村集体建成驿站，以及村民开发自有住宅建成驿站。

于秀云的老房子先流转到村集体，再找来运营人，三方签订合作协议，由运营方按照统一标准改造房屋，服务运营。房子流转成驿站之后，角角落落都进行了适老化改造，地面铺上防滑地毯，卫生间装上了扶手，就连洗手盆都变矮了，方便老人坐着洗漱。

老宅子住着更舒服，于秀云也有了伴儿，跟村里的老姐妹们天天住在一起，唠不完的家常。再加上衣食住行都有人照顾，饭不用自个儿做，衣服不用自个儿洗，于秀云笑眯了眼睛：“这院子叫幸福驿站，真没错。”

富顺跟着儿子进城居住后，也空下了自家的老宅子，闲置了六七年。如今他也打算将自家的老宅子改造成养老驿站，自己每个月还能收到一定的租金。

院子里低头剥着核桃仁的孙伯云老人大拇指竖得高高的，嗓门洪亮地说：“一个月才500多（元），吃喝用都有人管，比在家的条件还好。”83岁的她精神矍铄。自驿站建成开业，她和老伴儿就搬到了这里居住，俩人的福利养老金就足够了。

“我一个人住，每天做饭对我来说挺费事。现在，我花一点钱在这里就能吃得很丰富，青菜、茄子、鸭肉、酸奶、蛋花汤……”耄耋老人古纯真颤巍巍地说。

老有所养、老有所乐。如今，全村共有八处老房子被改造，更多的农村老人将实现养老不出村，在家门口就享受到日常照料。老房子收上来后禁止豪华装修，追求本土原色，施工方做了梁柱加固、屋顶防漏、室外排水、墙面加窗、增设卫生间等维修改造。

老人有了幸福驿站，医疗服务还得跟上。已经建成投入使用的幸福晚年驿站生活区和功能区分开，必须与村卫生室相邻或共建，卫生室诊疗设备也不断升级，很多以前判断不准的病通过先进仪器诊断又快又准。在这里有长住、短托、日间照料三种模式可供选择，有专职人员为老人提供缴费、买药、送饭、打扫卫生、定期体检等服务。许多老人的高血压、冠心病就是镇卫生院进村入户给他们集中体检时发现的。

看不上病咋办？

答案：家庭医生一对一签约。

看不起病咋办？

答案：报销比例达90%。

看不好病咋办？

答案：与名医网上沟通，远程会诊。

村里耄耋老人们都普遍有了手机，年轻一些的甚至有了自己的微信群，吃过午饭，群里一招呼，凑齐了人去打麻将娱乐了。

村里的赵老太太93岁了，她走在村道上，见了人都要絮絮叨叨地说：“我不想死，我不想死，这么好的世界，我真的不想死……”

尾 声

结 语

家园曾经荒芜，如今阡陌相通；家园曾经面容模糊，新的样态依然能寄托乡愁……

黄色丘隅上一圈圈的梯田和犁沟像大地的指纹，与太阳平行，远远的天地间有一股黄色大水缓缓而动。天上的云、地上的水都在缓缓而动，像一幅简洁而寓意深刻的画面。它们似乎在暗示天地间的大秘密——万物如这流水般，都在一一呈现又一一流逝，汇成浩瀚渺远的“过去”。

世界上，唯有土地与明天同在！

黄土褶皱上的让礼古村，一代一代人，翻腾着土地，改造着它的形状，以大地为巾，流尽血汗，翻天覆地，把本来丑陋的地面改头换面，变得苏绣般瑰丽。

集聚在田野上的，首先是人心。农民成为让人羡慕的好职业，农村成为城里人来了不想走的好去处。村子里有情怀的年轻人多起来，拒绝在一线城市做一朵“锦上花”，而是选择去乡村当一块“雪中炭”，越来越多富有理想、情怀，带着创业梦想和智慧才情的年轻人投身到了乡村，来到最需要他们的地方，挥洒激情和汗水。

集聚起新动能的，首先是人气。商业社会、信息社会的力量已然势不可当，新的能量正在集聚，新的民间力量、乡村秩序和产业形态正在重构。乡村有了更多充满蓬勃活力的身影，他们可能是退休的干部官员、建筑设计师、民间艺人、现代化企业管理者、志愿者组织、来自高校的专业团队，他们其实是现代版的“中国乡贤”。他们懂农民、懂市民、懂鉴赏，爱故乡、爱生活、爱自然，有良心、有理想、有毅力，把全新的理念和生活方式带入了乡村。

二月二，龙抬头。

新时代的万千气象，激荡着每一个梦想；新时代的蓬勃朝气，激励着每一种奋斗。

让礼村光景日新，春正发生！

村子的“农妇培训班”办得热火朝天，培训班的口号是“把农妇培训得像农妇”“把农村建设得像农村”。其实，农妇们并不丑，稍经打扮就容光焕发，主妇漂亮院子就漂亮了，院子漂亮了乡村就会美。

吃过晚饭，农妇们闲不住，微信群里一招呼，穿得花花绿绿，就在文化广场扭起广场舞了。她们骄傲地说：我就是漂亮的农妇，我有地有院有山有水，城里人有吗？

心胜则兴，心败则衰！

在春天，让我们平整好土地！

跋

这是纪实文学的黄金时代!

中国社会的巨变，为作家提供了宝贵的矿藏。十九大提出“乡村振兴”战略，纪实大作《拂挲大地》以渭北高原——耀州区为原型，以其文学性向读者展现了一种罕见的《诗经》美学，以其时代性向读者展现了一幅让人振奋的中国新农村的蓬勃图景!

农村是孕育中国悠久而灿烂文化的摇篮，也是培育中国共产党成长壮大的地方。耀州区（耀县）地处陕西中部渭北高原南缘，素有“北山锁钥”“关辅襟喉”之誉。20世纪30年代初，刘志丹、谢子长、习仲勋等老一辈无产阶级革命家在这里创建了西北第一个山区革命根据地——陕甘边照金革命根据地。陕甘边照金革命纪念馆被确定为全国爱国主义教育基地和国防教育基地。2015年2月14日，习近平总书记到耀州区考察，对革命老区建设给予充分肯定。

关心中国的发展，就必须关心农村和农民的命运。当前的中国农村，正发生着惊心动魄的变革! 农村发展不是否定再否定式发展，而是螺旋式发展、上升。《拂挲大地》设计为正、反、合三部分，亦有此深意。在新时代，耀州区近200个行政村，33万人口，在各级党委和政府的领导下突飞猛进，城乡面貌焕然一新，正在发生翻天覆地的伟大变化。“耀州故事”“耀州好人”“耀州成就”“耀州模式”频频被国家媒体关注，耀州人民从来没有像今天这样自信、自豪。“让礼村”是耀州区这些村落的缩影，但是它原汁原味地展示出了这些村落的精气神！“合篇”触及新农村生态文明建设、七权同确、脱贫攻坚、基层党建、返乡创业、乡贤文化、合作社、医疗改革、农村电商、文娱生活、搭伙养老新模式等诸多方面，发人深思、使人振奋、催人上进。

中华民族从五千年绵延不断的历史中走来，创造了博大精深的中华文化，孕育出世界上唯一没有断流的中华文明。耀州区有五六千年有迹可循的悠久历史，文化底蕴深厚，有新石器时代遗址多处，曾是上古阴康氏的治地，置县史2170多年。这里是隋唐医药学家孙思邈、西晋哲学家傅玄、唐代书法家柳公权、史学家令狐德棻和北宋山水画家范宽“一圣四杰”的故里。《拂挲大地》“正篇”里大量描绘、溯源了古村传承千年的文化根基和基因。

纪实文学具有鲜明的新闻性和浓郁的文学性，作者用新闻人的目光凝视世界，在凡俗的生活中敏感地发现、提炼出蓬勃的力量和全新的美。

全球视野下，带有文学性和纪实性的“让礼村”，具有普遍的现实意义和深远的历史意义！

微信公众号：

尚书房安澜

邢小俊，中国作家协会会员、中国报告文学学会理事、中国散文学会会员。

近年来，坚持正能量纪实文学创作，作品因其时代性和家国情怀备受瞩目。被列为陕西省“百青”计划、“百优”计划扶持人才，陕西省宣传思想文化系统“六个一批”人才，陕西省“高层次人才特殊支持计划”哲学社科和文艺领域领军人才。

在全国最早提出“媒体要营造良性的社会热点”，《大策划》《1+1=王》被诩为新闻传播学界教科书。曾获都市报系“全国十大风云记者”称号，获国家、省级奖励 35 次。被聘为陕西理工大学文学院、西安外国语大学新闻传播学院、陕西师范大学新闻传播学院等大学兼职教授。

坚持用新闻人的眼光发现大题材，用散文家的笔法书写中国故事。创作出版了大量著作，作品连续四年入选《中国散文排行榜》《中国报告文学排行榜》。其中，《泼烦》获第六届冰心文学奖，《觅渡》获第三届柳青文学奖，《超度》获首届“丝路”散文奖，长篇纪实文学《十年》《华阴老腔》分别被列入中国作协 2015 年重点项目、2016 年陕西省委宣传部重点项目，长篇纪实文学《居山 活法》获中国第三届网络文学散文大奖并被译成英、法、德、日、西班牙、阿拉伯六种语言。

图书在版编目（CIP）数据

拂挲大地 / 邢小俊著. -- 北京 : 作家出版社，2017.12
ISBN 978-7-5063-9841-1

Ⅰ. ①拂… Ⅱ. ①邢… Ⅲ. ①纪实文学－中国－当代
Ⅳ. ①I25

中国版本图书馆CIP数据核字（2017）第315635号

拂挲大地

作　　者：邢小俊
责任编辑：向　尚
装帧设计：北京中作图文
题写插图：樊　洲　　铁　林
出版发行：作家出版社
社　　址：北京农展馆南里10号　　　　邮　　编：100125
电话传真：86-10-65930756（出版发行部）
86-10-65004079（总编室）
86-10-65015116（邮购部）
E-mail:zuojia@zuojia.net.cn
http://www.haozuojia.com（作家在线）
印　　刷：中煤（北京）印务有限公司
成品尺寸：165×230
字　　数：282千
印　　张：22
版　　次：2017年12月第1版
印　　次：2017年12月第1次印刷
ISBN 978-7-5063-9841-1
定　　价：52.00元